KB099084

싼타 물건 훔치기와 옥션게임

싼타 물건 훔치기와 옥션게임

1판 1쇄 발행 | 2018년 1월 5일

지은이 | 김도현
발행인 | 이선우
펴낸곳 | 도서출판 선우미디어
등록 | 1997. 8. 7 제305-2014-000020
02643 서울시 동대문구 장한로12길 40, 101동 203호
☎ 2272-3351, 3352 팩스: 2272-5540
sunwoome@hanmail.net

값 12,000원

이 도서의 국립중앙도서관 출판예정도서목록(CIP)은 서지정보유통지원시스템 홈페이지(http://seoji.nl.go.kr)와 국가자료공동목록시스템(http://www.nl.go.kr/kolisnet)에서 이용하실 수 있습니다.(CIP제어번호: CIP2017034651)

ISBN 978-89-5658-549-9 03810
ISBN 978-89-5658-550-6 05810(PDF)

싼타 물건 훔치기와 옥션게임

김도현 수필집

선우미디어
sunwoomedia

작가의 말

긴 시간 내면의 소리를 외면할 수 없어 일기를 썼다. 정화되지도 않고 걸러지지도 않은 채 독백처럼 써 나갔다. 그러다 수필을 쓰게 되었다.

진실과 사실 앞에 잠시 머뭇거리며 무엇을 어떻게 써야 할지 고민했다.

쓰기를 멈추고자 할 때 멘토께서 용기를 주셨다. 다시 쓰기를 시작하면서 자서전도 쓰고, 친구나 지인의 얘기도 쓰고, 답사 가서 감동을 받거나 여행지에서 가슴이 뛰어도 쓰고, 과거 현재를 넘나들며 자유롭게 쓸 마음의 여유가 생기면서 글쓰기에 빠져 들었다.

글을 읽는 독자가 "이 정도의 글이면 나도 쓸 수 있어"라는 생각이 들 정도로 쉽게 쓰고 싶었다. 그래서 생각나는 대로 쓰고, 워드 치고, 폴더에 저장하기를 반복했다.

그러다 등단을 하게 되었다. 책임감이 생기면서 막상 써놓은 글들을 한 권의 책으로 묶으려 하니, 독자들의 기대감에 못 미치는 건 아닌가 싶어 걱정이다. 글을 정리하면서 차라리 달팽이집 속에 숨어버리고 싶은 심정이다. 부끄럽고 또 부끄러워 슬며시 감추어 봐도 민낯을 드러낸 성숙하지 못한 나의 글들과 대면하고 있는 내 모습을 본다.

책도 많이 읽고, 습작도 많이 한 후에 수필집을 세상에 내놓아야 함이 맞는데 마치 덜 익은 과일이 교만하여 땅에 떨어진 것처럼 첫 작품집을 그렇게 세상에 내보내는 것만 같다.

인간은 망각의 동물이지만 또한 과거를 그리워하는 추억을 가지고 산다. 고향의 바다가 그립고 어릴 적 살던 고향이 자주 생각남은 나이 든 탓일 것이다. 바다를 보며 꿈을 꾸던 소녀는 어느새 황혼의 문턱에 서서 기억의 저편에서 아른거리는 조각들을 짜 맞추어 가며 퍼즐놀이를 하고 싶은 것이다.

한 권의 책으로 나오기까지 도움을 주셨던 김해선 선생님, 홍미숙 선생님, 표지화와 삽화를 그려 준 딸 지예, 프로필 사진을 찍어 준 아들 규영, 언제나 당신의 아픈 손가락이어서 나로 인해 가슴이 많이 아프셨을 친정엄마, 모두에게 사랑과 감사를 전한다.

2017년 11월 가을의 끝자락에 서서

김도현

| 차 례 |

chapter 1

길

길

우리 아파트는 뒤에 산이 있다. 그러니 공기가 맑고 산책하기가 좋다. 나는 시간만 나면 아파트 뒷산에 오른다. 일상의 걷기 운동을 하기 위해서다. 주로 계단을 쭉 올라 팔각정이 있는 중앙공원으로 가서 몇 바퀴 돌고 운동기구도 좀 이용하다가 내려온다.

오늘은 멍석 길로 올라갔다. 지난해 구청에서 이곳에 나무 사이로 멍석 길을 깔아 새로운 길을 만들어 놓았다. 멍석은 일 년 동안 사람들이 밟고 다녀서 이제는 멍석인지, 흙인지 잘 모를 정도로 땅과 착 붙었다. 나무 사이로 구불구불 오르고 내리게 만들어 놓은 이 오솔길을 나는 무척 좋아한다.

이 멍석 길에 들어서면 귀에 이어폰을 끼고 복면가왕에 나왔던 음악을 비롯하여 옛 7080노래까지 듣고 싶은 곡들을 유튜브로 들으며 천천히 걷는다.

산 속이라 음악이 자주 끊어지기도 하지만 그래도 잠깐이라도 음악에 취해본다. 쭉 걷다가 코너에서 내려가는 길을 가기도 하고 올라가는 길을 가기도 한다.

봄이 되니 아카시아 꽃잎이 날아와 쌓여서 멍석 길은 하얀 눈이 내린 듯하다. 나는 아카시아 꽃잎을 밟고 아름다운 그 길을 걷고 또 걷는다. 걷노라면 내 인생길도 이 길과 같다는 생각이 든다.

내 삶에 있어서도 "어느 길로 갈까" 하고 두 갈래 길에서 망설일 때가 더러 있었다. 안 가본 길에 대한 동경이나 선택한 길에 대한 후회를 할 때도 많았다. 가고 싶었던 길도 많았고 안 가본 길도 많았다.

길은 아름다운 길도 있었고 두려워서 되돌아가고 싶었던 길도 있었다. 그러나 어느 길을 선택해서 갔던 그 길은 내가 살아온 인생이다. 가기 싫은 길도 억지로 걸었고, 가고 싶은 길도 못 가 보기도 하고 이렇게 인생이라는 길 위에서 방황할 때가 많았다.

다음 생에 다시 태어난다면 현생에서 걷던 길은 가지 않고 새로운 길을 찾아 길을 떠나고 싶다.

최종태 선생님의 저서 '산다는 것 그린다는 것' 에는 이런 구절이 있다. "돌이켜보면 내 인생은 질풍노도 속을 뚫고 나오느라 만신창이가 되었다. 어느 날 문득 내가 피투성이가 되어 있는 것이 보였다. 쉰의 나이였다. 내게 쉰은 참으로 별난 해였다. 질풍노도의 극을 달렸던 시절 같다. 무서운 강을 하나 건너왔다. 지금 생각해 보면 내가 가장 살기 힘든 때였다. 세상 말로 하자면 절망의 계절이다."

이 글은 나의 50대와 너무나 흡사해 소름이 돋았다. 그러나 그 강을 건너와 보니 60의 나이에 서 있었고 내게는 평안과 웃음이 찾아오고 나날이 감사함을 느끼며 사는 삶이 있었다.

시간이 빛처럼 지나가기에 매 순간 헛되이 살지 않으려 하고 땅바닥에 발이 닿는 곳마다 글을 써 보게 되고 의미를 부여하게 된다.

세상에 태어나서 공짜란 있을 수 없고 비싼 대가를 치르며 산 인생의 고초는 그것이 소중한 자산이 되어 삶을 더 열심히 살 수 있는 계기를 만들어 주었다. 인생이란 엄청난 무게를 느끼며 허우적거릴 필요도, 죽을 것처럼 고통스럽다고 앙탈을 부릴 필요도 없다. 물 흐르듯 흘러가면 마음에 고요도 찾아오고 감사도 찾아옴을 모르고 살았다.

글을 쓰면서 이런 소중한 것들을 찾아내기 시작했다. 글은 내게 치유의 은총을 주었다. 내 주위에 아무도 없다는 지독한 고독이 몰려왔던 시간들이 있었다. 그 시간이 내게 참으로 견디기 힘들었지만 성숙할 수 있는 반전의 기회로 생각하면 삶의 매순간이 우연인 것은 없는 것 같다.

산이 그렇듯 인생도 오르막이 있고 내리막이 있다. 평탄한 평지만을 밟으며 살아가는 인생도 있겠지만 그렇지 못한 인생도 많다. 우리네 인생길도 이 길과 같은 것이 아닐까 싶다. 내가 걸어온 길도 평범하지 못한 길이었지만 여기까지 올 수 있음도 감사한 일이다. 어느 길목에 서 있었던 간에 나는 열심히 살았고 하고 싶은 일에 많이 도전하며 살았다.

지금은 글쓰기에 집중하고 있다. 이제부터는 나 자신에게 박수를 쳐 주기로 했다. 나의 길은 어디까지 이어질지는 모른다. 그러나 앞으로는 내가 걷는 길에 지혜와 사랑도 함께 동행하여 걸어갈 수 있기를 나 자신에게 주문해본다.

내가 좋아하는 우리 아파트 뒷산의 멍석 길에 아카시아 꽃잎들이 하얗게 떨어져 사람들을 불러 모으듯 내 인생길도 그랬으면 좋겠다.

나는 이름이 세 개다

나의 본적은 경남 창원군 동면 석산리이다. 지금은 창원군이 시로 승격해 마산시까지 흡수하여 거대도시 창원시가 되었지만 옛날엔 시골이었다. 초등학교를 들어갈 때까지 부모님은 마산에 계셨고 나와 큰동생은 시골에서 두 분 할머니, 작은아버지와 살았다.

내가 태어날 때, 할머니는 위로 고모님 두 분을 두시고 아버지를 결혼시켰기에 나는 기다리는 첫 손녀였다.

큰 연밭이 있었던 할머니네 손녀라 하여 나의 이름은 연옥이라 불려졌다. 초등학교를 들어갈 때까지 나의 이름은 연옥이었다.

마산으로 나와 초등학교에 입학하던 날, 그때는 호적을 제출하던 시절이 아니어서 연옥은 표기할 때 잘못 기재했는지 초등학교 내내 내 이름은 현옥이었다. 아마 부모님도 이 이름이 괜찮다 생각하고 정정을 안 했는지 연옥에서 현옥으로 바뀌면서 주변에서 부르는 이름은 옥이었다.

연옥은 어릴 적 시골에서 불리고 안 썼지만 난 연꽃을 참 좋아한다. 내가 꽃꽂이를 10년 배우고 지부장 수료증을 받을 때, 나의 호를 설화(雪化:눈 속에 피는 꽃)로, 하수회 등촌동 연꽃지부장이란 이름으로 수료증을 신청했다. 어릴 적 연꽃을 보고 자랐던 내게 연꽃은 내 마음의 고향 한 귀퉁이에 자리하고 있다.

현옥은 초등학교 내내 불려졌고 초등학교부터 고등학교까지 같이 다닌 친구 몇은 지금도 나를 현옥이라 부른다.

중학교에 입학하기 위해 입학시험을 치려고 호적을 떼니 내 이름은 현숙이었다. 아마 집에선 연옥이라 부르고 호적에는 현숙으로 올렸던 것이다.

나의 6학년 때 담임선생님은 내가 시험지에 현옥으로 이름을 쓸까봐 몇 번이나 시험지 이름을 잘 체크하라고 당부하셨고 실제로 나는 시험 내내 이름을 몇 번이나 체크하는데 온 신경을 다 써 버렸다. 은근 장학생을 기대했던 담임선생님의 기대에도 미치지 못하는 성적을 내버렸다.

중학교에 입학한 후로 내 이름은 현숙으로 바뀌었고 수십 년을 현숙으로 살았다. 현숙이란 이름은 40년 동안 나의 이름으로 행세를 했다. 그런데 나는 현숙이가 싫었다. 어질 현(賢), 맑을 숙(淑), 어질고 맑게만 살다보니 세상 살면서 손해도 많이 보고, 섭섭한 일도 많이 당하고, 이름처럼 사는 것 같아 억울했다.

50대에 사업을 하면서 안 풀리는 사업과 가정사를 핑계 삼아 개명을 했다. 이를 도(到), 빛날 현(炫)으로 바꿨다. 호적까지 바꿨는데 각종 통장, 인터넷, 각종 사이트 이름을 수정해야 하고 증빙서류까지 제출해야 하는 등 몹시 귀찮았다. 그렇게 10년쯤 쓰다 보니 이름은 정착이 되어 가는데 각종 애경사에 축의금과 조의금을 낼 때 어느 이름을 써야 할지 혼돈스러웠다.

초등학교 친구들에게는 현옥이라 쓰고, 여고친구, 대학친구들한테는 현옥과 현숙을 번갈아 쓰고, 50대 후반에 만난 사람들에겐 도현이라 쓰고, 축의금, 조의금 쓸 때마다 이름이 왔다 갔다 한다. 사람은 하나인데 이름이 셋이 되어 버린 사연이다.

이름을 통일하라는 몇몇 친구들의 채근을 받을 때면 선뜻 도현이라고 말이 안 나온다. 10년을 썼는데도 친근한 내 이름 같지가 않다. 생각해보면 현옥이도 현숙이도 오랫동안 불려서 정이 들어 버리기가 아쉬운 것이다. 그냥 부르고 싶은 대로 부르라 해야겠다. 나는 이름이 세 개다. 현옥이, 현숙이, 도현이….

아니 연밭 집 손녀라 하여 어른들이 어린 시절 불렀던 이름 연옥이까지 네 개이다.

두 분의 할머니

내게는 두 분의 친할머니가 계셨다. 우린 그 두 분을 큰할머니, 작은할머니로 호칭을 했다.

큰할머니는 18살에 김씨 집안으로 시집을 오셨다. 시집 와서 아기를 하나 낳았는데 바로 죽고 큰할아버지도 3년 만에 돌아가셔서 21살에 과부가 되셨다. 옛날에는 과부가 되면 그 집 귀신이 될 때까지 살아야 한다는 정절을 중하게 여기던 시대여서 큰할머니도 친정으로 돌아가지 못하고 김씨 집안의 맏며느리로 사셨다.

고을 사또께서 큰할머니에게 열녀임을 나라에 고하여 열녀첩지를 내리고 열녀문을 세워주셨다고 한다.

몇 년 후 큰할머니의 시동생이 결혼하여 동서를 보게 되었다. 시동생인 작은할아버지는 청상으로 혼자되신 형수님께 미안해서 작은할머니와 합방을 안 하시고 사랑채에 기거하고, 아래동서인 작은할머니는 형님이신 큰할머니와 안채에서 한 방에 기거하며 같이 사셨다.

작은할머니가 작은할아버지를 만나는 시간은 사랑채 청소를 하거나, 식사 준비를 해 드릴 때뿐이었다. 그래도 딸 셋, 아들 둘을 낳으셨다. 아이가 태어나면 그 아이는 두 분 할머니의 공동자식이었다. 그 작은할아버지가 나의 친할아버지이시다.

나의 작은아버지가 작은할머니 태중에 계시고 아버지가 10살 때 작은할아버지도 돌아가셨다. 그로 인해 두 분 청상과부는 그때부터 다섯 아이들의 엄마가 되셔서 평생을 동고동락하며 사셨다.

아버지는 두 할머니의 우상이고, 남편이며, 김씨 집안의 대들보 같은 존재가 되셨고, 아버지를 위한 두 분의 정성은 지극하셨다. 아버지는 큰할아버지의 양자로 입적되어 큰할머니는 우리 가족의 법적인 친할머니, 작은할머니는 핏줄로 맺어진 친할머니가 되셨다.

다섯 아이를 키우고 살림을 꾸려가자니 두 분은 억척스럽게 사셨다. 집안에서 큰할머니가 아이들을 돌볼 동안 작은할머니는 밖의 일을 많이 보셨다. 작은할머니는 강해지시고 호랑이라는 별명까지 붙었다.

아버지는 마산시로 유학하여 공부를 했고, 작은할머니는 아버지의 뒷바라지를 하시기 위해 마산시를 수없이 오고 가셔야만 했다.

6 · 25전쟁이 나고 아버지도 군대에 가야 했다. 두 분 할머니는 방공호를 파고 아버지를 숨겼다. 전쟁에 나가면 거의 죽거나 찾을 수도 없이 되니 조사가 나오면 아버지를 지키기 위해 목숨도 내어 놓을 만큼 두 분 할머니는 담대하셨다. 그 결과 아버지는 전쟁을 피해 갈 수 있었다.

아버지는 엄마와 결혼하여 나와 큰동생이 태어날 때까지 시골에서 사셨다. 두 분 할머니 중 작은할머니가 호랑이이셔서 엄마의 시집살이가 매운 맛이었다. 혼자 울고 계시면 큰할머니께서 다독거려 주셨다. 그러다 아버지가 마산에서 공무원으로 근무하게 되어 시골을 떠났는데 나와 큰 동생은 초등학교에 가기 전까지 시골에서 두 분 할머니와 같이 살았다. 아버지는 군 미필이 문제가 되어 직장을 그만두게 되셨다.

그 후 공무원 생활을 접으신 아버지는 부산의 국제시장에서 도매로 물건을 사 와서 마산의 부림 시장에 자리를 잡고 옷 장사를 하셨다. 나는 초등학교를 입학할 때 마산으로 왔고, 초등학교시절에 식모언니가 가사를 도우며 큰할머니께서 마산에 오셔서 몇 년을 같이 사셨다.

큰할머니의 모습은 참 점잖으시고 기품이 있으셨다. 머리는 항상 사극에 나오는 상궁처럼 틀어 올리셨다. 비녀를 꽂으시던 그 시절 할머니들의 모습을 보다 큰할머니의 틀어 올린 머리 모습을 보며 참 예쁘시다는 생각을 하며 자랐다.

큰할머니는 긴 담뱃대를 이용해 항상 담배를 피우셨다. 아마 평생을 혼자 사셔서 긴 독수공방의 시간을 담배와 친구하셨나 보다. 한 번도 큰소리를 내신 적도, 화를 내신 모습도 본 적이 없다. 그저 부처님처럼 말씀도 없으시고 조용하신 분이셨다.

반면 작은할머니는 말씀이 많으시고 목소리도 쩌렁쩌렁 하고 부지런한 분이셨다. 자식들이 조금 게으르면 무섭게 호통을 치셨다. 한참을 들으시다 큰할머니께서 "그만해라."라고 한마디 하시면 작은할머니는 한마디의 말대꾸도 하지 않고 순종하셨다.

반백년을 한 집에서 사셔도 두 분의 사이는 친자매도 따라 갈 수 없는 끈끈한 줄로 서로를 의지하고 사이좋게 사셨다. 아마도 작은할머니는 당신 자식들을 다 키워주신 형님에 대한 감사를 가슴으로 느끼며 살았기에 그랬을 것이다. 온 동네의 호랑이이셨지만 큰할머니께는 절대적인 순종을 하셨다.

나는 큰할머니를 많이 좋아했다. 우리를 잘 돌봐주셨는데 마산에 계실 때는 사는 재미가 없으셨는지 담배를 피시면서 염라대왕께 당신을 빨리 데려가라고 혼잣말을 가끔 하셨다. 그런데 시골로 내려가시고 얼마 안 가서 어느 날 갑자기 돌아가셨다. 작은할머니께서 가장 큰 상실의 아픔을 겪으셨을 것이다.

작은할머니는 우리 가족이 마산을 떠나 서울로 올라온 후 아버지를 보러 오시곤 했는데 아버지가 조금씩 재기하고 계실 때 병으로 누우셨다.

어느 날 아버지께서 할머니가 위독하시다는 작은아버지의 연락을 받고 내려가셔서 병석을 지키셨다. 그런데 혼수상태였던 작은할머니께서 큰할머니가 당신을 데리러 왔다며 "형님, 같이 가요." 하시더니 숨을 거두셨다고 한다.

그 후, 당신 아들을 얼마나 사랑하셨는지 작은할머니의 제삿날, 아버지께서 돌아가셨다. 작은할머니는 당신의 친아들을 큰할머니의 양자로 드렸지만 아버지에 대한 사랑은 지극하셨다.

나의 두 할머니는 피도 안 섞인 동서로 만나서 반백년을 같이 사셨다. 두 분의 삶은 오직 한 방향으로 목적지가 같았으며 죽음이 두 분을 갈라놓을 때까지 잡은 손을 놓지 않으셨다.

나의 아버지

아버지가 돌아가신 지 벌써 20년이 흘렀다. 몸이 약하신 편이어서 70세를 못 채우고 일찍 돌아가셨다.

우리 가족이 마산에서 살 때만 해도 웬만큼 살았는데 아버지께서 주변 친구들 보증을 서 주셨다가 재산을 다 날리고 내가 고등학교 1학년, 막내 여동생이 초등학교 1학년 때 우리 가족은 나만 남겨두고 서울로 이사했다.

나는 고등학교를 마산에서 마치기로 하여 자취를 하였다. 그러다 부산에서 직장을 다니던 이모가 나를 돌봐주느라 마산으로 직장을 옮겨와 이모와 같이 1년 정도 살았다.

이모는 여고를 다닐 때 마산에서 같이 살아서 나에게 정이 각별하였다. 엄마처럼, 언니처럼, 도와주는 나의 기둥 같은 존재였다. 내가 여고를 졸업하자 이모는 부산으로 직장을 다시 옮겨가고 나는 인천 교대를 지원하여 서울로 올라와 가족과 합류했다.

우리 가족은 구로동 판자촌 동네에 살았다. 이런저런 이유로 고향을 떠나온 사람들이 모여 살던 곳으로 다닥다닥 붙어있던 스레트 지붕 밑에 많은 가구가 같이 살았다. 자식들 공장 보내어 벌어 온 돈으로 하루하루 살아가는 집도 있었다. 그런데 부모님은 우리 2남 2녀를 다 대학에 보내셨다. 그때 우리 형제가 공부하지 않으면 남들처럼 공장에 가 돈을 벌어야 했기 때문에 열심히 공부하여 큰동생은 상대를, 둘째동생은 공대를, 막내 동생은 문리대를 졸업했다.

가난하게 살지 않다가 가난해지니 참 삶이 불편하고 고통스러웠다. 주변 환경도 나쁘고 삶의 질이 너무나 떨어졌다. 가난해보지 않고는 그 삶을 이해 못할 것이다.

우리 집은 방, 부엌으로 구조가 되어있는 지금의 다가구 형태로 4개의 방이 있었고, 2개는 우리가족이 쓰고 2개는 경제적 이유로 세를 주었다. 3가구가 한 집에서 사니 하나밖에 없는 재래식 화장실을 사용하는 게 제일 불편했다.

어떻게 그 시절을 살았을까? 아버지를 많이 원망했다.

부모님은 처음 서울에 올라와 제조업을 시작하셨다. 엄마의 친정 사촌의 남편 집안에서 작은 제약회사를 운영하고 있었는데 그 회사의 약병마개를 일부 찍어서 납품하는 일을 하게 되었다. 사출기계를 들여놓고 기술자를 채용하여 밤낮으로 돌려도 이윤도 적었다. 받아야 될 물건 값은 어음으로 결재하니 현금으로 바꾸기 위해 할인해 줘야하고 가난은 쉽사리 벗어날 수가 없었다.

아버지는 건강이 좋지 않아 힘든 일은 오로지 엄마 몫이었다. 엄마는 억척스럽게 자식들 공부시키고 생활 꾸려나가느라 고생을 말도 못하게 하셨다. 곱고 예쁘던 옛날 모습은 사라지고 치열한 삶의 현장에서 당신의 두 다리로 버티어 내려고 무던히도 애쓰셨다.

제약회사 납품만으로는 안 되겠다는 생각이 들었는지 부업으로 칫솔을 찍기 시작했다. 시장에서 소매하는 상인들이 와서 물건들을 사갔다. 그때 엄마는 물건 사러 오는 상인들의 얘기를 다 들어주고 따뜻한 밥까지 대접했다. 동네 사람들이 엄마를 많이 좋아했다. 마음이 따뜻하고 정이 많으며 남을 잘 도와주며 사셨다. 엄마에게 한마디씩 했다. "그렇게 고생하며 살면서 자식들 돈 벌러 내보내지, 다 대학을 보내느냐."고

칫솔은 뒷손질이 많았다. 학교에 다녀와서는 가족들이 다 그 일을 거들어야 했다. 방은 공부할 공간은 커녕 발 디딜 틈도 없었다. 나는 발령지를 따라 집을 몇 년 떠나 있은 적도 있지만 나머지 가족들은 판자촌에서 고생을 많이 했다.

엄마와 큰동생이 칫솔을 포장해서 경기도, 강원도 일대의 도매상에 외상으로 물건을 깔았는데 팔리면 돈은 보내 달라며 맡기고 왔다. 그런데 메이커칫솔에 비해 가격은 싸고 물건의 질이 좋으니까 도매상들로부터 주문 전화가 오기 시작했다. 갑자기 주문이 쇄도해지고 눈코 뜰 새 없이 바빠졌다.

돈이 벌리기 시작했고 우리 집 칫솔이 점점 입소문을 타고 알려지기 시작했다.

우리 집은 어느새 아파트를 얻어 살림집을 분리하고, 세든 사람도 내보내고 판자촌집은 공장으로 사용하며 칫솔 판매를 본격적으로 했다.

돈이 좀 모이자 아버지는 판자촌집을 정리하고 건설업을 시작하셨다. 부천의 공장용지 땅을 사서 공장건물을 짓기 시작하셨는데 아버

지의 건설업이 점점 잘 되어갔다.

큰 평수의 아파트를 사서 또 이사를 했다. 맨몸으로 서울에 올라와서 부자가 되기까지 10년이 더 걸렸다. 엄마가 30대 후반에 서울로 오셨는데 50이 넘어서야 큰 아파트를 장만했다. 아버지께서 당시 유명장인이 만든 대를 물린다는 비싼 자개장을 사 주셨다. 긴 세월 아버지가 성공하기까지 엄마의 인고의 시간이 있었기에 가능한 일이라 생각한다.

아버지는 가족들 모두 앞으로 재산을 남겨 주셨다.

이모부도 회사를 그만두고 아버지 밑에서 건설을 배우셨으며 둘째 동생이 아버지께 건설을 배웠다. 그렇게 살만할 때 시골의 산소를 이장하는 대공사를 하셨고 무리를 하셨던지 얼마 후에 67세의 연세로 돌아가셨다. 장례식장엔 많은 친척과 문상객이 몰렸다.

아버지는 무교이셨지만 작은아버지나 당숙아저씨들은 유교식의 장례를 생각하고 계셨다.

가족 중 나는 성당에 다니고 있었는데 꼭 아버지께 연도를 바쳐드리고 싶었다. 엄마는 불교셨지만 가끔 절에 가시는 편이다. 가족 중 큰며느리는 불교, 작은며느리는 개신교, 나는 천주교, 막내여동생은 불교로 우리 집은 각자 다른 종교를 가지고 있었다. 엄마는 "종교에 대해선 각자 믿고 싶은 대로 믿어라" 며 신앙을 다 존중하셨다.

나는 결혼 전부터 내 방에 십자가를 걸고 성당을 다녔다. 내가 성당에 연락해서 연도를 바치겠다 하니 엄마가 허락하셨다. 그런데 큰동생 내외가 반대했고, 둘째올케는 내 편을 들고, 막내는 큰올케 편을 들고 합의가 되지 않아 성당에서 이런 사연을 듣고 신부님께서 레지오단원의 방문을 중지시키셨다고 사무실에서 알려왔다. 나의 연도 계획은 물 건너가게 되었다.

그런데 막내여동생이 절에 가서 큰스님께 이 일을 상의하니까 큰스님이 하시는 말씀이 "돌아가신 분을 위해 기도를 바치는 건 어느 종교든 상관없다. 길은 다 하나로 통하고 만난다. 빨리 연도를 바쳐 드리라."고 하셨단다.

이미 레지오 방문이 취소됐는데 어떡하나 생각하던 차에 성당의 반장들과 여고동창들 20여 명이 같은 시간에 문상을 왔다. 같이 공모라도 한 듯이 모두 한마음이 되어 연도 책을 손에 들고 기도를 바쳤다. 친척들이 지켜보는 가운데 아버지를 위해 연도를 바치게 되어 기뻤다. 중환자실에 계실 때도 천국 가시라고 혼자 마음속으로 기도를 했다.

우리 가족은 아버지께 재산을 물려받아 궁핍하지 않게 살 수 있었다. 그 중에서도 작은 동생은 건설업으로 성공하여 사업을 잘 키워가고 있다.

아버지께서 생전에 종친회에 기부도 하시고, 유일한 형제인 작은아버지를 많이 도와 주셨는데, 친척들이나, 주변사람들을 만나면 생색도 잘 내셨다.

한 예를 들자면 부모님이 고향을 내려가셔서 작은아버지 댁에서 친할머니 제사를 지냈다. 작은아버지께서 "형님! 부산대 병원에 사촌이 심장수술을 받고 입원중인데 병원비에 보태 쓰도록 100만 원씩 보내주면 어떻겠어요?"라고 얘기했더니 "너 혼자 해라."며 역정을 내셔서 작은아버지가 무안해 하셨단다. 듣고 있던 엄마가 좀 도와주라고 거들었는데 아무 말씀도 안 하셨단다.

제사를 지내고 서울로 돌아왔는데 며칠 후 그 사촌이 전화를 했다. 엄마가 병문안 못 가서 미안하다고 얘기했더니 그 사촌 왈 "형수님! 고맙습니다. 형님이 500만 원 보내주셔서 잘 썼습니다." 하더란다.

아버지가 미리 돈을 500만 원 보냈는데 그 사실을 모르고 작은 아버지께서 도와주자고 하니 엄마가 듣고 있으니까 돈 보낸 것이 탄로 날까봐 역정을 내신 거였다.

내가 재건축 말이 있는 작은 아파트 딱지를 하나 사려고 차 사려고 모은 돈까지 다 합쳐도 1천만 원이 부족해서 아버지께 부탁한 적이 있었다. 그런데 아버지의 한 달 월세도 안 되는 돈이었지만 내가 사표를 낸 이후 매월 생활비를 조금씩 도와주셨다면서 거절하셔서 아버지와 싸우고 울었다. 엄마의 중재로 다음날 보내 주셨는데 감사하다는 말도 못했다.

엄마는 이런 섭섭한 일들이 쌓일 때면 아버지를 미워하며 내게 얘기하셨다. 엄마를 많이 고생시켰고, 자상한 남편이 못 되신 아버지를 미워한 적도 많았다. 지금은 아버지께서 물려주신 재산으로 잘 살고 있다. 돌아가시고 나니 살아계실 적에 잘해 드리지 못해 죄송한 마음이 항상 가슴 한구석에 남아있다.

작은아버지의 단감

해마다 가을이 되면 나는 기다리는 게 있다.

이 천고마비의 계절에 사람들은 여행을 하며 자연을 즐기고, 독서도 하고 모두들 가을을 좋아하고 기다리지만 나는 작은 아버지께서 보내주시는 단감을 기다린다. 우리나라는 지방에 따라 내세우는 먹거리가 있다. 상주 곶감, 청주 부사, 제주 감귤, 영동 포도 등 … 단감은 창원 단감, 진영 단감이 단연 알려져 있다.

작은 아버지는 몇 십 년째 단감농장을 가지고 계신다. 해마다 돌감, 단감을 재배하여 돌감은 현지에서 출하하고 단감은 서울로 올려 보낸다.

10여 년 전 큰동생이 다니던 회사 홈페이지에 단감을 소개한 것이 계기가 되어 회사직원들이 주문하기 시작했다. 몇 년 새에 주문은 이삼백 박스에 이르렀다. 해가 거듭할수록 작은아버지네 단감의 인기는 높아가서 단감주문이 쇄도했다.

나도 거들어서 주변사람들에게 소개하여 해마다 50박스정도 판매해 준다.

서울에서 단감을 많이 팔다보니 작은 아버지께서는 단감을 농협을 통해 대량으로 판매하실 일이 없어지셨다. 한 해의 물량이 서울에서 다 소진되고 항상 모자랐으니까.

단감을 받아보면 발그스레 익어 보이는 것보다 겉이 푸릇한 감이 맛이 아삭하고 시원하며 단맛이 좋다.

늦가을부터 초겨울까지 나의 간식으로 하루 두 개 정도는 매일 먹는다. 일단 단감이 올라오면 나는 김치통에 단감을 넣고 김치냉장고에 보관을 한다.

남들이 가을이면 김장준비를 해서 김치냉장고에 넣을 때 나는 김장 대신 그 자리에 단감을 넣는다. 김치통에 단감을 꽉꽉 채우면 안 먹어도 배가 부르다. 아삭하고 시원한 단감은 시장이나 마트에서 파는 것과는 확실히 맛이 다르다. 그것은 바로 따서 보내는 신선함과 작은 아버지의 농부로서의 깊은 철학이 만들어낸 맛의 완성품이라고 생각한다.

단감을 주문하면 사람들은 빨리 받기를 원한다. 그러나 작은아버지는 주문이 들어 올 때마다 따지를 않으신다. 한번 따고 나면 열흘 정도를 기다리신다.

빨리 보내라고 독촉 전화를 하면 작은아버지께서 말씀하신다.

"감은 서리를 많이 맞아야 맛이 더 좋아진다. 날씨가 조금 더 서늘해질 때까지 기다려서 서리를 좀 더 맞힌 후에 따야 한다."라고.

작은 아버지의 단감에 대한 철학과 노하우는 몇 십 년 지어온 농부의 경험에서 얻어낸 값진 보물이다.

그런데 값은 시장과 비교해서 시장보다 더 싸게 매기신다.

대량으로 출하하시는 가격정도로, 감의 맛으로 따지면 시장의 가격보다 더 받으셔도 손색이 없는데 무엇보다 조카의 주변사람들에게 보내는 것이니 조카들에게 안 좋은 소리라도 들릴까 봐 택배비, 인건비 등을 제하면 돈이 되지도 않을 만큼 지극히 양심적으로 받으신다.

올여름은 유독 더위가 심해서 감의 생산도 줄고 벌레도 생겼다며 값을 더 내려주라고 하셨다.

나는 작은아버지께 “벌레 하나도 안 보이고 맛만 좋았다며 힘들게 농사지어서 적선하실 거냐?”며 말렸다.

날씨가 농사에 영향을 많이 주기에 예부터 농부는 하늘을 보며 그 해 농사를 예감하는 지혜가 생겼을 것이다.

이래저래 감이 늦어져 사정을 얘기하는 문자나 전화를 하면 다들 불평 없이 기다려주어 고마웠다. 한두 해 주문하는 것이 아니고 해마다 먹어오는 단감이었기 때문일 거다.

작은아버지는 감을 상품가치가 있게끔 포장에 신경을 쓰시지 않는다. 그냥 농장에서 따는 대로 박스에 집어넣어 보내니 박스를 열고 실망할 수도 있다. 그러나 감 맛을 보는 순간 사람들의 생각을 바꾼다. 한 사람이 몇 박스씩 주문하기도 한다.

나는 감을 알려야 하고, 빨리 안 오면 속도 타고, 물건 값도 체크하고, 실수를 안 하기 위해 나름 신경을 쓴다.

몇 백 박스씩 주문을 받는 큰동생은 더 신경을 쓴다. 그러나 우리 남매는 가을이 오면 단감 장사를 즐겨 한다. 우리의 작은 도움이 작은 아버지께 농사지은 보람을 안겨주기를 바라는 마음으로.

이제는 연세도 있으시니 힘들게 농사를 짓지 말고 사셔도 될 텐데… 그러나 감나무가 존재하는 한 감은 해마다 주렁주렁 열리게 되어 있는 자연의 이치를 거스를 수가 없다. 농장의 일부를 파시고 일부의 농장은 가지고 계시며 감 수확을 되풀이하신다.

농부는 도시의 꾼들처럼 부동산투기나 주식으로 한탕을 꿈꾸지 않는다. 그저 자연이 주는 대로 순응하며 살아간다.

아삭한 단감에서 농부의 굵은 손마디와 깊게 패인 이마의 주름이 연상된다. 그렇게 가을 감과 함께 보낼 수 있어 좋다.

* 단감의 효능: 단감은 먹어도 살 안찌고 변비와 항암에 좋다. 숙취해소에 도움을 준다. 해독작용이 탁월하기 때문이다. 단감은 독성제거에 아주 좋으며 면역력을 높여준다. 눈 건강에 좋다. 단감 속의 베타카로틴 성분이 눈의 피로회복에 도움을 준다. 암 예방에도 뛰어난 효능이 있다. 크립토크산틴이라는 성분은 항암효과를 높인다. 그 외에도 단감 한 개는 비타민C의 하루섭취량으로 충분하다.

슬픈 사랑

교사로 첫 발령을 받고 화성군에 있는 초등학교에 근무할 때 이야기이다.

친정엄마께서 당신 조카에게 친구 중에 좋은 총각 있으면 나를 소개하라는 부탁을 하셨다. 그때 외사촌오빠는 방송국 다니는 친구에게 전화해서 M방송국에 다니는 한 청년을 소개했다. 나이는 29살, 나와는 5살 차이이고 명문 K대를 나오고 가족은 홀어머니와 5형제의 장남이다. 그 시절 장남의 역할은 아버지와 같은 위치인지라 그 사람 어깨가 꽤 무거웠을 것이다. 어머니는 의정부에서 과수원을 하고 계신다고 했다.

170센티가 조금 안 되는 키에 깔끔한 매너를 갖춘 남자였다. 나는 그 남자의 학력과 직장이 마음에 들었지만 키가 작다는 이유로 외사촌오빠에게 싫다고 했다. 오빠 왈 "너는 시골의 여교사로 있는 처지에 그만한 직장과 학력이면 A급 신랑감이다." 라며 내게 핀잔을 주었다. 그 사람은 소개한 친구에게 내가 무척 마음에 든다고 얘기한 모양이다. 오빠는 그 사람을 강추하며 밀었다.

소개받은 이후 그 사람은 방송국 일이 없는 날이면 나를 만나러 쌍문동에서 수원까지 내려와서 내가 퇴근하고 시외버스를 타고 수원으로 만나러 갈 때까지 터미널 부근 다방에서 몇 시간씩 기다리곤 했다. 집에서 조금 늦게 나오면 되는데 보고 싶어서 빨리 나왔다며 읽다만 신문이 수북이 쌓여 있었다.

내가 70년대 당시 유행하던 노래를 좋아한다니까 좋은 곡만 골라서 카세트테이프에 녹음을 해서 갖다 주기도 하고, 액세서리 목걸이도 사 주는 등 자상하고 친절했다.

수원에서 만나면 저녁 먹고 맥주 한 잔 마시면 막차 시간에 맞춰 다시 터미널로 뛰어야 했고, 버스가 출발 직전 어느새 귤을 사 와서 자취하는 동료들과 나눠먹어라 하며 내 팔에 귤을 한 봉지 안겨주고도 내가 화성군으로 가는 차에 오르는 걸 보고 발길을 돌려 서울로 돌아갔다.

주말이면 수원까지 내려와 또 기다리고 있었다.

처음엔 키가 작아 마음에 안 들었지만 워낙 내게 잘하니까 내가 좋아할 만한 사람 생길 때까지만 만나자라는 얄팍한 계산으로 몇 번 만났다. 연애경험도 없는 순진한 내가 그 사람의 진심에 차츰 그 사람을 좋아하게 되었다.

내가 당직을 서서 집에 올라가지 못하는 주에는 나의 근무지와 사는 곳이 궁금하다며 영하의 추운 날씨에도 시골버스를 타고 내려 바바리를 걸치고 논둑길을 걸어오곤 했었다.

집에 올라가지 않은 동료 여교사 몇이 그 사람이 왔다 하니 몰려왔다. 동료들은 번번이 보내는 귤을 맛있게 잘 나눠 먹었다는 인사치레를 했다.

그 사람은 대학시절 교내 보컬을 좀 했다며 기타를 치고 우리는 노래를 부르며 같이 놀았다. 그리고 저녁 차로 그 사람은 혼자 서울로 돌아갔다.

시골의 학교는 작고 교장, 교감을 합쳐 직원이 모두 20명이어서 가족처럼 지냈고 자취나 하숙을 하다 보니 몰려다니며 친하게 지냈다. 아무개 선생의 남편이 오거나, 애인이 오는 날이면 둘이 있을 시간도 없이 평상에 삥 둘러앉아 얘기꽃을 피우며 지냈다.

서울에서 전화라도 오면 교무실에서 당직교사가 큰소리로 "김 선생! 애인 전화 왔어." 라고 불러대어 교무실은 웃음보가 터지고 나는 전화를 받으며 쩔쩔매기도 했다.

지금은 상상도 할 수 없는 70년대 시절의 시골학교의 모습이 새삼 그리워진다.

토요일엔 수원에서 서울로 이동하여 우리의 데이트코스는 주로 덕수궁 돌담길이었다. 방송국 구경을 하고 정동의 경양식집에서 주로 데이트를 했다.

그 사람은 내게 결혼얘기를 꺼냈다. 24살의 나는 결혼 생각이 없었다. 결혼은 27살이나 28살쯤에 할까라는 막연한 생각만 하고 있었다. 내 대답은 이랬다. "아직 결혼은 생각해 본 적이 없다. 영화나 소설에 나오는 슬픈 사랑을 한번 해 보고 싶다." 란 낭만에 초치는 소리를 하자 그 사람은 그런 내가 어이없는지 결혼을 밀어붙이고 자기 어머니께도 얘기했고 궁합을 봐야 한다며 생년월일을 적어갔다. 그런데 조금씩 그 사람이 이상해지기 시작했다. 연락도 뜸하고 얼굴도 더 말라가고 이상한 핑계들을 대더니 괴로워서 안 되겠다며 결국 실토를 했다. 어머니가 궁합이 안 좋다며 너무 반대를 하신다고 자기가 어머니를 설득할 때까지 기다려 달라는 얘기를 했다. 화가 난 나는 지금이 조선시대도 아닌데 왜 그리 고리타분한 사주니, 궁합이니, 철학이니, 말도 안 되는 미신을 믿고 인생을 결정하려 하느냐며 헤어지자고 했다. 우린 그렇게 헤어졌다. 몇 번 전화연락이 있긴 했지만 그날 이후로 만나지 않았다.

나는 한동안 열병을 앓았다. 자존심 때문에 연락을 못 하면서도 정이 들어서 많이 보고 싶었고 많이 울었다.

조용필의 '정'이라는 노래가 당시의 나의 마음을 노래한 것 같아서 듣고 또 듣곤 했다.

시간이 흘러가고 계절이 바뀌면서 그 사람을 조금씩 잊고 있었다.

친구언니께서 중매를 하겠다며 전화를 했다. 자기 동서될 사람의 외사촌오빠 되는 사람인데 방송국에 근무한다며 선보기 전에 그 집에서 궁합을 먼저 봐야 한다고 생년월일을 알려달라고 했다. 어떻게 이런 일이! 세상이 참 좁다. 그 사람의 어머니가 사돈이 만나는 상견례에서 부탁한 모양인데 친구언니가 동생친구 중에 교사하는 참한 아가씨가 있다고 하니까 궁합을 보고 만남을 주선했음 좋겠다는 얘기를 한 모양이었다. 나는 언니에게 "그 사람은 나와 사귀었던 사람이다"라며 그냥 모른 척하고 계시라는 부탁을 했다. 몇 개월이 그냥 흘렀다.

어느 날, 다급한 목소리로 그 사람 전화가 왔다. 꼭 만나야 한다며 자기가 내려 갈 테니 퇴근 후 수원으로 좀 나와 달라는 것이었다.

거의 1년 만에 그 사람을 다시 만났다. 정말 보고 싶었는데 보고 싶었던 내 마음은 감추고 무슨 용무로 보자 했냐는 식의 딱딱한 말만 했다. 그 사람은 긴장하고 있었다. 들떠 있기도 했고, "며칠 전 어머니가 맞선 자리를 부탁했는데 상대여성이 나라고 말씀하셔서 너무 놀라서 당장 내려왔다며 당신은 선보란 얘기 못 들었냐?"고 물었다. 그는 자기 어머니께 "우리는 이렇게 또 만나니 이젠 어머니가 반대하셔도 결혼하겠다"고 선포했다며 나더러 자기와 결혼해 달라고 했다. 내가 "몇 달 전에 맞선 보라는 얘기를 친구언니에게 들었다"라고 말하니 왜 자기에게 전화 안 했냐며 자기는 며칠 전에 들었다고 했다. 알고 보니 그 사람 어머니가 기다리다 내 쪽에서 아무런 말이 없으니까 언니에게 동생친구랑 선 보기로 한 일을 물었고 언니는 그제야 "댁의 아들과 사귀고 결혼 얘기를 해 놓고서 궁합이 나쁘다고 반대했다면서요"라고 밝혔던 것이다.

갑작스런 결혼 얘기에 나는 "생각할 시간을 달라" 했는데 그날 이후 그 남자는 또 연락이 뜸했다.

원인을 몰라 친구언니에게 전화를 했다. "그 사람과 네가 궁합이 너무 나빠서 어머니는 결혼을 반대하며 식음을 전폐하고 아들과 전쟁을 치르고 있는 모양이라며 나더러 너랑 인연이 없는 사람 같으니 놓아주라"고 했다.

돈암동 철학 집을 50곳도 더 가 봤는데 한 곳이라도 좋다 하면 아들이 소원하는 여자랑 결혼시켜 주고 싶은데 모두가 아니라고 했다는 거였다. '뭐, 철학이 비슷하게 나오지, 다를 수가 있겠어. 그래, 보고 싶었던 사람 다시 한 번 봤으니 미련도 다 끊어버리고 놓아주자.'라는 생각이 들어 그에게 방송국 주변에서 만나기를 청했다.

그는 또 다시 초췌해진 모습으로 내 앞에 나타났다. 나는 그 사람에게 담담하게 얘기했다. 언니로부터 들었다며 좋은 사람 만나기 바라고, 우리 인연은 여기까지인 것 같다고 말했다. 그런데 그 사람 눈에서 눈물이 글썽글썽하면서 어떻게 당신을 잊고 살 수 있겠냐며 평생 잊지 못할 것 같다고 울먹였다. 나 역시 눈물이 나올 것 같아 자리를 박차고 일어나 돌아서 나왔다.

나는 옆 건물 다방에서 미리 와 기다리고 있던 선배를 붙들고 엉엉 울었다. 결국 나의 첫사랑은 슬픈 사랑이 되고 말았다. 내가 그 사람이 결혼 이야기를 꺼냈을 때 영화나 소설에 나오는 슬픈 사랑을 하고 싶다고 말한 것처럼….

첫 발령지에서 만난 J

나는 마산에서 고등학교를 졸업했다. 그때 아버지는 마산에서 운수업을 하시고 엄마는 부림시장에서 직원도 몇 명 거느리고 옷장사를 하셨다. 웬만큼 사는 편이었다.

그런데 사람 좋은 아버지께서 대형 사고를 치셨다. 주변 사람들의 빚보증을 서 주셨다가 하루아침에 가진 것을 다 잃게 되었다. 가족들은 서울로 이사했고 서울에서의 생활은 눈물겨운 가난한 삶이 기다리고 있었다.

가정 형편이 어려운 내게 일반 사립대학교는 꿈도 꿀 수 없었다. 가정 형편과 미래의 직업을 위해 집에서 기차로 통학할 수 있는 인천교대를 선택했다.

졸업 후 나는 경기도 화성군으로 초임지 발령을 받았다. 초임지는 거의 집과 먼 곳으로 발령이 나기 때문에 20대 초반을 시골에서 자취나 하숙을 하며 살았다.

친구들은 경기도 전역으로 뿔뿔이 흩어져 발령지로 떠나고 한동안 안부 엽서나 주고받았을 뿐 제대로 만나지도 못했다.

내가 근무하던 초등학교는 나를 비롯해서 여 교사가 선후배까지 10명이었다. 그중 2~3명을 제외하고 다 미혼이어서 우린 퇴근 후 어울려서 수다도 떨고, 당시 유행하던 노래를 기타 치며 부르기도 했다.

나는 심심하면 동산에 올라 시골의 논두렁, 밭두렁 길을 아무렇게나 스케치도 하며 지냈다.

학부모들이 가족의 생일이나 작은 행사를 하면 담임을 초대하기도 했는데 밥하기 싫은 우린 몰려다니며 얻어먹었다. 그런 우리들의 행동을 인심 좋은 시골 분들은 다행히 좋아하셨다.

시골 분들은 돈 봉투 대신 담임선생에게 감자 한 자루나 금방 낳은 계란 몇 꾸러미를 선물했다. 자취방에 갖다 놓고 먹지도 않았지만 훈훈한 시골의 인심이 묻어나 미소가 절로 나왔다.

우린 주말이면 집으로 달아날 생각에 토요일 수업은 대충, 청소와 정리정돈도 대충, 학교를 빠져 나오기 바빴다. 수원까지 비포장도로를 달리는 직행버스는 2시간에 한 번 정도로 다니는 유일한 교통수단이었다. 차를 놓치면 다음 버스를 기다리기는 시간이 아까웠다. 당직이 있는 주를 빼고는 거의 매주 집엘 갔다가 월요일 새벽차를 타고 근무지로 내려오는 생활을 반복하였다.

어느 날, 전주교대를 나온 J가 경기도로 내신을 내서 우리 학교에 왔다. J는 집이 전라도라 멀어서 자주 집에 내려가지도 못하고 학교에서 지내는 시간이 많았으며 나랑은 같은 집에서 자취를 하게 되었다.

J와 나는 많은 얘기를 주고받으며 반죽이 잘 맞는 친구로 지냈다.

우린 연애와 사랑, 집안얘기, 미래의 희망 등 참 화젯거리도 많았다. 그녀의 집은 시골이었고 전주에서 고등학교를 다니느라 하숙을 했는데 몇 년 후 그 하숙집 아들과 사귀게 되었다 했다. 남친이 보내오는 편지를 다 공개해서 그녀의 러브스토리를 지켜보았다.

J의 남친은 성격이 자상해서 그녀의 영양제까지 챙겨 보냈다. 나는 그런 J가 부러웠다.

우린 그때 70년대 유행하는 가수들의 노래를 엄청 좋아했다. 나는 결혼하면 교사를 그만 두고 레코드가게를 차리고 싶다 할 정도였다. J는 내 꿈이 멋있다고 격려와 박수를 쳐 주었다.

방학이 되어 J는 고향으로 내려간다며 나더러 놀러 오라고 했다. J가 일러준 대로 고속버스를 타고 내려 또 시외버스를 갈아타고 갔다. J의 집은 전주에서 꽤 들어가는 시골이었는데 지금은 어딘지 기억도 나지 않는다.

J의 부모님은 나를 친절히 맞아주셨고 딸의 친구를 위해 손수 절구에 찧어 인절미를 만들어 주셨다. 어릴 때 시골에서 자란 나는 그런 J의 집이 참 정겨웠다.

하룻밤을 자고 다음날 우린 전주 시내로 나왔다.

J의 남친이 대접한다고 기다리고 있었다. 깎아놓은 조각상같이 생긴 선이 굵은 미남이었다. J의 남친 왈 "하도 J가 김 선생 얘기만 해서 어떤 분인지 몹시 궁금했는데 역시 멋있는 분이네요"라고 듣기 좋은 말을 했다.

"무엇을 먹고 싶나?"는 질문에 "전주비빔밥이 유명하다던데" 했더니 이틀 동안 그 곳에 머무르는 내내 그 남자는 매끼를 전주비빔밥만

사 주었다. 전주에서 비빔밥 잘하기로 유명한 집만 골라서 다니며 먹었던 것 같다. 두 끼 정도 먹으면 질릴 줄 알았는데 그때 먹어본 전주비빔밥의 맛은 지금도 잊을 수가 없다. 무얼 넣었는지 기억도 안 나지만 가는 집마다 다 맛이 다르고 먹어도 먹어도 질리지가 않았다. 전라도 음식이 맛있다는 얘기는 거짓말이 아니었다.

J의 고향을 찾아 구경도 잘하고 J의 남친에게 맛있는 비빔밥을 대접만 받고 보답도 못하고 돌아왔다. 감사한 마음에 '언제 J와 남친을 서울로 불러 보답을 해야지'라고 생각만 하고 있었다.

그런데 얼마 후 J가 많이 우울해 하고 두 사람 사이가 점점 멀어져 가는 것 같더니 급기야 결별하였다.

그리고 J는 고향 쪽으로 내신을 내서 학교를 떠났다. 나도 성남시로 발령을 받아 초임지를 떠나 서울 집에서 직장을 다니면서 우린 연락이 뜸해졌다.

그 후 나에게 J의 남친에게서 전화가 왔다. J가 이기적이고 나쁘다며 J의 흉을 쏟아 부었다. 처음엔 둘 사이를 다시 이어주려고 좀 들어주는 척 했지만 J의 남친 전화는 잦았고 편지와 카세트테이프 등을 보내오기 시작하더니 그 남자는 큐피트의 화살을 내게로 돌리기 시작했다. 조각 미남 같던 남자의 겉모습과 속마음은 좀 다른 듯해 보여 당황스럽고 두 사람 사이에 끼고 싶지도 않아서 내게 보낸 물건들을 돌려보내고 전화도 피하며 내 의사를 전했다. 하지만 그 남자는 멈추지 않고 계속 전화나 편지를 했다.

J와 헤어진 지 1년쯤 지났을 무렵, J에게서 편지가 왔다. 전라도 어느 첩첩산골로 발령을 받아 지낸다는데 많이 외로운 모양이었다.

편지에 사람이 그리운 내용이 적혀 있었다. 곰곰 생각하다가 J의 남친에게 편지를 보냈다. J가 산골에 살며 많이 외로운 상태니 찾아가서 위로하고 두 사람이 다시 화해하기를 바란다는 내용으로 보냈다.

그리고 1년이 채 안 되어 J에게서 청첩장이 왔다. 헤어졌던 남친과 결혼한다며 결혼식에 꼭 내려오라고 쓰여 있었다. 많이 망설였다. 내려가서 축하를 할까? J의 남친이 나를 보기가 민망할 텐데 가지 말까? 그 두 사람을 다시 이어준 메신저가 나인 줄은 J는 모를 거다.

결국 나는 결혼식에 가지 않았다. 축전이라도 보냈어야 했는데 그때 아무것도 하지 않았던 게 시간이 지나면서 많이 후회되었다. 그 후로 그녀와 영영 연락이 안 된 채로 지금은 어디서 어떻게 사는지도 모른다.

세월이 많이 흘렀다. J의 남친이 이틀 내내 사 준 전주비빔밥이 많이 먹고 싶어지고 J도 많이 보고 싶다. 어디서 어떻게 살고 있을까?

비빔밥에 관한 수필 한 편을 읽으면서 젊은 날 J와 함께 했던 시간들을 떠올린다.

외로운 부산 생활

교사들은 4년만 지나면 이동을 해야 한다. 자기가 원하는 지역으로 내신을 낸다. 100% 원하는 곳으로 발령이 나는 건 아니지만 거의 80% 이상은 본인이 희망하는 지역이나 연고지 근처로 교육청에서 발령을 내준다.

나는 첫 발령지로 화성군(지금은 시로 승격되었음)에서 2년을 근무했다. 그곳에서 자취와 하숙을 하다 성남시로 이동했고 집에서 출퇴근하며 다녔다. 집이 구로동이어서 버스를 타고 영등포로 나와 성남행 직행버스를 타는데 학교 도착까지 통근 시간은 1시간 정도 걸렸다.

성남행 직행버스는 항상 출근하는 교사들로 붐비었다. 같은 학교에 근무하거나 이웃 학교에 근무하는 동기와 선후배들과 버스에서 잡담을 하며 친하게 지냈다. 그러면서 취미 생활로 꽃꽂이에 매력을 느껴 배우기 시작했다.

성남시에서 3년 정도 근무했는데 결혼 적령기가 지나고 있었다. 엄마는 고향에 살았으면 부산에 친척들이 많이 살고 있어서 혼처자리도 들어올 텐데 서울은 타향이라 아는 사람도 없고 살기도 힘들다고 하셨다. 아들이 대학을 마치면 고향으로 내려가시겠다는 생각을 굳히시고는 나에게 내신을 내서 먼저 부산으로 내려가 있으라고 설득을 거듭하셨다.

부산에서 직장 다니면서 결혼도 하고 살기를 바라셨다. 친척들께 중매하라는 전화도 하시고 내가 먼저 가면 당신들도 내려오시겠다고 하셨다.

그때는 서울은 특별시여서 경기도에서 서울 들어가기는 힘들었고, 부산도 직할시여서 타도에서 들어가기가 어려웠다. 내신을 내어도 발령 나기는 쉽지 않았다.

엄마의 성화에 못 이겨 성남시에서 내신을 냈더니 갑자기 발령이 났다. 생각지도 않고 있어서 옷가지 몇 개만 챙겨서 급히 부산으로 내려가 학교 앞에서 한 달간 하숙을 했다.

동래구에 있는 부산교대 대용 부속초등학교로 발령이 났다.

아직 공사 중에 개교를 해서 화장실은 간이로 사용해야 했고, 건물의 페인트 냄새도 남아 있었다. 운동장은 건축자재들로 어질러 있는 어수선한 가운데 3월이 되어 개교를 한 신설학교였다.

처음엔 많이 불편했다. 거기다 남쪽이라 봄옷을 챙겨 갔는데 꽃샘바람과 부산의 바닷바람이 초겨울 날씨같이 추웠다. 2주 정도 견디다 집에 올라가서 두꺼운 옷을 챙겨오니 봄이 만개하여 겨울옷은 입지도 못하는 해프닝이 생기고 적응이 안 되어 한동안 고생했다.

3월에 눈이 왔다. 수업을 하려고 교무실을 나서는데 동료들은 모두 창밖만 내다보며 환호하고 있었다. 몇 년 만에 눈이 온다고 좋아들 했다.

서울의 겨울은 눈이 쌓여 있는 날이 많아서 예사로 넘겼는데 '아! 내가 몇 년 서울에서 사느라 남쪽은 눈 보기가 어렵다는 사실을 잊었네.' 라는 생각이 퍼뜩 들면서 내가 타향에 와 있다는 외로움이 느껴졌다.

나의 부산생활은 친구가 없어 행복하지 못했다. 마산에서 고등학교를 나왔고 대학은 인천에서 나온 내게 부산은 친척은 있어도 친구는 없었다.

매주 토요일 오후 기차로 서울로 올라가고 일요일 밤차로 부산으로 내려가는 생활을 반복했다. 새마을을 탔는데 영등포에서 집까지 버스로 이동하면 부산에서부터 총 5시간정도 소요되었다.

엄마는 외삼촌과 사시던 외할머니를 나와 살게 했다. 외할머니의 동생 이모할머니 집 부근에 전세 집을 얻어 외할머니와 살았는데 아침에 내가 출근하면 외할머니는 침구점을 하신 이모할머니 가게에 가서 지내시다가 내 퇴근 시간에 맞춰 저녁준비를 해놓으셨다. 외할머니께서 나를 잘 돌봐주셔서 항상 집밥을 잘 챙겨 먹었다. 주말에 내가 서울 올라가면 외삼촌댁에 가셨다가 다시 일요일 오후에 우리 집으로 오셨다.

성남시에서부터 배우던 꽃꽂이를 부산지부로 찾아가서 계속 배우며 부산전시회에 작품도 출품하고 친척들도 초대했다.

외사촌 이모 한 분이 산업체기업에 기숙사 사감으로 근무를 하고 있었다. 공장에 근무하는 공원 아가씨들의 교양과목으로 꽃꽂이 강좌를 한 달에 두 번 실시하는 기획을 했다며 내게 강의를 맡겼다.

학교 수업이 끝나고 회사로 가서 강당에 몇 십 명을 모아놓고 수반에 꽃을 꽂는 강의를 했다. 그때 꽃을 꽂는 화기로 나는 주로 장독뚜껑을 많이 사용했다. 비싼 화기 대신 생활주변에서 화기를 찾게 하고 싶었기 때문이다. 들국화 몇 송이도 꽃꽂이로 아름답게 변신할 수 있는 꽃꽂이의 매력을 전하는 좋은 기회였다.

그리고 매주 교장실에 꽃을 꽂았더니 교장선생님이 무척 좋아 하셨다. 주말마다 서울 가지 말고 부산에서 결혼해 살라고 하셨다.

학부형들도 내가 표준말을 쓰니까 아이들이 집에서 선생님 흉내를 낸다면서 무척 좋아했다.

그러나 나는 부산이 싫었다. 부모님이 내려오겠다던 계획도 물 건너갔다. 큰동생이 상대를 우수한 성적으로 졸업하고 S그룹에 입사를 했고, 밑의 두 동생도 다 대학을 다니고 있었으니까.

친척들이 몇 군데 맞선을 주선하기도 했지만 마음은 콩밭에 가 있는 사람처럼 내 눈에 들어오는 사람도 없이 건성건성 만났다.

나는 부산을 떠나고 싶었다. 1년 만에 다시 서울로 내신을 냈다.

전두환 대통령시절, 서울에 초등교사가 많이 부족했다. 주민등록이 서울로 되어있는 교사는 서울 발령의 기회가 생겼다. 봄 방학 때 발령통지가 오는데 소식이 없기에 발령이 안 나나 보다 하고 그날 맞선을 봤다.

맞선 본 사람이랑 얘기도 즐겁게 하고 저녁도 먹고 늦게 귀가했더니 외할머니께서 "발령통지가 났다고 교장선생님이 전화하셨다"며 빨리 연락해 보라 하셨다. 다음날 일찍 방문했더니 "김 선생! 어제 맞선 본 사람이 어떠했냐"면서 서울 가지 말고 부산에서 살라고 하셨다. 나는 서울로 가겠다며 발령장을 받아 오후 기차를 타고 올라와 집 근처로 발령을 받았다.

며칠 후 맞선 본 사람에게서 다시 만나보고 싶다는 연락이 와서 내가 서울로 가 버렸다 하니 많이 상심해 하더라는 전화를 받았다. 그런데 며칠 지나 또 연락이 왔다. 나만 좋다면 그 사람이 회사를 서울 본사로 이동을 하겠노라고 다시 만나자는 의사를 보내왔다. 나는 거절했다. 맞선만 보고 와서 그 사람을 잘 모르는데 어떻게 서울로 올라오라 할 수 있느냐며, 좋은 사람 같았는데…

6년 동안 화성군에서 2년, 성남시에서 3년, 부산에서 1년, 다시 서울로, 역마살이 끼었는지 학교를 4번이나 옮기게 되었고, 나의 교사 생활은 몇 년 후 서울에서 마감을 했다.

교직을 떠나다

교직에 있는 동안 나는 학교를 여러 번 옮겨 다녔다. 초임지인 화성군에서 성남시로, 다시 부산으로, 그리고 서울 구로동 집 근처로 발령을 받았다.

부산에서도 그랬지만 서울 역시 학교생활에 별로 재미가 없었다. 말이 서울이지 변두리 학교의 수준은 성남시보다 못하면서 이기주의는 팽배해 있는 분위기였다. 학교의 관리자들이 성숙하지 못해서 오만과 불신이 몸에 배어 있는 듯했다.

인천교대를 나온 내게 서울은 동기도 없고 후배가 한둘 있었지만 자신만 아는 깍쟁이들이어서 친하게 지내지 않았다. 학교가 커서 동료가 50명이 넘었지만 군중 속의 외톨이 같은 느낌이었다.

교사를 그만 둔 후에도 한동안 교단에 서 있는 꿈을 꿀 때가 있었는데 그곳은 항상 초임지 화성군의 학교였다.

그 시골 학교에서 운동회가 열리는 날은 마을의 잔칫날이다. 추석 다음날이나 전날에 운동회를 개최하는데 한 달 전부터 수업은 대충하고 운동회 연습에 전교생이 동원되고 교사들도 운동회에 매달린다.

난 그때 고학년을 맡았는데 매스게임이나 고전 춤, 단체놀이 등을 준비하느라 머리를 짜며 구상을 하고, 음악, 의상 등의 조언을 받기 위해 여러 곳을 찾아다니며 준비했고, 학생들을 연습시키며 수정, 보완을 반복하였다.

고향을 찾은 친지와 가족들이 모두 학교로 몰려 운동회를 즐겼고, 운동회 행사는 1년 중 가장 큰 학교행사이며 시골의 큰 잔치였다.

운동회가 끝나고 나면 선배들과 뒤풀이한다며 서울의 고고클럽에 가서 놀아 보기도 했다. 철도 없었고 젊기도 했지만 선후배 사이가 돈독했고 친하게 지냈다. 학교에서 뿐 아니라 주말에 서울로 올라와서도 시내에서 만나 돌아다니기도 했다. 성남시에서 근무할 때 동기들과 어울려 지냈던 시절도 그리운 추억으로 남았다.

서울로 올라와 집 옆으로 발령이 나니 출퇴근하며 버스에서 즐기던 낭만도 사라지고, 같이 돌아다닐 동기도, 마음을 나눌 선후배도 곁에 없어 허전했다.

교직에 있으면서 늦은 나이로 남편을 만나 결혼을 했는데 맞벌이에 협조를 하지 않는 남편과 가정사의 문제로 딸을 낳으면서 결혼 2년 만에 사표를 썼다. 남들은 서울에 근무한다고 다들 부러워했지만 나의 교사생활은 화성군과 성남시에서 보낸 시간이 더 보람 있었다. 나의 교직생활은 네 학교를 거치면서 10년 만에 마감을 했다.

세월이 흐르면서 난 그때의 선택을 후회한 시간도 있었다. 내가 빨리 교직을 떠나는 바람에 화성군이나 성남시에서 만났던 선배, 동기들과도 연락이 끊어진 채로 오랜 세월을 살았다. 그때 함께 했던 선배, 동기들은 어떻게 살고 있을까 궁금하고, 그들이 때때로 그립다.

의류업을 시작하다

교직에 사표를 낸 후 남편의 월급봉투를 받긴 했지만 박봉이었다.

나는 건설업을 하시는 친정아버지께 생활비를 도와달라고 부탁을 했고 아버지께서 딸아이가 태어날 때부터 오랫동안 도와주셨다.

남편이 50대에 직장에서 스트레스를 받는 일이 생기자 사표를 쓰고는 사업을 하겠다며 사람들을 만나러 다니기 시작했다.

D브랜드 숙녀복 의류회사 사장으로 있는 남편의 대학 친구가 있었는데 그 친구가 대리점을 내라고 권하며 목동 로데오에 가게를 하나 추천했다. 남편은 내게 지원을 요청했다.

D브랜드는 백화점에도 입점해 있는 캐릭터 강한 옷이긴 하지만 그 옷은 입는 마니아층이 있어서 평범한 브랜드는 아니었다.

그때 아버지가 돌아가시고 유산으로 받은 내 명의의 공장 건물이 부천에 있어 월세가 좀 나오고 있었는데 남편이 그 건물을 담보로 1억5천만 원을 대출해 달라고 졸라댔다.

친구가 사장이라 대리점 위탁보증금은 안 받고 물건을 깔아준다 했는데 그 가게의 권리금이 7천만 원, 인테리어비 비용 3천만 원,

가게보증금 5천만 원 총 1억 5천만 원에 월세는 월 350만 원이었다. 내가 안 된다고 말렸는데도 남편은 기어이 사표를 쓰고 매니저를 1명 두고 자신이 경영하겠다며 대출금은 퇴직금을 받아서 갚겠노라고 고집을 부렸다. 할 수 없어 2천만 원의 계약금을 통장에 넣어주고 기간제 교사로 나가던 중이라 출근했는데 말려야겠다 싶어 학교에서 전화를 했다. 계약하지 말라고 했더니 이미 계약서를 썼다고 했다.

계약조건을 보니 황당했다. 계약서는 2장을 썼는데 한 장은 원안대로 월 350만 원, 또 한 장은 세무서 신고용으로 집주인이 자기들 세금 안 물려고 월 150만 원의 다운계약서를 요구했고, 그 조건을 수락하고 돈을 다 지불해 놓았다. 권리금은 가게 세 들어 있던 세입자가 다 받아가고 열 받은 집주인은 비싼 월세를 안겨 주었다.

얼마를 벌어야 가게 세와 매니저 월급을 주고 카드수수료, 세금 등을 낼 수 있을지 답이 나오지 않은 채 인테리어를 끝내고 매장 오픈을 했다. 매장 오픈과 동시에 기간제로 나가던 학교도 그만 두고 가게를 맡게 되었다.

숙녀복이라 탈의실에 여자들이 옷 갈아입느라 들락거리니 남편이 매장에 있을 수가 없었다. 남편은 다시 직장으로 돌아갔다.

장사라곤 해 보지도 않고 '장사의 장' 자도 모르던 내가 '맨바닥에 해딩'하는 꼴로 의류업에 뛰어든 것이다.

친정엄마가 옷 장사를 오래 하셨고 살림은 언제나 식모언니가 했다. 엄마가 가게 나가시고 나면 식모언니의 눈치를 보며 살았다. 그래서 이 다음에 가정을 꾸리면 가정주부로만 살려고 결심했다. 엄마 없는 빈 집이 싫기 때문이었다. 운명이라는 것이 있는 건지 친정엄마가 하신 옷 장사를 내가 하게 된 것이다.

그때 고등학교 친구 P가 결혼으로 일찍 교단을 떠났는데 경기도에 초등교사가 모자라서 형식적인 시험만 치르고 학교를 들어갈 기회가 생겼으니 같이 가자고 했다. 그런데 나는 의류업을 시작했고 친구는 학교로 돌아갔다. P는 아직도 학교를 나가고 있으며 퇴직하면 연금도 좀 나오는 모양이다.

나는 그때 학교를 다시 안 들어 간 것도 참 후회스럽다. 고지식한 내가 장사를 하면서 수많은 시행착오와 눈물의 시간을 보내야 했다.

숙녀복을 경영하다

D브랜드 숙녀복은 캐릭터가 강한 마니아층이 있는 옷이라 고객이 많지 않았다. 연령층도 이삼십 대에 맞는 옷이라 목동로데오에서 살아남기란 쉽지 않았다. 손님이 없어 썰렁할 때가 많았다.

임대료는 비싸고 장사는 안 되어서 친정아버지가 물려주신 건물에서 나오는 세를 매장의 적자에 메꾸기 시작했다.

다행히 매니저가 수완이 좋아서 매장을 찾는 손님은 거의 빈손으로 나가는 법이 없을 정도로 판매를 잘했다. 늘씬하고 옷태가 좋은 매니저가 매장의 옷을 입고 판매를 하니 손님들이 매니저의 옷을 보고 구매를 했다.

그런데 날마다 옷을 바꿔 입다보니 입은 옷은 더러워지고 판매를 할 수가 없었다. 세탁소에 맡기고 찾고, 판매가 어려운 옷은 반품처리하고, 본인이 입기도 하였다. 말이 점주지, 내가 하는 일이 세탁소, 수선실, 스팀질, 매니저가 마신 커피며, 먹은 음식 쓰레기처리, 손님들 커피 대접 등 치다꺼리를 하였다. 장사라도 잘한 날은 보너스로 치킨을 비롯한 간식에서부터 가족들 생일은 안 챙겨도 매니저 생일엔 술과 고기 등을 그녀의 남친까지 불러다 사 주며 비위를 맞추다보니 직원이 상전이었다. 음식점에서 주방장이 갑질하는 꼴이다.

고객들도 진상이 많았다. 수십 벌씩 입어보고 화장품 묻혀놓고 사지 않고 가는 손님, 며칠 입고 와서 트집 잡으며 교환을 요구하는 손님, 소비자가 왕이라지만 도가 지나친 손님들이 많았다.

매장 간 물건 이동을 알티라 하는데 타 매장에서 먼저 판매가 되면 우리 매장에 입고했어도 팔지도 못하고 인기상품을 보내야 하는 고충도 있었다.

열흘마다 돌아오는 본사 결제 대금, 월세. 매니저 월급, 집주인의 요구대로 들어준 다운계약서 때문에 부가세 신고도 못해 환급도 못 받았고, 월세를 경비처리를 못하니 매출은 적자인데 흑자로 되어 세금은 몇 백만 원씩 냈다.

딸이 고등학교 3학년, 아들이 초등학교 4학년일 때 옷 장사를 시작했는데 집안일을 다해 놓고 저녁준비까지 마치고 가게로 나가려면 점심시간이 지나 오후 2시경 되었다.

내가 매장으로 나간 후 한두 시간이 지나면 아들은 귀가할 시간인데 누구도 아들을 케어해 줄 사람이 없었다. 간식을 먹이고 학원도 보내야 했는데.

내가 가게를 맡으면서 남편은 직장에 남아 있었다. 일찍 퇴근하는 남편에게 아들을 좀 건사하라고 전화를 여러 번 해도 대답만 건성건성 하고 퇴근 후 직장 동료들과 어울려 술 마시고 노느라 아들을 챙기지 않았다. 아들은 혼자 집에 있으니 학원도 안 가고 컴퓨터로 게임에 빠지는 날이 많아졌다. 시간이 지날수록 게임기도 여러 개로 늘어났고 공부에 흥미를 잃어갔다.

아들 건사도 안 되고, 장사도 안 되고, 매니저는 속을 썩이고, 수천 피스의 물건은 파악도 안 되고, 몸은 힘들고, 운동 할 시간도, 여가를 즐길 시간도, 종교생활을 할 시간도 없었다. 일요일도 쉴 수가 없고, 매니저는 일주일에 하루는 쉬어야 하니 매니저 쉬는 날은 화장실 가기도 쉽지 않았다.

장사는 안 되어도 가게 문은 열어놓아야 한다. 창살 없는 감옥같이 지내다 밤 9시가 넘어서야 문을 닫았으며 마무리하고 집에 오면 부엌일이 또 남아있었다.

나는 스트레스가 너무나 쌓여서 집에만 오면 울었고 매장을 벌린 남편을 많이 원망했고 자주 싸웠다. 남편은 내게 손해를 보고 접자 했지만 시작할 때 1억을 날렸고 1년간 운영하면서 난 손해까지 몇 천만 원이 더 날아갔기 때문에 남편의 말이 귀에 들어오지 않았다. 가슴으로 울면서 장사를 배웠고, 물건을 파악해 갔으며 고객과 친해져 갔다.

속을 썩이던 매니저를 내보냈다. 그러자 비슷한 브랜드로 옮겨 고객 명단을 가져갔다며 염장을 질렀다. 나는 눈도 꿈쩍 안 하고 하고 싶은 대로 하라고 엄포를 놓았다. 어차피 은혜를 모르는 행실이 길게 좋지는 않을 터.

직원을 몇 명 바꿔 봤지만 신통하지 않았다. 일주일에 두 번은 낮 동안에 두 올케가 번갈아 나와서 장사를 도왔고, 수시로 일찌감치 대학에 합격한 딸이 마네킹 디피와 장사를 도왔다. 미대 의상학과를 지원한 딸이 디피와 판매를 곧잘 해서 주변 사람들을 놀라게 했다.

나는 전문가에게 부탁해 엑셀을 다시 깔아서 전산으로 수천피스의 물건을 파악하기 좋게 만들었다. 그러나 역시 타격은 있었다. 캐릭터가 강한 옷이고 매니저마저 없으니 매출이 더 줄고 타 매장에 뺏기는 알티 물건은 더 많아졌다.

그런데 우리 매장에서 마주보이는 골프웨어매장은 사입한 물건 박스들이 산더미처럼 들어오고 손님도 바글바글 했다. 파리를 날리는 우리 매장과 너무나 대조적이어서 골프웨어로 바꾸어야겠다는 생각을 하였다.

쉽지는 않은 일이었다. 매장 인테리어비가 몇 천만 원 들어갈 것이고 사입 브랜드를 런칭하려면 돈이 억대가 들어가고, 위탁브랜드는 초기 자금은 적게 들지만 브랜드 인지도가 약했다. 지금은 거의 모든 브랜드가 위탁 판매형식으로 대리점과 아울렛 매장에 물건을 깔지만 2003년도에는 사입 브랜드가 많았다.

남편은 어디서 돈을 구할 거냐며 극구 말렸다. 그러나 이대로 숙녀복을 계속 할 수는 없었다. 적자는 계속 쌓이고, 1억이 넘게 날려버린 돈을 만회할 방법이 없었다. 숙녀복을 인수할 사람이 없었다. 평범한 브랜드의 옷도 숙녀복은 정장 속의 인어까지 다 매치가 잘되어야 판매할 수 있는 애로점과 오랜 노하우가 있어야 한다. 하지만 골프웨어는 티 하나라도 자유롭게 팔 수 있어 판매도 용이할 뿐더러 남녀노소의 고객층도 넓어 브랜드 런칭과 물건만 잘 확보하면 앞집처럼 매출은 일어날 것 같았다. 나는 숙녀복매장의 실패를 통해서 장사를 배웠고 숙녀복으로 망한 돈을 골프웨어로 바꾸어 만회할 각오로 과감히 숙녀복을 접었다.

골프웨어로 오픈하다(1)

숙녀복을 접고 골프웨어로 오픈을 하려고 우선 돈 마련을 위해 여기저기 알아보았다. 남편의 직장 퇴직금을 담보로 5천만 원을 빌렸다. 은행에 가서 자영업자 신용대출을 신청했다. 숙녀복을 1년간 운영했기 때문에 대출이 용이해서 5천만 원을 저리로 빌렸다. 5년 동안 원금과 이자를 분할 상환하는 제도인데 신용보증재단을 거쳐 심사를 마치고 은행을 통해 이자를 내는 방식이다. 또 후배에게 5천만 원을 빌려 1억 5천만 원을 마련했다. 숙녀복과 골프웨어를 오픈하느라 1년 동안에 3억 원의 빚을 지게 된 것이다.

브랜드 런칭을 위해 유명골프웨어의 문을 두드렸다. 회사로 전화해 영업팀에 의사를 전달하고 매장을 방문해 줄 것을 요청했다. 그런데 유명브랜드는 물건의 사입가로 몇 억과 매장 인테리어비용도 수천만 원을 달라 했다.

남편이 당시 유명 디자이너 '앙드레 김'의 이름을 딴 A브랜드가 새로 골프시장에 뛰어들어 매장을 확장한다면서 A브랜드가 위탁이니 런칭하자 했다. 인테리어 비용이 5천만 원이었다. 위탁보증금 3천만 원을 합쳐야 1억이 안 되게 들지만 5천만 원을 인테리어에 투입하는 건 아까웠다. 회사와 비용면에서 조율해 보다 안 되어서 결국 취소했다.

그리고 고심 끝에 백화점에 브랜드가 입점해 있는 L브랜드를 런칭하기로 결정하였다. 인테리어는 자기네 매뉴얼만 살려서 알아서 하라 했다. 숙녀복을 철거하고 골프매장으로 바꾸는 데 인테리어비가 2천만 원이 들어갔다. 그리고 5천만 원으로 썸머시즌 물건을 사입하고 위탁보증금 2천만 원을 지불하고 L브랜드의 위탁 물건도 받았다.

매장은 물건으로 꽉 찼고 4월에 오픈하자 손님들이 들이닥치기 시작했다. 앞집 골프웨어를 부러워했는데 우리 매장에도 고객이 몰리기 시작한 것이다.

나는 골프웨어를 오픈하면서 집을 전세 놓고 목동로데오에 주상복합아파트를 전세금과 대출을 끼고 구입했다. 아들의 건사가 안 되어서 가게 옆에 집을 옮기기로 한 것이다.

이사를 하기 전 주상복합아파트의 베란다를 사입 물건 저장창고로 쓰기 위해 인테리어 공사를 했는데 비용이 많이 들어버렸다. 골프웨어에서 한 달 동안 번 돈 3천만 원을 인테리어비용으로 지불했다.

5월이 되자 본사에서 겨울 물건을 사입하라고 해서 겨울 물건 값으로 8천만 원을 보냈다. 좋은 사이즈와 인기상품을 확보하기 위해 대리와 과장, 이사까지 줄줄이 로비를 해 놓고 본사에서 샘플을 보고 인기물건을 미리 초이스해 두었다. 로비 비용도 만만찮았다.

그런데 물건 값을 보내고 물건이 올 때가 되었는데 하며 1~2주 정도 기다리고 있는데 회사가 부도났다며 채권단이 들이닥치기 전에 빨리 본사로 와서 물건 가져가라는 연락이 왔다. 연유인즉, 사장이 부천 물류창고의 물건을 빼돌리고 고의로 부도를 내버리고 잠적했다는 어처구니없는 일이 일어난 것이다.

헐레벌떡 여의도 본사로 들어가니 돈을 입금한 매장들의 손해를 조금은 덜어주려고 직원들이 휴일인데도 나와서 물건을 박스에 담아 트럭에 싣고 있었다.

목동매장 것이라며 박스를 트럭에 싣고 있었다. 박스의 물건도 확인도 못하고 초이스한 것과 거리가 먼 것들을 주는 대로 받을 수밖에 없었다.

다리가 후들거렸지만 배웅 나온 P대리에게 "직장 떨어져서 어쩌냐? 힘내"라며 물류과장이랑 식사라도 하라고 수표 한 장을 찔러주고 왔다.

그 후 P대리는 매장에 자주 들러 물건을 살 때나 가격 조율 등에 도움을 주었고 나는 간간히 용돈도 챙겨주었다.

물건을 받아 밤이 새도록 스캔을 찍어 확인해보니 입금한 돈보다 2천만 원 정도가 덜 왔다. 거기다 부도가 났으니 물건의 가치는 바닥으로 떨어진 걸 감안하면 절반가밖에 안 될 뿐 더러 모자, 벨트, 가방 등의 소품도 없고 구색이 안 맞아 장사를 할 수가 없는 상황이었다.

인테리어를 매장 점주의 자율에 맡길 때부터 사장은 부도를 준비한 모양이었다. 그것도 모르고 오픈해서 한 달 장사 잘하고 사단이 나 버린 것이다.

이런 어이없는 현실에서 나는 물도 마실 수 없고, 잠을 잘 수도 없고, 죽을 것같이 괴로웠다. 계속 가위에 눌렸다. 저 물건을 가지고 어떻게 장사를 하며, 3억의 빚을 어찌하고 매장 임대료며 유지를 어찌할까?

꿈을 꾸었는데 내가 절벽의 벼랑 끝에 매달려 있었다. 아래는 낭떠러지, 위로 올라가려고 애를 쓰는데 짚은 손이 미끄러져 허공을 내젓다 절벽 아래로 몸이 떨어졌다. 소스라쳐 깼다. “성모님! 저 좀 살려주셔요, 제가 죽을 것 같습니다.”라고 통곡하며 울었다.

매장에 나가 있는 내 얼굴은 백짓장 같았고 어지러워 쓰러질 것 같았다. 다른 브랜드 영업사원이 몇 명 와서 브랜드를 자기네 것으로 바꿔주면 남은 옷을 같이 팔게 해 주겠다며 장밋빛 제안을 했다. 귀에 들어오지도 않았고 그들도 넋 나간 나를 보고 좀 쉬시라며 돌아갔다.

딸이 대학 1학년 여름방학을 맞아 어학연수를 가고 싶다 하기에 6학년인 아들과 같이 가라고 했다. 캐나다에 친척이 있어 아이들을 캐나다로 어학연수를 보내고 매장 일에 올인하여 이 사태를 수습해야겠다고 생각했다.

캐나다로 가기로 한 날, 갑자기 본사에 가서 세금계산서를 받아야겠다는 생각이 들어 본사를 다시 달려갔다.

이미 채권단이 접수해서 분위기는 사뭇 살벌했다. 영업이사에게 세금계산서 얘기를 하니 부도가 나서 소용이 없다 했다. 그냥 돌아왔다.

안 넘어가는 밥알을 억지로 찬물에 말아 한 숟가락 뜨려 하는데 이사가 빨리 들어오라고 전화를 했다. 채권단이 식사하러 나갔으니 얼른 세금계산서를 발부해 주겠다고 했다. 나는 숟가락을 던지고 여의도로 과속을 밟아가며 달렸다. 그렇게 1억3천만 원의 세금계산서를 받았고, 그 다음해 세무서에서 조사했지만 내 통장에서 돈이 본사로 입금된 통장을 제시하고 부가세 환급을 1300만 원 받을 수 있었다. 나는 그 일을 성모님이 도와주신 거라 믿었다.

짐을 쌀 시간도 없이 대충 옷가지 몇 개만 챙겨서 그 날 저녁비행기로 아이들을 캐나다로 보냈다. 그 날 하루, 밥 한 끼도 먹지 못한 채 나는 여의도를 두 번 다녀오고 인천공항까지 달려갔다 왔다.

나중에 L브랜드가 다시 회생하기 위해 점주들이 영업이사를 중심으로 모였다. 나의 세금 계산서 얘기에 다들 놀랬다. 베테랑 점주들 중 누구도 그 생각을 한 사람은 없었다.

골프웨어로 오픈하다(2)

아이들을 캐나다로 보내고 이사에게 채권단이 보유하고 있는 물건을 좀 사고 싶다고 다리를 놓아 달라했다. 물건들이 전부 하남 물류센터로 이동했다며 채권단이 하남으로 오라 하여 매니저를 데리고 하남시로 물건을 사러 갔다.

남편이 엄청 반대했다. 본사 물건 값도 반 토막으로 날아갔는데 또 2천만 원을 빌려서 물건을 사다니 미친 짓이라고, 나는 매장에 물건이 없으면 있는 물건도 팔지 못한다며 우겼다.

이런 상황에서 나는 아무것도 두렵지 않았다. 어떻게 해서든지 날아 간 돈을 찾아야겠다는 마음뿐이었다.

물류센터에서 분류작업 아르바이트를 하고 있던 P대리가 거기 있는 물건을 다 사입하라고 귀띔을 했다. 5천만 원이 더 필요했다. 도저히 내 여건에 무리여서 2천만 원만 사 가지고 왔다.

본사에서 구입하는 금액의 반값으로 샀다. 그런데 그때 내가 그 물건을 다 가져왔더라면 2억은 능히 벌었을 것이다. 돈이 턱없이 부족했고 경험이 없어서 기회를 놓쳤다.

물류센터에서 사 왔던 물건과 본사 물건을 섞어 세일을 쳤다. 사람들이 몰려왔다. 백화점에 있던 브랜드가 물건 값은 싸지고 컬리티는 업된 상품들이다보니 입소문을 타기 시작했다. 그런데 부도가 났다고 너무 세일 폭을 내려 버려서 물건이 쑥 빠져버렸다. 하남시 물류센터로 갈 때 빌린 돈 2천만 원과 오픈할 때 후배에게 빌린 돈 5천만 원도 다 갚았다.

대리한테 물건이 또 필요하다고 구해보라 했다. 부산매장의 점주가 보유하고 있는 물건이 많으니 협상을 해 보겠다고 했다. 그때는 점주들이 물건이 거의 반 토막 난 채로 보유한 매장이 많아 브랜드를 바꾸려고 물건을 팔려고 하는 점주도 생겼다. 본사에서 구입할 때 판매가의 25%, 물류에서 구입할 때 13%, 이번엔 다 사면 10%에 주겠단다. 금액은 3천만 원이었다. 사 올리라 하니 남편이 또 반대를 했다. 후배에게 다시 3천만 원을 빌려 달라 하고 대리가 부산을 내려가서 하루를 걸려 물건을 컨택하고 올려 보냈다. 수고비로 50만 원을 쓰라고 주었다. 남편이 물건 값을 빨리 뽑아야 한다고 내가 60% 세일 플랜카드를 붙여 놓았는데 70%로 바꾸어 놓았다. 매장은 사람들로 북새통, 옷이 쭉 빠져 버렸다. 남편 때문에 몇 백만 원의 손실이 생겼다. 빚을 갚아야 하는데 장사도 모르면서 손해를 보게 만들어 싸웠다.

다시 60%로 돌려놓고 고공행진을 하며 1000명이 넘는 고객이 매장을 찾는 진풍경이 벌어졌다. 매출이 급상승을 했다. 부도가 나서 처음엔 투자한 돈이 날아갔지만 물류창고에서 구입한 물건과 부산 물건은 효자가 되어 주었다. 후배에게 돈을 빌려 달라 하고 말이 없자 "언니, 돈이 필요 없느냐?" 해서 "안 빌려도 될 것 같다" 하니 의아해 하며 매장에 왔다가 붐비는 사람들을 보고 눈이 동그래졌다. 부산 물건 값은 일주일도 안 되어서 다 뽑을 수 있었다. 5만 원권이 없던 때라 현금으로 받아서 미처 은행을 못 가는 날엔 집의 서랍에 몇 백만 원씩 돈뭉치가 그득했다. 부근 매장의 점주들이 나를 보고 슬슬 골프웨어로 바꾸기 시작했다.

그때 그 골목에서 골프매장은 두 집뿐이었는데 내가 매장을 열어 고객이 몰리자 새로 건물이 들어서고 기존 매장도 골프매장으로 바꾸는 등, 향후 그 골목이 골프웨어 골목으로 변신하는 신화를 만들었다.

한두 달이 지나자 또 물건이 모자랐다.

하남에서 명함을 받았기에 채권단사장을 찾아갔다. 그들은 가난한 제조업자들이었다. 본사만 배를 불리고 원가는 아주 저렴하게 납품을 하다 본사가 부도를 내면 물건 원가도 못 건지고 당하는 힘없는 사람들이었다. 물건을 좀 구해 달라 하니 점주들을 몇 사람 모아서 물건을 품목별로 만들라 했다.

바지업체, 잠바업체, 티셔츠, 니트업체 ,스커트업체 등 제조업 사장들과 점주들을 모아서 미팅을 하고 물건을 만들었다. 브랜드가 부도가 나서 가능한 일이었다. 종류는 한정되고 개수가 많아졌다. 지불할 물건 값은 많아지고 구색은 맞지 않았다. 집 창고에 물건이 쌓였다. 창고에서 매장으로 물건을 옮기면서 넘어지고, 옮기다 무거워 행거가 넘어가기도 했다. 남자가 해야 될 일을 연약한 내 몸으로 하려니 힘에 겨웠다. 남편은 쳐다보지도 않더니 가출해 버렸다.

물건을 소진하기 위해 큰 골프연습장을 찾아가 섭외를 했다. 연습장에 약간의 마진을 주기로 하고 물건을 한쪽에 진열하기로 합의가 되면 승용차에 행거와 물건을 싣고 골프연습장으로 갔다. 매장에 직원을 두 사람 데리고 있던 터라 직원 한 명을 연습장에 파견 근무를 시켰다.

물건을 진열하고 접고 하는 작업을 하러 연습장에 가면 운동하고 수다 떨고 노는 여자들이 많았다. 나보다 한창 젊은데도 저렇게 여유를 누리는데 나는 몇 천만 원의 매출을 올리면서도 그런 삶의 여유가 없었다. 돈이 서랍에 굴러다녀도 곧 물건값, 임대료, 세금, 이자 등등으로 매월 몇 천만 원씩 빠져 나가기 바빴다. 직원이 속을 썩였고, 부도를 맞았고, 남편마저 가출했고, 물건을 만들며 무리를 했고, 1년 동안에 너무나 많은 일을 겪었다.

미대 다니는 딸의 어학연수와 등록금을 비롯하여 성적이 떨어지는 아들의 개인 과외비까지, 내 머리는 쉴 수가 없이 아팠고 건강은 말이 아니었다. 자주 링거를 맞으며 오뚝이처럼 강인하게 살았다.

남편의 친구는 내게 남편이 집을 나간 건 매장 때문이라고 빨리 가게를 접고 남편을 집으로 돌아오게 하라고 조언을 했다. 매장을 할 작자가 나타날 때 권리금을 받고 넘겨야지, 대책 없이 매장을 넘기라니, 말이 안 되는 소리였다.

내가 죽을 고생을 하고 있을 때 남편은 집 나가서 남의 집 불구경이나 하는 반면 두 남동생들은 혼자 애쓰는 누나가 안 됐는지 자주 들여다보고 옷을 사 가기도 했다.

본사의 영업이사가 물주를 업고 브랜드를 다시 살리려고 그동안 점주들을 여러 번 불렀고 다시 L브랜드를 살리면서 점주들과 대리점 계약을 했다.

위탁보증금 5천만 원을 걸고 겨울에 재고도 없이 여름 물건을 받았다. 옷값이 껑충 뛰었다. 겨울에 비싼 여름옷을 파니 매출은 바닥을 치고 매월 적자를 보기 시작했다. 본사가 없을 때는 돈도 잘 벌었는데 번 돈을 도로 까먹기 시작했다. 겨울을 나기가 머리에 쥐가 날 정도로 힘들었다. 겨우 재고로 버티어 나가며 겨울을 넘겼지만 여전히 물건 값이 비싸고 컬리티는 옛날보다 떨어져 노심초사하다보니 건강에 이상신호가 왔다.

매장을 넘기려 내놓았다. 그래도 골프매장으로 입지를 굳혀놓았고 L브랜드의 간판을 계속 달고 영업을 해 왔기에 우여곡절 끝에 6월이 되어 매장을 인수할 분을 만나 권리금을 잘 받고 넘겼다.

받은 권리금과 가게보증금으로 남편의 직장대출금과 자영업자대출금도 상환하고 크고 작은 빚을 청산하고 골프웨어를 접었다.

3년의 시간 동안 장사에 입문하여 온갖 것을 다 경험하고 사업을 마감했다.

큰 수술을 하다

매장을 접고 몇 개월여 쉬었다. 집 근처 병원에서 혈액검사를 했는데 병원에서 간에 이상이 있다 하여 초음파검사를 했다. 다시 시티까지 찍어보자 하여 대학병원으로 갔다. 시티를 찍으니 췌장에 1센티 크기의 종양이 발견되었다고 했다.

세브란스병원 의사는 "열어봐야 양성인지, 음성인지 알 수 있다며 수술을 하자"고 했다. 사업과 가출한 남편 때문에 받은 스트레스로 가슴이 이따금 아팠었다.

췌장은 다른 장기보다 수술이 어렵고 암일 경우 생존도 불투명한 장기다. 3개월을 고민하다 서울대병원에서 재진을 받았는데 역시 수술해야 한다기에 집 가까운 세브란스에서 2007년 3월에 수술을 했다.

다행히 양성종양으로 췌장을 조금 잘라냈다. 그런데 췌장은 소화기 쪽이어서 며칠간 물 한 모금도 입에 대지 못하게 했다. 링거로 수액이 공급되어도 소갈이 심해 목이 타는 것 같은 고통이 왔다. 그때 나의 소원은 물 한모금만 마시는 거였다. 2~3일 후에야 물 한 모금을 마셨고 미음도 나왔다. 미음이 나오니 이번엔 또 커피 한 잔만 마시는 게 소원이었다.

3월에 병원에 입원해 18일 동안을 병원에서 지냈다. 병원휴게실 창 너머로 개나리가 피고 지려고 했다. 이대로 봄도 못 느끼고 여름을 맞는 건 아닐까? 봄이 빨리 가버릴까 걱정되었다.

다인실 병동은 방문객으로 시끄러워 낮에는 거의 휴게실 소파에 앉아 책을 보며 지냈다. 간호사들이 내게 주사를 놓거나 약을 줄 때도 식사시간을 제외하곤 소파에서 책을 보니까 아예 휴게실로 와서 조치를 했다. 방문객이나 환자나 병원에 와서 왜 그렇게 시끄럽게 떠드는지 우리나라의 병문안 문화가 바뀌어야 할 것 같다.

늦잠이 많은 난데 병원생활은 모든 게 달라진다. 일찍 자고 일찍 일어나고 약이나 링거를 맞는 시간 말고는 아무것도 할 일이 없다. 인생의 한 부분이 잠시 정지하여 멈추어 버린 듯, 일상의 생활을 할 수 없음이 가슴으로 실감이 났다. 그래도 행복하고 감사했다. 암이 아니어서 다행이고 재발 위험도 없고 점점 회복되어 퇴원하고 나가면 다시 일상으로 돌아갈 수 있는 희망이 있기에.

같은 병동에서 고생하는 암환자들을 보며 안타까웠다. 복강경 수술로 간단히 수술을 하고 바로 식사도 했었는데 방사선치료와 항암치료를 하기 위해 입 퇴원을 반복하는 등 고통스러워하는 그들의 신음소리를 들으며 병이 주는 가혹한 형벌이 무서웠다.

나는 삶이 버겁고, 마음이 힘들어질 때 췌장수술을 받고 물 한 모금만, 커피 한 잔만 마셨으면 하는 게 소원이었던 때를 생각한다.

내 인생은 따지고 보면 참 감사하며 살아야 했었는데 다시 건강을 되찾아 일상으로 돌아오면 그때의 기억을 다 잊어버린다.

나는 진한 커피 한 잔을 마신다.

다시 목동 로데오로

수술을 한 후 1년을 쉬었다. 집으로 돌아온 남편은 몇 달 후 직장을 그만 두었고, 남편과 남편의 친구 부부와 같이 매일 집 근처의 봉제산을 찾았다.

그때의 휴식이란 게 매일 산에 가서 한두 시간 보내는 것 외에 하는 일이 없으니 답답했다.

아들이 중학교에 다닐 때 게임에 빠져 성적이 향상되지도 않고 백수로 놀고 있는 남편의 모습도 아이가 안 보는 게 좋을 듯 하고, 새로운 환경에서 살아보면 마음도 달리 먹고 공부에 전념하겠지 라는 생각에 유학 붐이 불던 때라 고등학교 진학을 유학 쪽으로 권했다. 유학준비를 위한 과외비가 만만찮았다.

내 건물은 지은 지 오래 되어서 세가 많이 안 나왔고 대출이자로 일부 세에서 나가는 부분이 있었다. 미대생 딸의 뒷바라지까지 학비와 생활비, 각종 대출 이자 등을 제하면 마이너스가 되기 일쑤였다. 같이 노니까 남편과 자주 부딪히기도 하고, 무엇보다도 생활전선으로 나가서 생산적인 일을 해야 가계에 보탬이 되겠기에 고민을 하고 있었다.

L골프웨어 대리점을 할 때 P대리 외에 또 한 사람 디자인 쪽 파트에 근무하던 P부장이 L브랜드 부도 후 나를 자주 찾아왔었다. 그때 P부장을 통해 타 브랜드 옷도 일부 사기도 했었는데 P부장은 시즌에 나올 옷의 디자인, 수량 등을 제조업체를 돌며 조율하는 데 빠삭해서 디자이너들을 진두지휘하는 디자인파트 부장이었다. 그는 출세에 대한 욕심은 많은데 회사들로부터 자기의 능력만큼 인정을 못 받고 여러 회사를 옮겨 다녔다.

나는 P부장에게 다시 의류업을 해 보고자 의논했다. P부장이 내게 수입의류를 권했다. 수입 에이전트를 통해 일본의류 MU골프와 이태리의류 CBY를 런칭했다. 소규모로 물건을 샀지만 당시 엔화와 유로화가 폭등하던 2009년이어서 물건 값이 엄청 비쌌다. 로데오에 가게를 하나 얻어서 다시 계약을 했다. 권리금 2천만 원을 주고 약간의 수리를 했다. P부장이 소속해 있는 신흥 S골프회사의 위탁 물건을 팔기로 하고 간판은 S회사를 달았다. 판매물건은 수입물건과 S브랜드 위탁물건을 병행했다.

골프웨어의 신화를 썼던 나의 욕심은 '하면 될 것이다'라는 자만심이 있었다. 다시 자금을 빌려 사업을 벌였지만 고급 옷은 강남 쪽은 몰라도 목동에선 무리였다. 엔화 폭등으로 원가가 올라가다보니 수익을 내기가 힘들었다. 부도나기 전 본사가 챙기던 이익금을 중간에서 에이전트가 다 가로 채가고 매장에선 고가의 물건이 되어 판매가 힘들었다. 간판으로 내건 S 브랜드의 인지도도 낮아 매출이 오르지 않았다. 직원도 한 명을 썼다. 판매가 미숙하여 내가 거의 주도를 하여 팔아야 했으며 직원이 쉬는 날엔 혼자서 매장에 있어야 하니 화장실 출입도 힘들고, 매출은 안 오르고 계속 유지하다간 적자만 더 커질 것 같았다. 장사를 해서 아들 유학비를 보태려 했는데 적자를 보기 시작하자 접기로 마음먹었다. 잘 아는 제조업체 사장에게 권리금 2천만 원을 받고 수입 옷 남은 것과 같이 넘겼다. 경기도 어려워져 장사도 잘 안 될 때라 손해가 더 커지기 전에 접어야겠다는 생각이 들어 빨리 발을 뺀 것이 10개월여 운영하는 동안 5천만 원 정도의 손해를 보고 말았다.

남은 옷 일부는 두어 박스 남겨 두었다가 동창회모임에 가서 원가도 턱없이 안 되는 가격에 풀어버리고, 일부는 선물도 하고, 큰 기업체 회사의 이사직에 있던 큰동생이 수입남자 옷을 선물용으로 쓰겠다며 구입해 가서 도와주었다.

내가 병원에 있을 때 물 한 모금 마시는 게 소원이었는데 노는 것이 싫고 경제에 도움이 될까 해서 수입원을 만들고자 벌렸던 장사는 고배를 다시 마시고 막을 내렸다. 사업은 운이 따라져야 하며 결코 용기만으로 성공할 수는 없다는 진리도 깨달았다.

엔화가 급등할 때 P부장의 말만 듣고 역행하는 발상을 한 것이 실패의 원인이었음도 부인 못한다. '귀가 얇다'는 말은 그때의 나의 모습이었다. 사업을 접은 후에도 P부장은 자주 나를 찾아왔다. 자신이 브랜드를 하나 운영하고 싶은 꿈을 버리지 못하고 자신의 브랜드 런칭 플랜을 가지고 서포트해 줄 물주를 계속 찾아 다녔다. 끝내 꿈을 이루지 못하고 위암으로 젊은 나이에 세상을 등졌다. 장사는 의지와 꿈도 중요하지만 운도 따라 주어야 성공할 수 있는 것이라 생각된다.

신축건물의 화재

아버지가 돌아가신 후 유산으로 받은 건물이 지은 지 오래 되어서 2008년에 작은동생이 건설을 맡아 신축하였다. 부천시 오정동 200여 평의 땅에 지상 5층으로 지은 건물은 경인고속도로를 타고 가다보면 고속도로 오른쪽으로 우뚝 서 있다. 동생이 신경 써서 잘 지어준 멋진 건물이었다. 공사비로 은행 대출을 많이 받았지만 공장 건물로 임대를 주었는데 세도 잘 나오고 세금과 이자, 경비를 제하고도 임대수입은 괜찮은 편이었다.

살고 있는 집이 좀 오르고 있던 때라 집을 처분하면 은행 대출금도 일부 상환하려고 생각하고 있었는데 2009년 추석 전날, 갑자기 폭우가 쏟아지기 시작하여 곳곳이 침수사태가 일어났다.

건물 경비아저씨로부터 다급한 전화가 왔다. 세입자 중 한 업체가 전기를 꽂아 놓고 문을 잠그고 고향으로 갔는데 침수로 인해 누전이 되어 건물에 불이 났다는 것이다. 삽시간에 건물이 불에 타고 있다는데 내가 살던 강서구도 침수로 도로가 물에 잠겨 승용차를 움직일 수가 없었다. 속수무책으로 한나절이 지나 물이 빠진 후 달려 가보니

1층이 다 타버려 세입자들의 기계와 승용차까지 새까맣게 형체만 남아 있었다. 소방차, 경찰차, 방송국 차, 구경 나온 동네 주민들까지 건물 앞은 사람들로 바글바글 했다. 세입자와 얘기할 시간도 없이 불이 난 책임은 건물주인 내게로 돌아왔고 경찰서에 가서 진술서를 써야 했고, 보험회사와 수리 보상 문제로 싸워야 했다. 세입자들은 각자 자신들의 기계, 집기 등에 대해 보험을 들고 건물주는 건물에 대해 보험을 들게 되어 있었다. 세입자의 잘못이지만 보수는 순전히 건물주의 몫이었다.

천재지변이지만 화재가 나니 세입자들은 기업은행을 통해 기계 등에 보상처리도 해 주면서 건물주에게는 취득세, 등록세, 재산세 등 각종 세금은 다 받아 가고 건강보험도 몇 십만 원씩 내게 하면서 불이 나니까 나라에서 아무런 혜택도 주지 않았다. 1층은 다 소실되어 임대료는 보수될 때까지 받을 수도 없고 당장 돌아올 대출이자와 생계비까지 월 1천만 원 정도는 지출되는 자금이 스톱이 되어 버렸다.

보험회사와 합의가 잘 안 되어 보수도 늦어지고 있어 1층의 임대인들을 내보냈다. 그들이 보수가 되면 계속 있기를 원해 3개월 정도 지났는데 일을 못하고 있었으므로 임대료를 안 받고 보증금을 다 내어 주느라 가지고 있던 돈마저 바닥이 나버렸다.

불이 나면 현장에 와서 보험회사와의 보상을 조정해 주는 손해사정 회사가 있었다. 나는 그들에게 일을 맡겼다. 그동안 보험회사와 싸워도 조율이 되지 않던 보상비가 손해사정에 맡기자 기가 막히게 해결이 되었다. 수수료로 20%를 지불했지만 보상비를 잘 받아 주어서 참으로 고마웠다. 그들은 대형화재가 발생하는 곳을 찾아 발 빠르게 움직이는 사람들이다.

건물보수는 보상비로 작은동생이 수리를 잘해 주어서 건물은 본래의 모습으로 되돌아왔다.

아버지가 지으신 후 30년 동안 지하까지 세를 주어도 침수 한 번 없었는데 새로 신축한 지 1년 만에 폭우로 침수와 화재까지 당했다. 나는 이자와 생계를 위해 다시 피자체인점을 열었다.

음식계통은 전연 문외한이었는데 의류업에 질려서 다른 업종을 해볼 생각으로 당시 중저가 피자체인점이 호황을 누리고 있어 그 쪽 문을 두드려보고 교육을 받고 가게를 열었다.

오픈하고 몇 달은 엄청나게 사람들이 줄을 섰지만 마진은 의류업할 때와 비교도 안 되었고 직원을 써야 하니 인건비 지출도 만만찮았다. 주문도 몰리는 시간대가 있어 음식 장사란 할 직업이 아니었다. 곱던 내 손이 그때 주름이 생겨버렸다. 가게에 손님들이 몰리니 또 옆에 새로운 피자가게가 생기기 시작했다. 일본의 쓰나미 지진 이후로 매출도 바닥을 치기 시작하였다. 1년을 유지하다 겨우 넘겼다. 그렇게 나는 여러 사업을 해 보며 나의 50대를 살았다.

건물은 그 이듬해 2010년 다시 침수되어 1층이 또 물이 들었다. 부천에서도 다른 동네는 괜찮았는데 유독 오정동만 2년 연속 침수가 되었다.

2011년 건물을 팔아 버렸다. 그런데 오정구청에서 2번의 침수 이후 하수구 정비 사업을 잘했는지 내가 판 후로 다시는 침수 같은 건 일어나지 않았다. 그 건물은 지금 몸값이 많이 올라 있다.

경인 고속도로를 지나가다 그 건물을 보면 속이 상한다.

chapter 2

가면놀이

가면놀이

나는 가면을 쓰고 살았다.

동창모임이나, 공부하는 그룹이나, 지인을 만날 때나, 어디에 나타나던 마음이 아플 때도 안 아픈 척, 멋있게 잘 살고 있는 척, 나를 포장하고, 가면을 쓰고 살 때가 많았다.

인생이라는 무대 위에서 남의 인생을 살아주는 배우의 몸짓은 차라리 부럽다. 이런 인생도 살아보고, 저런 인생도 살아 보았더라면 내가 이 세상에서 부여받은 한정된 시간 속에서 떠날 날이 오면 잘 살다 가노라는 굿바이 인사도 남길 여유 있는 삶을 살 수도 있을 것이다. 한동안 가면 속에 나를 감추고 긴 시간을 남에게 보이는 나로 포장하고 살아왔다.

셰익스피어의 작품 '로미오와 줄리엣'을 떠올린다. 로미오는 가면을 쓰고 줄리엣의 집 무도회에 나타난다. 줄리엣을 보는 순간 심장은 뛰었고 로미오는 가면을 벗어버리고 줄리엣을 찾아가 사랑을 고백한다. 물론 작품 속 인물이지만 '이탈리아의 베로나'에는 줄리엣의 집을 만들어 놓고 작품 속 발코니도 재연해 놓았다. 수많은 관광객이 북적거렸고 줄리엣의 동상 가슴은 사람들이 하도 만져 윤이 났다. 이탈리아는 셰익스피어의 작품 덕일까 상점들에서 갖가지 아름다운 가면을 많이 팔았다. 나도 사고 싶었지만 딱히 쓸모가 없을 것 같아 눈요기만 했다.

얼마 전부터 나는 수필을 쓰기 시작했다. 나의 가면을 벗어버리고 세상 앞에서 나는 이렇게 살았노라 외치고 싶었다. 그런데 몇 편 쓰기도 전에 벽에 부딪혔다. 나의 외침은 넋두리같이 들릴 것이고 세상 사람들은 내 얘기에 관심이 없을 것이다. 내게는 중요한 일이 세상 사람들에겐 중요하지도, 궁금하지도 않을 테고 사람들의 관심 밖으로 밀려날 게 뻔하기 때문이다. 그래서 펜을 던졌다. 더 이상 쓸 수가 없었다.

그런데 멘토께서 내게 용기를 주셨다. 다 쏟아내어 보라고, 그리고 차츰 정화해 가며 수정해 보라고 조언을 해 주셨다. 다시 마음을 잡고 펜을 들었고 컴퓨터에 두 개의 새 폴더를 만들었다. 한 폴더에는 막 쏟아 부은 정화되지 않은 나, 또 한 폴더에는 가면을 살짝 쓴 정화된 나, 그러면서 아직은 나에게 가면이 필요함을 느꼈다.

언제부터인가 텔레비전 프로 중 '복면가왕'을 열심히 시청한다. 수십 가지의 제목과 이야기로 다양한 가면이 등장한다. 그 프로를 보면서 무대 위에서 열창하는 가수들의 준비도 대단하지만 가면의 아이디어를 내는 사람, 가면을 만드는 사람, 출연자의 멘트마다 그려 넣는 이미지의 변신 아이콘을 그리는 사람, 보이지 않는 곳에서 수고하는 스텝들의 노고에 손뼉을 쳐 주고 싶다.

출연하는 가수들마다 한결같이 '가면을 쓰니까 자신의 고정 이미지를 벗어나서 변신이 가능해서 좋았다, 마음껏 하고 싶은 대로 해봐서 후련하다, 사람들이 그렇게 응원을 해 줄줄 몰랐다, 자신감이 생겼다 등의 말을 하며 자신을 알릴 수 있어 출연해 보길 잘했다.'고들 애기했다. 사실일 것이다.

그렇지만 나는 살아가면서 가면을 쓰고 사는 내가 많이 싫었다. 주변의 각종 애경사도 챙겨야 하고, 사람 노릇 제대로 하고 살려고 시댁을 비롯하여 도리를 다하고 살았다. 가장 가까운 가족에게조차 여린 내 마음을 열어 보이지 못하고 강한 여장부의 모습만 보여 주었다. 그러니 누구도 나의 아픔을 눈치 채지 못했다. 온 몸을 던져 가족을 위해 살았지만 나는 가슴이 새까맣게 타 버린 채 가면 속에서 울고 있었다.

내가 쓰고 있는 가면을 벗어 던지고 싶다. 이 위선적인 가면의 삶을 벗어던지고 부끄러운 내 모습 그대로, 마음 가는 대로 살고 싶다. 그런데 가면을 벗어 던질 수 있을지 모르겠다. 너무 긴 세월동안 가면을 쓰고 있었기 때문이다.

요즘 나는 수필을 쓰면서 가면을 벗는 훈련을 계속하고 있다. 가면의 두께가 차츰 차츰 얇아지고 있음을 느낀다. 생각했던 것보다 가면을 벗으니 후련하다. 양파 껍질을 벗기듯이 내 안의 가면을 하나씩 벗어가며 흙으로 돌아가는 날까지 하늘을 우러러 한 점 부끄럼 없이 살고 싶어 했던 '윤동주 시인'의 '서시'처럼 살아보고자 결심해 본다.

혼자 떠나는 여행

일요일 아침이다. 배낭에 커피와 삶은 계란, 빵을 챙겨서 전철을 탔다.

집을 나설 때만 해도 춘천엘 갈까 했는데 시간도 어중간하고 용산에 내려서 중앙선으로 갈아타고 용문역에서 내려 다시 시내버스를 타고 20여 분 달려서 용문사 입구에서 내렸다. 언제나 승용차로만 양평 오면서 들른 곳을 겨울에 시내버스를 타고 찾기는 처음이다.

눈이 녹지 않아 얼어있는 개울물을 보며 산사의 길을 혼자 걷다보니 삭막한 겨울의 차가움이 내 마음속 번뇌와 함께 쓸쓸한 적막을 더해 주었다.

벤치에 앉아 계란을 까서 커피랑 마시고 있는 내 모습이 참 처량맞다는 생각이 들었다. 같이 동행할 친구 한 명만 있어도 이 겨울의 산사를 향해 걷는 발길이 이리 쓸쓸하지는 않을 텐데 훌쩍 혼자 떠나고 싶었다.

옛날에는 40이 넘어 늦게 결혼한 대학 친구 J와 같이 가끔 무박여행을 했었다. 나는 며칠 전부터 남편에게 아이들을 부탁했었다. J가 결혼한 후에는 함께 무박여행을 하지 못했다. 용문사로 가는 길목의 겨울의 운치를 즐기면서 걷는 걸음에 더 의미를 두었다.

전통찻집에 들어갔다. 찻집 밖 굴뚝에서 피어오르는 연기가 한결 겨울의 운치를 더한다. 찻집 안 페치카에는 장작불이 활활 타고 있었다. 좌석마다 등산객, 관광객들이 앉아 담소를 나누고 있고 실내에는 한약 내음이 가득하였다. 나는 대추차를 시켜놓고 잠깐의 휴식과 행복감을 느끼며 진하게 우려낸 대추차를 천천히 음미하며 마셨다.

이 겨울, 홀로 찾은 전통찻집이 내 발목을 잡고 일어설 줄 모르게 만드는 건 뭘까? 겨울이 주는 차가움 속에 숨어있는 고독, 하얀 눈이 얼어붙은 개울의 순백의 아름다움, 장작불, 그 속에 묻어버린 나의 상념들이 대추차에 녹아 내렸다.

혼자 떠나는 여행!

앞으로 수없이 이 작업을 반복하려면 난 외로움이나 고독과도 맞서야 하고 당당히 이 고독을 즐기며 살아갈 준비를 해야 한다.

오늘의 용문사 행은 요즘 내가 스트레스를 받고 있는 것에 대해 정리를 해 보려 했는데 소통이 안 되는 사람과 만나서 합의를 끌어내어야 하는 일이 내 가슴을 짓눌렀던 것이다.

불교방송에서 스님의 법문 중에 "스트레스 받지 않고 사는 법은 내 마음을 전환하고 상황을 놓아 버려라. 집착하면 그것이 병이다. 자기 잣대로 보지 말고 '그럴 수도 있겠구나'로 생각을 전환하라. 다투지 마라."라고 했다. 산사에서 스님의 그 말씀을 되뇌어 본다.

서울을 떠나오니 답답했던 마음이 훨 나아졌다.

글쓰기는 어렵다

"수필은 독백이다. 마음의 여유가 없어 수필을 못 쓴다는 것은 슬픈 일이다. 억지로 마음의 여유를 가지려 하다가 그런 여유를 갖는 것이 죄스러운 것 같기도 하여 나의 마지막 십분의 일까지도 숫제 초조와 번잡에 다 주어버리는 것이다.

수필의 재료는 생활경험, 자연관찰, 사회현상에 대한 새로운 발견, 무엇이나 다 좋은 것이다. 가고 싶은 대로 가는 것이 수필의 행로이다. 쓰는 이의 독특한 개성이 그때의 무드에 따라 '누에의 입에서 나오는 액이 고치를 만들 듯이' 수필은 써지는 것이다."

우리나라 수필의 대가이신 피천득 선생님께서 '수필'이란 글에서 말씀하셨다. 내가 왜 그분의 수필을 좋아할까? 그분은 가식이나 형식에 얽매이지 않고 글을 쓰셨다.

나의 수필도 그분의 글처럼 초조와 번잡에 시간을 다 주어 버리는 일상을 쪼개어 차분히 생활 주변의 재료들로 기록해 나가고 싶은데 내 글은 언제나 진실과 사실 앞에서 주춤해지며 앞으로 나가지를 못한다. 사실과 진실 속에 나오는 인물들이 나를 둘러싼 가족들이다

보니 그들이 내게 항의할 말들이 걱정되는 것이다. 나의 글이 그들에게 상처가 되고 창피한 가십거리가 될까봐 나의 글은 언제나 달팽이 집 속에 갇혀서 더듬이와 얼굴만 내놓고 주변을 살피다 다시 집 속으로 숨어버리는 숨바꼭질을 계속하고 있다.

내 수필의 소재가 될 이런 요소들을 얘깃거리에서 다 빼야만 하기에 나의 글은 빈 수레가 요란한 것처럼 쓰기는 해도 수레 속에 잡동사니로 채워지지가 않은 채 빈 수레로 굴러가고 있다. 누군가 수레의 휘장을 걷어보면 수레 속에 아무것도 없어 실망한 채 휘장을 내리는 모습을 떠올리는 것이다.

그래서 알맹이 없는 글을 쓸 바엔 차라리 글쓰기를 포기해 버릴까, 글을 쓰면 더 우울해질 때도 많아 정신건강에 별로 도움이 되는 것 같지도 않다는 생각도 들었다. 그럼에도 순간의 경험이나 기억들을 단편적으로 기록하고 있는 자신의 버릇은 여전하여 6개월여의 시간 동안 대학노트 한 권의 글 분량이 빽빽이 기록되어 있었다. 사실과 진실을 다 쓰기는커녕 일부분만이라도 쓰는 데까지 써보자. 내가 살아가고 있는 흔적들이니까. 쓰다 보면 언젠가는 하고 싶은 얘기 다 쏟아 낼 수 있는 용기가 생기겠지.

살아가면서 누구나 겪을 수 있고 내 경험은 빙산의 일각도 안될 만큼 더 드라마틱한 삶을 살고 있을 사람들도 수없이 많을 테고 내 얘기는 식상해서 가십거리가 될 가치가 없다 해도 나만의 독백을 담담히 쓰고 싶은 건 마음이 이리 살고 싶은 영혼의 소리 같은 것일까? 내 속에 있는 사건, 사랑, 분노, 상처, 잡다한 상념들까지 꺼내 쓰고 싶은 것이다. 이런 생각들은 항상 내가 쓸 수 있게 나를 움직이기도 하고 괴롭히기도 한다. 매일 조금씩 써 가지만 글쓰기는 여전히 어렵다. 열심히 써서 읽어보면 너무 신변잡기 같고 내 하소연만 하는 것 같아 '꼭 이렇게 써야 하나'라는 회의가 들 때도 있다. 어떻게 써야 잘 쓰는 건지… 글쓰기는 여전히 어렵다.

나의 멘토셨던 K 선생님의 좋은 글쓰기에 대해 강의하신 내용을 요약해 본다.

"남들이 안 쓰는 글을 써라. 에세이는 보고서가 아니고 윤리적인 글도 되어서는 안 된다. 결론을 내는 것은 더 좋은 글이 아니다. 독자의 추이에 맡기는 글이 되게 써라.

옷은 누워 있는 옷보다 서 있는 옷이 더 비싸다. 책은 누워 있는 책이 더 인기 있고 서 있는 책은 인기가 없다. 내가 쓴 글도 작품이 되려면 수정이 꼭 필요하다. 글은 수정이다. 멘토와 피드백을 주고 받다보면 완성된 글이 나온다. 글쓰기는 남을 신경 쓰지 말아야 한다. 형식에 구애 받지 말고 내 멋대로 구체적으로 쓰되 훈련은 규칙을 정해서 꾸준히 해야 되듯이 글쓰기도 훈련을 통해서 계속 해야 한다."

단국대학교 의과대학에서 기생충학을 강의하시는 서민교수님이 쓴 책 '서민적 글쓰기'에서 인용하여 옮겨본다.

"호랑이는 죽어 가죽을 남기고 사람은 죽어 이름을 남깁니다. 글만 잘 쓰면 얼마든지 이름을 남길 수 있습니다. 글쓰기에 무슨 특별한 재능이 필요한 건 아닙니다."라고 쓰셨다.

나는 이름 석 자를 남길 만한 대단한 인생을 살지도 못 했고 잘 살았노라 자랑할 것도 없는 삶이지만 내 글에 의미를 부여하고자 한다.

대학친구 H는 "글을 세상에 낸다는 건 실로 많이 연마하고 다듬고 하는 작업을 거쳐야 하겠지만 그 일 못지않게 글 속의 내용에 대한 파급여파도 생각해서 신중해야 하며 출판이 되면 다시 주워 담을 수 없기에 잘 생각하라."고 충고했다. 맞는 말이다. 그래서 글을 쓰고 세상에 내놓을 것인가 망설여지는 것이다.

그러나 생각 속에만 머물러 살다보면 인생은 아무것도 이룰 것이 없다고 나는 생각한다. 그 생각을 현실로 만들어 온 사람들이 존재했기에 사람들은 끊임없이 발전을 해 오지 않았던가. 나의 목소리도 한 권의 책 안에서는 잔잔한 호소력을 갖지 않을까 하는 생각이 든다.

루벤스 전을 보다

사촌올케와 국립중앙박물관에서 루벤스 전을 보기로 했다. 지하철에서 내려 박물관 입구로 들어가는 길목에 대나무 길이 있다. 날씨는 아직 겨울의 삭막함이 남아 쌀쌀했지만 전시관으로 들어가는 길목의 대나무들은 겨울 추위도 이겨내고 멋진 가지와 잎들이 봄의 기지개를 켜고 있었다. 어떻게 모진 겨울을 이겨냈을까 싶었는데 겨우내 밑동과 몸을 짚으로 감싸 주었기 때문에 푸른 자태를 볼 수 있었던 것이다. 이제 짚을 하나씩 벗겨내고 있었다. 봄을 맞을 준비를 하고 있는 것이다. 땅은 눈들이 녹아 질퍽거리기도 했지만 이것 또한 봄이 오는 신호이다.

17세기 유럽 미술의 거장 루벤스의 작품들을 관람했다.(리히텐슈타인 박물관 소장품) 그런데 그가 생전에 그린 그림들은 루벤스 혼자의 작품만이 아니었다. 그의 화실은 수백 명의 제자들을 거느리고 거대한 기업처럼 세계 각국의 유명 지도자와 미술 애호가들의 사랑을 받으며 엄청난 작품을 만들어 부와 명성을 얻었다. 종교화, 판화, 유화 등 다양한 분야에서 독특한 기법으로 세계미술사의 한 획을 그었다.

프로테스탄트의 공격에 맞선 트리엔트 공의회 이후의 가톨릭 미술, 즉 가톨릭의 위상을 회복하고 이를 선전하기 위한 반 종교개혁미술은 웅대한 스케일, 화려한 장식, 연극적 스펙터클을 특징으로 하는 바로크적 미술이었다. 이러한 미술양식은 유럽에 퍼졌고 최초로 유럽적 명성과 성공을 얻은 화가 루벤스가 있었다. 페테르 파울 루벤스는 이탈리아를 중심으로 한 남유럽과 모국 플랑드르로 대표되는 북유럽 미술전통을 종합하여 빛나는 색채와 생동하는 에너지로 독자적인 바로크 양식을 확립한 17세기 유럽의 대표화가이다.

그의 대표작으로 '인동 덩쿨 그늘의 루벤스와 이사벨라 브란트'는 신혼부부가 혼인서약의 자세를 취하고 있다. 인동덩굴은 결혼의 행복을 상징하는 식물이다. 벨기에 안트베르펜 대성당에 있는 '십자가를 세움'과 '십자가에서 내려지는 예수'는 제단화를 비롯한 기독교 주제 그림의 대표작이다.

루벤스는 고전미술과 문학에도 해박하여 '레우키포스 딸들의 납치'는 신화에 근거하여 레다와 제우스 사이에 태어난 형제 카스토르와 폴리데우케스가 레우키포스의 딸 힐라 에이라와 포이베를 납치하여 결혼했다는 이야기를 묘사했는데 근육질 남성, 울부짖는 말들을 생동감 있게 묘사했다.

'마리 드 메디치와 앙리4세의 만남'은 리옹에서 예비부부가 처음 만나는 장면을 제우스와 헤라로 등장 시켰으며, '전쟁의 공포'에선 피 묻은 칼을 들고 전쟁터로 떠나는 전쟁의 신 마르스가 애인 비너스의 만류에도 아랑곳 하지 않고 전염병과 기근의 전쟁터로 나아가고, 검은 옷을 입고 슬퍼하는 여인의 모습은 불행한 유럽을 의인화 하였다. '평화의 알레고리'에서는 마르스가 물러간 자리에 젖과 꿀이 흐르고 평화가 찾아온다는 이상향을 그렸다. '모피를 두른 엘렌 푸르망'은 그가 53세에 16세인 엘렌과 결혼하여 엘렌의 모습을 그린 것이며 이후 성모 마리아, 비너스, 삼미신 등 거의 모든 미인은 엘렌의 모습을 하고 있었다.

루벤스는 능력 있는 화가, 수완 좋은 사업가, 세련된 외교관으로 귀족신분을 스페인의 펠리페 3세가 수여했고, 잉글랜드 찰스 1세, 펠리페 4세가 그에게 기사작위를 수여했다.

그의 대표작들은 소개한 작품 외에도 수많은 작품들이 스페인의 프라도 미술관, 루브르 박물관, 미술사박물관 등 세계 곳곳에 흩어져 전시되어 있다.

사촌올케와 가족공원을 조금 산책하고 사당동에서 내려 뷔페식당에 들어가서 거리의 모습이 잘 내려다보이는 곳에 자리를 잡고 저녁을 먹었다.

창밖으로 거리의 불들이 켜지고 자동차가 질주하는 야경을 바라보며 식사를 하였는데, 어느 여행지 유명한 고급 레스토랑에 앉아 우아한 식사를 즐기고 있는 것 같은 착각이 들 정도로 야경은 멋있었고 행복한 순간이었다.

인생을 살면서 마음 맞는 친구 한 사람만 곁에 있어도 행복한 인생이라고 말한다면 나는 올케를 강추하고 싶다. 이건 나만의 착각일 수도 있겠지만 올케와 나는 취미나 반죽이 잘 맞는 친구 같다. 사촌올케의 상대를 잘 배려해주는 마음씀이 고마워서 만나면 저녁까지 같이 시간을 보내곤 한다.

행복이란 이런 사소하고 작은 것에도 느낄 수 있는 것 아닐까 한다.

사람이 일생을 살아가면서 후회하는 삶이 누구에게 있겠지만 나에게서 결혼 생활의 갈등은 참으로 힘든 시간이 많았다. 이젠 그러한 번뇌에서 벗어나 작은 것에도 감사하고 행복을 만들며 남은 생을 살다 가기를 염원해 본다.

늦은 휴가

올 여름은 무던히도 더웠다. 살면서 올 여름 같은 더위는 처음이었다. 실로 살인적인 더위가 전국을 한 달 이상 강타하며 사람들을 헉헉거리게 했다.

우리 집은 서향이라 더위의 열기가 대단하여 숨이 막힐 듯 했지만 휴가를 가지 않았다. 산으로, 바다로 다들 휴가를 떠났지만 난 너무 더우면 휴가 가서 사람들 속에 북적거리는 것도, 차량 정체도, 피해서 8월 중순이 넘어가면 떠나곤 했었다.

아들이 제대했기에 딸과 셋이서 가려 했더니 딸은 8월에 휴가 받아 사촌언니랑 홍콩을 다녀오고, 아들은 일본에서 공연한다며 보름 정도 일본에 가 있었다. 겨우 셋이 시간을 맞춰 9월이 되어서야 양평으로 휴가를 떠날 수 있었다.

휴가는 콘도에서 묵을 거여서 직장 근처에서 따로 살고 있는 딸에게 먹이려고 장어를 양념하고 약간의 먹거리를 챙겼더니 짐이 한 가득이었다. 힘들게 준비해 갔는데 사 먹으면 되지, 뭣하러 이렇게 많이 가지고 왔냐며 둘 다 불평을 해댄다. 휴가 가서 사 먹는 음식은 한두 끼 먹어야지, 매끼를 다 사 먹기도 싫고, 내 손으로 해 먹이고 싶어 준비한 것인데 속이 상했다.

코스는 수종사로 정했다. 초행길인데 상당히 가는 길이 험했다. 오르내리는 차가 비켜 설 공간도 없을 만큼 좁은 길에 자갈, 돌이 많아 운전도 신경 써야 했다. 주차장까지 가려다 중간에 차를 세우고 걸어갔는데 오르막길이 만만찮게 힘들고 시간도 이삼십 분 걸렸다. 덥기까지 하니 엄마는 늙어서 산이나 절만 좋아한다고, 저희들은 싫다고 투덜댄다. 이런 높은 곳에 있는 절을 엄마는 불교 신자도 아니면서 왜 굳이 휴가를 받아서 가느냐는 의견이다. "절까지 올라가면 전망이 아주 좋대더라. 조금만 참고 올라가자."며 애써 애들을 달래며 올라갔다. 그러나 마음 한 편에는 내가 왜 이런 자식들 데리고 휴가를 굳이 오려고 했나 싶어 서글펐다. 그래도 머리 큰 자식들과의 동행이 불편해도 이런 휴가를 고집하는 나대로의 철학이 있다.

절까지 올라가니 이미 많은 사람들도 경치를 즐기고 있고, 사진 찍느라 다들 바쁘다. 올라와 보니 불평하던 소리도 쏙 들어가고 아들도 열심히 사진을 찍었다. 나는 경치를 즐기며 수종사를 잘 왔다는 생각을 하고 있는데 아이들도 좋다고 한다.

수종사에도 용문사처럼 오백 년이 넘은 은행나무가 있었다. 가을에 오면 노랗게 물든 단풍을 볼 수 있을 텐데… 절 앞마당에서 바라보는 조망이 얼마나 탁월한지, 그 자리를 떠나기가 싫었다. 북한강과 두물머리의 풍광까지 어우러져 한 폭의 그림 같은 아름다운 절이었다.

콘도로 돌아와 장어를 구워서 저녁을 먹었다. 음식 많이 가져 왔다며 타박하더니 장어가 맛있다며 불평이 감사로 바뀌었다. 다음날 코스로 애초에 난 휴양림을 가려고 했다. 그런데 또 산이냐며 싫어할 것 같아 딸에게 정하라 했더니 검색해 보더니 능내역이 좋겠다고 정했다.

능내역은 폐역이 되어 더 유명해진 관광지가 된 것 같았다. 끊어진 철길 위에 차려진 먹거리 상점들, 젊은이들이 선호하는 자전거 길, 대여소의 수입이 짭짤할 것 같았다. 폐역이 된 역 주변으로 기찻길과 자전거 길, 군데군데 모여 있는 먹거리 집들이 아름다운 조화를 이루고 있는 이름도 예쁜 연꽃마을이었다.

자전거를 타본 지가 오래 되어서 이인용을 빌려 한 시간 정도 왕복했는데 딸과 아들이 번갈아가며 교대로 운전했고 나는 아이들 뒤에 탔다. 시원한 강바람을 맞으며 연밭도 보고 시골풍경도 보고, 자전거 타고 오가는 다른 사람들 구경도 하며, 셋이서 자전거 타기 추억을 만들며 늦은 휴가를 보냈다.

집으로 돌아오면서 따로 사는 딸을 데려다 주고 돌아와 정리를 하고 있는데 딸에게서 카톡이 왔다.

"짧은 휴가 내내 동생이랑 불평해 엄마 마음 안 좋게 해 드려서 미안하고 죄송합니다. 엄마의 정성에 감동하고 감사했어요. 짧았지만 좋은 여행 함께 해 주셔서 감사합니다. 담에 또 가요. 사랑합니다."라고.

의사의 힘

대학 친구들 모임이 있는 날이다. 10명이 모이는 40년 친구들로 잘난 척 하거나 사치하는 사람, 함부로 말을 하는 사람 없이 그저 수수하고 소박한 마음이 한결같은 친구들이다. 음식으로 말하자면 된장찌개 같다고 하면 되겠다.

Y가 자기 삼촌이 간암으로 2주전 돌아가셨다고 한다. 나한테 연락하려다 부담 줄까봐 그만 두었단다. 지난 번 모임 때 '삼촌이 간암으로 투병 중이시다'라고 했는데 그렇게 빨리 유명을 달리 하실 줄 몰랐다. 생전에 한번 찾아 뵐 걸 가슴이 찡했다.

Y의 삼촌은 젊었을 적 세브란스병원 산부인과 과장으로 근무하시다가 화곡동 쪽에서 개업을 하셨다. 실력이 있는 환자를 잘 돌보시는 의사로 입소문이 나면서 병원이 조금 알려지기 시작하니까 옆에 다른 병원이 들어와 병원 홍보와 병원비 세일을 하기 시작했다. 자존심이 상한 삼촌은 병원문을 닫고 강남으로 이전하셨다. 그런데 강남은 기존 병원들이 많이 포진되어 있는 곳이어서 알려지기까지 또 많은 시간이 걸린 것 같았다.

나는 늦게 결혼하여서인지 아이를 원했는데 임신도 잘 안 되어 한약을 비롯하여 불임의 원인을 찾기 위하여 검사를 하던 중 Y가 삼촌을 소개했다. 집에서 멀긴 했지만 우선 의사에게 신뢰가 가야 오래 다닐 수 있을 것 같아 버스와 전철을 갈아 타가며 강남으로 다녔는데 다행히 몇 달 안에 임신이 되었다. 그런데 입덧이 심하여 강남까지 다니기가 힘들었다. 삼촌께서 집에서 가까운 대림동에 후배가 개업한 병원을 소개해 주셨다. 그렇게 대림동에서 L선생님을 만났다. L선생님 역시 삼촌처럼 실력도 있고 겸손하고 친절한 분이셨다. 첫아이를 제왕절개로 분만했다. 서른 살이 넘어 출산해서 자연분만의 두려움이 생겨서 제왕절개를 하겠다고 선생님과 상의해 날짜를 정했다.

수술 날, L선생님께서 미리 삼촌에게 연락을 하여 두 분이 같이 나의 수술을 해 주었다. L선생님의 배려와 삼촌의 성의가 참 감사할 따름이었다. L선생님은 내게 "김 선생님은 복도 많으십니다. 선배님이 당신 환자를 이렇게 챙겨 주셔서 친히 오시고," 하며 공을 삼촌 몫으로 돌리는 훌륭한 분이셨다. 두 분은 서로를 믿고 신뢰하는 선후배님으로 지내셨다.

그 후 우리 가족은 친정엄마를 비롯 두 올케들의 출산까지 L선생님 병원에서 각종검사와 진료를 받았다. 가족들이 대학병원을 비롯하여 병원 관계로 의뢰할 일이 생길 때마다 L선생님의 도움을 많이 받았다.

딸아이 출산 후 7년 뒤 늦둥이로 둘째를 가졌는데 그 당시는 산부인과에서 제왕절개를 할 때 맹장을 함께 떼어내는 수술을 의사들이 권하고 있었다. 제왕절개 수술로 2명은 낳으니까 혹 맹장이나 복막염이 걸려 개복을 할 일이 생기면 위험하다고 미리 맹장을 떼어낸다는 이론이 설득력이 있을 때여서 맹장 제거 수술이 성행했던 것이다. 나도 L선생님께 맹장을 떼어 달라고 했다. 그런데 선생님께서 "우리 몸의 장기는 조물주께서 다 필요해서 주신 것이다. 아프지도 않는데 함부로 장기를 떼어 내는 건 옳지 않다. 맹장을 떼어내다 태아나 산모가 잘못 되는 일이 생기면 안 된다. 수술은 시간과의 싸움이고 제왕절개는 큰 수술이며 태아와 산모의 안전을 위해 온 정신을 쏟아야 한다."라며 반대하는 소신이 있는 분이었다.

둘째를 낳기 위해 아침에 서둘러 병원을 갔는데 삼촌께서 수술을 도우려 또 와 주셨다. 나는 너무 감사해서 눈물이 나려 했다. 깨어나자 삼촌은 가시고 안 계셔서 산후조리가 끝나는 대로 친구 Y와 인사를 갔다. 삼촌이 허리 디스크가 심하셔서 그때는 집에서 치료차 좀 쉬고 계신다 했다. 집으로 방문했더니 한 달 전에 나의 수술을 해주셨는데 디스크 치료 기계에 허리를 매달고 계셨다. 황급히 인사만 하고 나왔다.

Y에게서 전해들은 이야기다. 부산에 외할아버지께서 삼촌께 물려준 큰 땅이 있었다. 병원 개업 등으로 일찍 팔아버렸는데 몇 년 후 그 땅이 엄청 올라버렸고, 강남병원도 잘 안 되어 분당 쪽으로 옮기면서 강남의 아파트를 팔고 나자 또 그 아파트도 몇 십 억이 올라버려서 재산의 손실이 많으셨다 한다. 여러 번 개업에 실패하신 후 남의 병원에 월급 의사로 들어 가셔서 다른 과 진료를 하신다 했다.

2006년 내가 사업을 접으면서 몇 년간 생긴 스트레스로 세브란스에서 췌장종양이 발견되어 수술을 해야 된다기에 몇 달 고민을 하다가 Y에게 얘기하여 대림동 근처 병원에서 근무하는 삼촌을 찾아갔다. 삼촌께서는 서울대 병원 소화기 쪽의 권위자이신 후배님께 내 진료를 의뢰해 주셨다. 세브란스에서 검사한 차트를 복사해 가져갔더니 세브란스와 같은 진단이 내려서 집에서 가까운 세브란스에서 수술을 했다. 다행히 양성종양이어서 어려운 췌장수술을 하고도 건강하게 잘 살고 있으니 감사하다.

그런데 그 삼촌께서 간암 투병 중에 돌아가셨다 한다. 내게는 참 은인이셨는데 병문안은 물론 문상도 못 갔으니 죄송한 마음만 든다.

삼촌을 생각하며 애도의 마음을 담아 삼촌께 이 편지를 보내 드린다.

삼촌!

당신은 의사의 길을 가시며 일신의 영달이나 부를 좇지 않고 오직 양심과 진실로 환자를 내 가족처럼 대하며 배려와 친절을 의술과 함께 베푸신 분이십니다.

도덕성과 윤리성이 결여된 의사들의 얘기가 만연한 이 시대에 당신은 진정 히포크라테스의 선서를 중시하며 의술에 최선을 다하는 의사선생님이셨습니다. 친구의 삼촌이시자 저의 삼촌이셨으며 우리 모두의 삼촌이셨습니다. 천국에 가셨어도 의사를 필요로 하는 영혼들의 병을 고쳐주는 의사가 되시리라 생각됩니다. 진정 삼촌은 명의이시며 양심 있는 의사 중의 의사이셨음을 저는 믿습니다. 감사와 존경의 마음을 담아 하늘 끝까지 이 편지를 전합니다.

앨범 정리

이사 준비를 하면서 앨범 정리를 하였다. 오래된 앨범들이 누렇게 변색되어 있고 철한 부분이 빠져서 한 장씩 낱장으로 떨어졌다. 낡은 앨범을 버리고 새것을 사서 우선 딸의 사진을 정리했다.

30년 전 갓 태어나 병원에서 찍힌 사진을 비롯하여 걸음마를 하고, 유치원을 다니고 있는 딸의 사진들을 정리하면서 나의 상념도 30대로 되돌아가고 있었다.

딸의 어린 시절은 한두 살 차이 나는 사촌 3명과 비슷하게 자랐다. 남동생 둘이 딸만 있어서 사이좋게 사촌동생들과 자주 어울려 놀았다.

친정아버지 육순을 비롯해 자주 가족 행사를 하느라 사촌들과 찍은 사진이 많았다. 내가 늦둥이로 아들을 임신하고 있었을 때 가족 나들이를 간 적이 있었다.

올케들은 저녁 준비를 하고 내가 아이들을 데리고 시골길을 걷고 있는데 어떤 분이 보시더니 "딸을 넷이나 낳고 또 임신을 하셨군요. 이번에는 꼭 아들을 낳으셔야겠네요." 하셨다. 나는 어이없어 웃었지만 한 살씩 차이 나면서 아이들이 노니까 오해를 할 수도 있겠다는 생각이 들었다.

유치원을 다닐 때도 유치원에서 사진을 많이 찍어 보내주었다. 생일, 야외수업, 입학식 등 행사도 많았고 부모 참여도 많아서 나는 나이 많은 부모로 아이의 어린 시절을 아이와 같이 참석했다.

그때는 결혼 적령기가 24살에서 25살이었고 늦어도 28살 정도면 첫아이 출산도 하는 편이었다. 그런데 나는 30이 넘어서 결혼했고 33살에야 첫아이를 낳았으니, 딸아이 유치원 엄마들과도 잘 어울려 지내지 못했다. 나와 그녀들과는 소통하는 대화 내용이 많이 달랐기 때문이다.

지금도 친구들이 자녀의 유치원 엄마모임, 초등 엄마모임, 고등학교 엄마모임 등으로 만나는 걸 보면 부러울 때도 있다.

아이의 초등학교 시절도 난 명예교사와 학부모회 단체장을 맡기는 했어도 나이가 다른 엄마들보다 많아 쉽게 친해지진 않았던 것 같다. 내 성격이 일에 대해선 완벽하게 잘하려고 애 쓰는 편인데 대인관계에서는 외향적이 못 되어서 친구도 가려 사귀는 성향이다.

딸애가 초등학교 시절에는 교장선생님이 나를 많이 좋아하셔서 학교의 여러 행사나 단체 활동에 많이 찾으셨다. 졸업식 축사를 비롯하여 행사 테이프 커팅 등을 할 때나 지역사회 유지들께도 소개를 시키기도 하며 신뢰를 하셨다.

교직에 있었던 나의 이력과 다른 엄마들보다 나이가 좀 있으니 당신이 나를 대하기가 편하셨던 것 같다. 나는 개교기념일과 학부형 작품발표회나 성탄 때가 되면 시청각실에 행사가 있을 때마다 꽃꽂이도 하고, 트리도 장식하는 등 내 재주를 발휘했다. 학교의 행사에 많이 참석하다 보니 딸은 선생님들의 사랑을 많이 받았다. 딸은 매 학년 부반장을 도맡아 했고 각종 상장도 많이 받았다.

내가 과거 교직에 있었으면서 딸이 편애를 받게 만든 건 잘못한 일 중의 하나라 생각이 든다. 중학교에 가서는 멋만 부리려 하고 성적이 떨어지고 놀기를 좋아해 내 속을 많이 썩였다.

첫아이는 항상 시행착오를 겪으며 키우게 되는지 나는 아이를 따뜻하게 안아주기보단 엄하게만 키우려 해서 사춘기가 오면서 심하게 반항하여 나를 무척 힘들게 했다.

유치원을 다닐 때까지만 해도 남편과 갈등하는 나에게 딸은 내가 살아가는 유일한 희망이었는데 자식이 예쁜 건 어릴 때 잠깐이었다.

지금이야 결혼도 늦게 하고 아이도 안 낳으려 하니 초산이 많이 늦어지고 있는 추세이지만 내가 30이 넘어 딸을 낳았을 때 초산으로서는 늦은 나이였다.

기저귀도 떼기 전에 영재교육을 시킨다고 남들이 하는 조기교육의 극성을 따라 했다. 아이가 자라면서 싫다는 피아노 연습도 억지로 시키고, 수영장에 가기 싫어해도 억지로 센터 차에 태워 보내고 뒤따라가 물고기처럼 물을 타며 강습을 받고 있는 딸을 보호자 자리에서 내려다보며 흐뭇해했다.

그러다 늦둥이로 아들을 낳았다. 아들에게는 딸에게 시켰던 과외들을 하나도 시키지 않았다. 그때는 조기교육에 회의적이기도 했지만 딸이 하기 싫어하는 피아노, 수영 등을 시키면서 나도 힘들었기에 아들에게는 바이엘 콩나물 교육도 한번 안 시켰다. 아들이 성장하면서 실용음악에 관심을 가졌다. 아들이 왜 자기에게는 피아노를 안 가르쳤냐며 따진 적이 있다.

딸은 예고를 다닐 때도 나는 의류업을 하고 있어서 진학상담도, 진로교육도 가본 적이 없다. 딸이 실기에 집중하여 수시를 준비해 보겠다 하여 홍대 쪽으로 미술과외를 시키는 뒷바라지만 해 주었다. 일찍 수시로 D여대 의상디자인학과에 합격하여 대학을 다녔는데 디자인 학부는 청담동에 있었다. 날마다 야작의 연속이었다. 교수님이 숙제를 주셨다, 선배들 졸업전을 돕는다, 후배들의 숙제를 도와준다는 등의 핑계를 대며 4년 내내 밤늦게 귀가하곤 했다. 연락이 안 되면 밖에서 발을 구르며 딸을 기다리느라 내 속이 어찌나 탔던지…. 지금 생각하면 그때 강남으로 이사를 갔더라면 집값도 올라 돈도 벌었을 테고, 딸이랑 귀가시간으로 갈등도 하지 않았을 텐데 내 머리가 아주 나빴다.

그래도 예고를 나오고 미대를 가고 의상 디자이너로 야무지게 제 할 일을 잘하는 생활력은 강한 아이로 성장해 주어 고맙다.

20대까진 속을 썩이더니 30이 넘으니 서로 이해하고 많이 성숙해져 간다.

아이의 앨범 속에서 어릴 적 남편과 같이 다닌 흔적들이 많이 있었다. 남편과 항상 사이가 썩 좋은 편이 아니고 갈등이 많았는데, 사진 속에서는 갈등이 보이지 않으니 사진은 그 마음까지는 찍을 수가 없기 때문인 것 같다. 오랜 시간 내게는 미운 사람이지만 아이에게는 생명을 준 부모이니 아이의 어릴 적 사진 속에 나란히 서 있는 우리 중 누구도 가위로 잘라 낼 수 없다.

앨범 몇 권을 계속 정리해 나가면서 젊은 시절의 모습을 다시 보게 되고 아이의 예쁘고 귀엽던 사진 속 모습을 보면서 때로는 내 뜻과 다르게 사는 딸과 많이 싸우며 살았던 지난 시간도 앨범의 추억에서만 남아 있다.

딸이 결혼하여 자식을 낳으면 나처럼 자녀의 사진을 스크랩하는 시간이 오겠지. 그때, 오늘의 나 같은 마음으로 사진들을 꾸미고 있을까?

chapter 3

꽃과 함께 걸어온 나의 길

꽃과 함께 걸어 온 나의 길

나의 40대는 꽃꽂이에 온 마음을 쏟았다.

대학을 다녔으면 박사학위를 딸 만큼의 긴 시간을 꽃꽂이에 입문해서 배웠다. 3년 배우면 3급 사범을, 5년 배우면 2급 사범을, 7년 배우면 1급 사범을, 9년 배우면 지부장을 수료할 수 있다는 협회 규정에 따라 매번 수험료를 내고 배우며 실기시험을 거쳐 지부장 수료증을 받았다.

초등학교 교사를 하면서 월급의 많은 부분을 꽃꽂이에 다 쏟아 부었다. 당시 꽃꽂이는 고급 취미로 사범 코스는 강습료와 꽃값이 꽤 많이 들었다. 병 꽃꽂이를 배울 때는 한 치의 오차라도 생기면 형태가 변하여서 여간 힘들지가 않았다. 긴 일자 원통 병에 나무를 철사와 노끈으로 고정을 시켜놓고 소재를 꽂는 참 어려운 작업도 했다. 지금의 오아시스에 꽃을 꽂는 건 누워서 떡 먹는 일 만큼이나 수월하다. 사방화(기초 탁상 사방화, 입진 사방화, 직립 사방화, 트라이앵글 등), 원화, 분리형, 포인트 올리는 형, 경사형 등 지금은 이름도 잊어버린 갖가지 모양의 꽃꽂이를 수없이 연습, 반복했다. 지도 선생님도 여러 번 바뀌며 지부장 자격증을 따기까지 결혼, 출산 등의 쉬는 기간도 많아서 25살에 시작한 꽃꽂이가 40대까지 이르렀다.

언제고 교사를 그만 두면 꽃꽂이 연구실을 열어 꽃을 배우려는 후진들을 가르치며 살 계획을 세웠기에 오랜 시간을 꽃에 열정을 쏟아부은 것이었다. 세월 따라 유행도 바뀌듯이 한때 유행하던 꽃꽂이 강습은 어느새 세월의 뒷전으로 밀려가기 시작했고 나의 재주는 성전 꽃꽂이 봉사로 이어졌다.

딸아이가 어릴 적 목동아파트에 살 때 집에서 수업을 좀 해 보기도 했다. 그때 내게 배운 사람들은 이웃 엄마들과 성당의 수녀님이었다.

결혼식 부케주문이 있는 날은 밤늦도록 몇 시간씩 철사와 꽃과 씨름을 하며 살았다. 아이들 초등학교 시절, 스승의 날이 오면 이웃엄마들의 꽃바구니 주문으로 아파트 베란다는 꽃으로 발 디딜 틈도 없이 어질러 있었고, 꽃바구니를 만들다 보면 새벽 먼동이 틀 때도 있었다. 재료비 수준의 화원의 반값도 안 받고 만들어 줬다. 지금 같으면 화원의 두 배를 준대도 밤을 새워 꽃을 꽂는 일은 없을 텐데 퍽이나 꽃에 미쳐 살았고 배울 때는 돈과 시간과 노력이 많이 들어갔지만 꽃으로 돈을 벌어 보지는 못했는지, 안 했는지, 나의 달란트로 생각하고 성전에 내 재주로 봉사했다.

소고기는 못 사 먹어도 항상 집에 꽃꽂이를 해 놓고 살았다. 일주일이면 시들어 냄새가 나고 물이 더러워서 잘라 주거나 버려야 함에도 꽃에 대한 나의 열정은 식지 않았다.

오랜 시간 남편과 많이 갈등을 겪고 살았다. 그 힘든 시간들을 견딜 수 있었던 건 성전에 꽃을 꽂는 삶이 있었기에 가능했다. 딸아이가 어릴 적에는 자가용도 없어서 아이를 업고 성당까지 걸어 다녔다. 잘 업지를 못해 10여 분 가다보면 아이는 히프까지 내려가기도 했다. 한 손에 꽃 꽂을 도구를 들어야 했으니까. 내가 꽃을 꽂는 동안 수녀님이 아이를 봐 주셨다. 화장실도 데려가고 먹여도 주시고, 그렇게 시작한 꽃꽂이를 S성당에서 2년, D성당에서 8년을 봉사했다. 매주 강남꽃시장에 가서 장을 보았다. 양이 많을 때는 꽃이 차 트렁크와 뒷좌석에 가득 했다. 매주 꽃을 꽂았고 결혼식과 영세식, 성모의 밤, 견진식 등 수많은 행사 꽃꽂이를 했다.

꽃꽂이를 그만 두고 사업을 시작하면서 큰 집을 전세 놓고 사업장이 있는 목동로데오에 집을 구입해 이사를 했다. 집이 좁아 수반과 화기들을 친정에 맡겼다. 다시 찾아 간다 하고, 그리고 10년이 넘게 흘렀다. 곧 데려 올 줄 알았는데 10년이 넘도록 찾지도 못하고 먼지 속에 묻혀 있었다. 이제야 새 보금자리로 나의 분신들을 다시 가져왔다. 먼지가 쌓여 있는 것들을 씻고 닦고, 베란다에 진열했다. 내가 하도 항아리나 수반들을 좋아하니까 남편이 사다 준 토기와 청자도 있고 항아리도 여러 개 있다. 돈으로 따지면 돈도 안 된다. 단지 내 손때가 묻어서 소중한 것이지 지금은 수반들이 필요도 없다. 옮기고, 씻고, 진열까지, 힘만 들었다.

몇 십 년 살았던 내 분신 같은 물건들, 무생물체지만 그 물건에는 사연이 있고 추억이 있고 나와의 질긴 인연이 있기에 소중하고 귀한 나의 보물이다.

친정엄마께서 "힘든데 무거운 것 가져가지 말고 다 버려라. 몸 안 아프고 편한 게 제일이야" 라고 말씀하셨다. 귓전으로 듣고 깨질까봐 일일이 신문지로 싸서 다라이(경상도 말)에 나눠 담아 실어 왔다.

나이가 들수록 안 쓰는 건 버릴 줄도 알아야 하는데 가구며 살림살이들이 손때 묻은 건 쉽사리 버리지 못한다. 내가 죽으면 자식들이 내 물건 처분하기도 힘들겠다.

오월의 마지막 밤을 성모님께

오월에는 성당마다 성모의 밤 행사를 한다. D성당도 성모의 밤 행사를 성당 마당에서 치르기 위해 천막을 치고 제단을 만들어 성모님을 제단 위에 모셨다. 꽃꽂이를 맡는 나는 철제장식 아치모양의 오브제를 이용해 꽃꽂이를 성모님 주변으로 감싸듯이 하고 양옆으로 대형촛대에 꽃장식을 하기로 구상을 했다.

이 오브제들은 주로 결혼식장에서 많이 사용하는 도구들이다. 신부가 식장으로 들어올 때 아버지의 손을 잡고 들어 왔다가 신랑과 같이 결혼예식이 끝나면 팔짱을 끼고 이 아치문으로 퇴장한다. 대개 이 아치는 연분홍이나 순백톤으로 은은하고 우아하게 장식한다. D성당에서도 이 오브제가 준비되어 있어서 촛대와 아치를 화기로 활용해서 성모의 밤 꽃꽂이를 웅장하게 할 예정이었다.

성모의 밤 꽃의 주재료는 오월의 꽃, 장미다. 장미는 색깔이 하도 다양하고 가시가 있어 꽃 꽂기 전에 가시 손질부터 하고 꽂아야 하는 번거로움이 있다. 그러나 모든 꽃들 중 으뜸은 역시 장미를 따라 갈 꽃이 없을 듯하다. 자연재배는 물론 각색의 물들인 장미까지 정말 아름답다.

나는 아치의 다섯 군데 홈에 오아시스를 장착하고 하나씩 꽃을 꽂기 시작했다. 체리장미와 아이보리 핑크장미, 네프로네피스, 백공작, 스프링겔 등의 소재를 써서 한 홈씩 장식했다. 꼭대기는 제단 위에 의자를 놓고 올라가 꽂아야 했다. 밑에서 보조 한 사람이 꽃을 집어 주어야 했다. 다섯 군데를 정성들여 꽂다 보니 오후부터 시작한 꽃꽂이가 끝이 나지 않았다. 촛대까지 해야 하지만 다른 사람한테 맡길 수가 없는 게 꽃꽂이다. 구상을 나 혼자서 했으니 전체적 밸런스가 맞아야 되므로. 보조는 그저 잔심부름만 거들어야 했다.

성당에서 헌화회 회장을 맡아 직접 꽃꽂이를 통해서 회원들께 눈으로 배우는 공부를 먼저 시켰다. 제대에 꽃을 꽂기 전에 기초부터 단단히 배우길 바랬다.

신부님께서 시간을 지켜 행사를 한다고 빨리 꽃꽂이를 마치라 하셨다. 겨우 마무리를 지어 행사에 차질이 없도록 했지만 내 몸은 너무 지쳐서 행사에 참여할 수가 없었으며 사진을 한 장 찍을 여유도 없었다. 여러 단체들이 봉헌한 꽃바구니들이 단상 밑으로 쭉 깔리면서 오월의 성모의 밤 행사는 불빛과 함께 눈부시도록 아름다웠다. 행사가 끝나고 제단을 철거하기 시작하자 사람들은 앞 다투어 꽃들을 뽑아가기 시작했다. 심혈을 기울여 꽂았는데 사진 한 장도 찍지 못했다. 그 날의 꽃꽂이는 대작에 속하는 작품이었기에 못내 아쉬웠다.

새로 지은 성당 제대는 바닥을 대리석으로 깔고 제단의 규모도 크고 웅장하여 꽃꽂이를 조금 해 놓으면 표도 나지 않았다. 그래서 제단에 꽃을 꽂을 때마다 많은 꽃이 필요했는데 거의 매주 한 작품씩 새로운 대작 꽃꽂이를 한 거나 다름없다. 제단에 꽃을 꽂으며 꽃꽂이는 나의 분신처럼 내게 기쁨을 주었다. 내 삶에서 부딪히는 분노와 슬픔도 삼켰고, 꽃말을 생각하며 꽃의 아름다움에 빠져 살았다.

그 날의 성모의 밤 꽃꽂이에 몇 시간을 심혈을 기울여 꽂았고 미사 내내 그 꽃을 바라보며 성모의 밤 행사를 빛내게 해준 하느님과 성모님께 나의 달란트를 바칠 수 있음에 감사드렸다. 그런데 그 꽃이 하루도 두지 못한 채 행사가 끝나자마자 천막철거와 함께 뽑혀 나가니 마음 한 구석이 씁쓸했다. 더구나 사진 한 장도 찍지 못해서….

시간이 많이 흘렀다. 어느 날, 성당부근의 상가를 지나가다 한 사진관 앞에서 발이 멈췄다. '아니! 저 사진은 내가 꽂은 성모의 밤 꽃 사진인데~' 사진관에 걸려 있었다. 안으로 문을 밀고 들어가 영문을 물었다. 사진관 주인이 그 날 성당에 갔다가 꽃꽂이가 너무 멋있어서 얼른 몇 장 찍은 거라고 했다. 나는 그 사진을 달라고 부탁했다. 원본 필름이 없다고 안 된다 하시더니 내가 사정하니 내어 주셨다. 고맙게도 그분 덕에 그 날의 꽃꽂이 사진을 가끔 볼 수 있어서 얼마나 기뻤는지 모른다.

꽃꽂이 봉사

인천 검단에 있는 한 작은 교회에서 꽃꽂이 봉사를 몇 년째 하고 있다. 이미 성당에서 오랫동안 제대 꽃꽂이 봉사를 했고 꽃꽂이는 내게 자식만큼 소중하고 사랑하는 나의 분신처럼 자리잡았다.

지난날, 성탄이 가까워지면 구유를 만들기 위해 남편에게 짚단을 구해 달라고 부탁하곤 했는데 남편은 김포 쪽의 논으로 가서 승용차 트렁크에 짚단을 잔뜩 실어다 주었다. 트렁크가 짚 부스러기로 엉망일 때도 많았다. 토요일에는 자주 결혼식이 있었는데 나는 이름도 모르는 교우의 결혼식을 위해 수없이 꽃시장에서 꽃을 사다 나르며 결혼식 꽃꽂이를 했고, 영세식이나 견진 때 꽃다발도 수없이 만들어 판매도 했다. 영세식이나 결혼식준비 꽃을 사다보면 내 차의 트렁크와 뒷좌석은 꽃으로 가득했다. 소재를 시장에서 사서 차까지 나르는 것도 중노동이다. 때로는 주차장까지 지게꾼을 이용하기도 한다.

매 주일마다 성전꽃꽂이를 위해 언제나 노트에 구상을 하고 소재를 선택하고 책을 보고 모방과 창조를 반복하며 꽃에 나의 온 열정을 쏟았다.

지금 생각해보면 내 인생은 꽃과 함께 살았던 삶이었다. 성전꽃꽂이를 하고 주일미사에 내가 꽂은 꽃을 바라보며 미사를 드리던 시절, 미사보다 꽃을 더 사랑했던 것 같다.

그런데 수녀님과 작은 마찰이 생기기 시작했다. 수녀님과 나의 생각이 조금 다르다 보니 상처를 받곤 했다. 예를 들면 결혼식 꽃길을 나는 생화로 꽂아야 된다 했고, 수녀님은 결혼식이 매주 있으니 조화로 꽃길을 만들고 아치도 조화로 만들라는 주문을 하셨다. 아치는 결혼식장에서나 쓰지, 성전에는 어울리지 않는다 하면 당신 고집대로 강행하셨다. 수녀님과 어떤 마찰이 생겼을 때 내가 받은 상처가 컸지만 꽃에 대한 나의 미련을 끊어 내기로 마음먹었다. 상처는 가슴에 묻고 끝내 성전꽃꽂이를 내려놓았다.

그리고 10년 이상을 꽃을 떠나 살았고 나의 신앙도 차차 멀어지고 있었다.

그 후 사업을 하며 전혀 다른 세계에서 새로운 삶을 살았다.

그러던 어느 날 우연히 검단의 S교회와 인연이 있어 다시 꽃꽂이 봉사를 하게 된 것이 벌써 몇 년이 흘렀다.

하느님이 내게 주신 달란트로 생각하고 내 재주를 꽃으로 돈을 버는 일에 뛰어 들지 않고 오직 성전 봉사만 했다. 몇 년 동안 하느님을 떠나 살았던 내 삶의 보속으로 생각하고 부활절, 대림절, 성탄절, 성령강림절 등에 봉사를 했다. 그런데 집에서 10시쯤 출발해서 시장보고 검단 가서 꽂고 귀가까지 차량 운행이 3시간 이상 걸리고, 집에 돌아오면 오후 6시경 된다. 운전도 피곤하고 꽃시장이 너무 복잡해 꽃 사러 가는 일 또한 힘들어서 그만 둘까? 라는 갈등도 했지만 막상 꽂을 꽂을 때는 그 마음조차 죄스럽다.

내가 가장 잘하는 건 꽃꽂이고, 꽃을 완성했을 때의 행복을 누가 알 것인가? 나의 달란트로 성전을 아름답게 꾸밀 수 있다면 내가 잘하지 못했던 기도, 신앙생활을 이 꽃꽂이에 담아 보속하고 싶은 마음이었다.

"하느님! 죄송합니다. 제가 오랫동안 성당도 안 가고 냉담하며 살았습니다. 죄도 많이 짓고 살았으니 제단을 꾸미는 것으로 이 죄 많은 인간을 용서해 주십시오. 당신한테 무심하고 소홀했던 시간들을 제대 꽃꽂이 봉사로 보속 드립니다." 라고 되뇌며 꽃을 정성을 다해 꽂았다.

꽃꽂이봉사를 하니 목사님 부부께서 나를 위해서 기도를 많이 해주신다. 몇 년째 봉사했더니 교인들도 내가 해놓은 꽃꽂이에 익숙하여 주일날이 오면 꽃꽂이를 멋있다고 하며 좋아들 한다고 사모님은 사진을 찍어 보내며 감사해 하신다.

그 말을 들으면 흐뭇하다.

딸, 아들에 버금갈 정도로 꽃꽂이를 내 삶에서 사랑하고 애정을 가지고 나의 전부를 올인하며 살았다. 나에게 성전에 꽃 꽂는 일이 있었기에 위안이 되어 결혼생활의 오랜 갈등을 견딜 수 있었다.

지금도 꽃시장에 가면 꽃 이름도 많이 잊어버렸지만 내 젊음을 불살랐던 때가 생각나 가슴 벅차다. 아마 나의 꽃꽂이 봉사는 앞으로도 계속 될 것이다.

눈 내리는 날의 성탄꽃꽂이

D성당에서 8년을 제대 꽃꽂이 봉사를 했으니 꽃꽂이에 얽힌 에피소드가 많다.

어느 해 겨울, 성탄을 앞두고 성당제대를 꾸밀 작은 구유를 만들기 위해 꽃시장을 다니며 문풍지가 붙은 문짝, 울타리로 쓸 나무토막, 싸리나무와 흰 느티나무, 색색의 포인세티아, 흰 방울 등의 소품, 소재와 제단을 꾸밀 백합, 거베라, 편백, 소국 등의 생화를 구입하였다.

성당에 풀어놓고 성당 안 제대 앞에 꽃꽂이와 함께 작은 구유를 만들고 장식했다.

제대 앞에 흰 문풍지가 붙은 옛날 집의 방문을 세우고, 옆으로는 사각형으로 작은 나무토막을 둘렀다. 구유를 만들고 구유에 배치할 성물들을 놓고 아담하게 꽃꽂이를 완성했다.

성당 마당에도 대형구유가 만들어졌다. 형제님들이 짚으로 엮어 초가지붕을 만들고, 울타리를 엮느라 장작을 패고, 못질을 하고, 나무를 깎고, 바닥에 짚으로 엮은 거적을 깔아 구유를 만들고, 동물들과 동방박사, 천사, 요셉과 성모님, 아기 예수님까지 누이고 나니 근사한 초가집이 성당 마당에 한 채 세워졌다. 초가집을 다 만든 후 내가 꽃꽂이로 초가집을 꾸몄다. 울타리 옆으로 싸리를 좀 두르고, 하얀 느티에 흰 방울을 몇 개씩 달아 큼직한 장독에 담고, 바닥에는 소철과 느티, 백합, 포인세티아 등을 이용해 꽃꽂이를 하고 있었다.

차가운 겨울의 냉기가 몸으로 스며들었다. 거기다 흰 눈까지 가늘게 내리기 시작했다. 눈이 더 많이 내리기 전에 빨리 꽃꽂이를 끝내야겠다 생각하며 부지런히 가위질을 하며 좋은 작품을 만들려고 고심하고 있었다. 나는 꽃을 꽂는 순간은 일체의 잡념 없이 꽃과 일심동체가 되어 몰입해 버린다.

반쯤 꽂고 있는데 중학교에 다니던 딸의 친한 친구가 황급히 마당으로 달려왔다. 딸이 갑자기 가슴이 아프다하여 지금 가까운 병원으로 갔다고 한다. 그때는 핸드폰을 가진 애보다 안 가진 애들이 더 많았다. 나도 공부에 지장 있다며 조르는 아이에게 핸드폰을 사 주지 않았다. 얼마나 아픈지, 어디가 아픈지, 빨리 달려가야 하는데 나는 꽃가위를 들고 발을 뗄 수가 없었다. 이대로 눈이 더 많이 내려 버리면 꽃꽂이를 마무리할 수가 없기 때문에 지금 빨리 끝내야 했다.

옆에서 그런 나를 보고 있던 한 자매님이 얼른 병원에 가 보라고 했다. 손에 들고 있던 가위를 던지고 병원으로 달렸다. 딸은 링거를 맞고 있었고 의사선생님은 부정맥증상 비슷한데 일시적으로 생긴 스트레스나 두통 등으로 볼 수도 있다며 검사를 안 했으니 병명을 단정 지을 수는 없다며 크게 염려하지 말고 지켜보라고 했다.

한숨을 돌리고 급히 성당으로 돌아왔다.

다행히 눈은 계속 가늘게 내리고 있어 구유와 옆의 성모님 동산까지 훌륭하게 마무리 할 수 있었다. 작은 전구까지 켜지니 구유를 모신 초가집이 아름답고 성스럽고 신비스러웠다.

며칠 동안 눈이 내려서 초가지붕과 구유, 울타리에 쌓여 눈이 붙은 채로 순백의 아름다움을 담고 있었다. 성모동산의 꽃꽂이도 눈과 함께 녹지 않고 아름답게 그 모습과 유지하고 있었다. 하얀 눈 사이사이로 빨간 포인세티아의 모습이, 흰 눈이 묻은 소철의 가지들, 마르거나 시든 가지를 처리하려고 성당에 가 보면 이미 꽃은 제거한 뒤였지만 별로 변함없이 눈과 함께 나를 반겨 주었다. 그 신비스러운 분위기가 내 발목을 붙잡아 오래 그 자리에 머물러 구유와 성모님을 바라보다 돌아오기도 했다.

그 해 눈 내리던 날의 성탄 꽃꽂이는 한 달가량을 눈이 녹지 않은 채 차가운 겨울을 성당 마당의 초가지붕 구유와 함께 성당을 갈 때마다 반기고 있었다.

백합

성전 꽃꽂이를 할 때 가장 많이 꽂히는 꽃 중의 하나가 백합이다.

순백의 백합은 쭉 빼어난 자태도 아름답지만 부활절, 결혼식, 성탄, 성모의 밤 등에 빠지지 않는 주 멤버이다. 백합은 쌍대와 외대가 있는데 쌍대는 이름 그대로 한 가지에 쌍둥이처럼 두 송이가 달려있어 꽃꽂이에는 별로 인기가 없고 가격도 외대에 비해 싼 편이다. 꽃꽂이에는 외대가 단연 최고이다.

그런데 이 백합이 부활절 무렵에는 그 몸값이 껑충 뛴다. 부르는 게 값이다. 평소에 10송이 한 단에 1만 원정도 하던 것이 품귀현상이 생기면서 2만 원, 3만 원, 좋은 것은 더 비싸게 값이 올라간다. 그나마 늦게 가면 백합을 살 수도 없다. 백합 대신 다른 꽃으로 대치를 하면 영 꽃꽂이가 마음에 들지 않는다. 부활 꽃은 뭐니뭐니해도 조팝과 백합이 들어가야 분위기가 난다. 그런데 왜 시장에서 백합이 모자랄까? 일부 몰지각한 사람들이 몽땅 쓸어가는 원인도 있을 거라 생각한다.

부활절 때 한두 번 지인을 따라 다른 교회 예배에 참석한 적이 있다. 나는 성전 꽃부터 본다. 백합이 양쪽 강대상에 꽂힌 수가 여섯 단은 넘어 보였다. 여섯 단이면 60송이다.

맙소사!! 목을 댕강댕강 잘라서 일자로 나열하듯이 꽂아 놓았다. 저 귀하고 아까운 백합을… 약간의 잎사귀를 떼고 생긴 선대로 멋을 내주어야 하는 꽃을 저렇게 잘라 놓다니 다른 성전에 몇 단 양보라도 했으면 하느님이 더 기뻐하셨을 텐데….

백합은 봉오리가 다물고 있을 때도 아름답다. 꽃은 실내온도가 따뜻하고 꽂아 놓으면 빨리 피기 때문에 꽃을 살 때는 핀 꽃보다 봉오리가 많은 쪽을 산다. 그리고 꽃은 다음 날 만개하기를 염두에 두고 꽃의 끝부분을 손으로 살짝 벌려 놓으면 부활절 때 화려하고 고고한 백합의 자태와 향기를 만끽할 수 있다. 백합은 나리과에 속하며 종류로는 고사백합, 나팔백합, 쇼이백합, 사사백합, 엘레강스백합 등이 있다.

백합의 꽃말은 순결이다. 자태와 향기가 남달리 뛰어난 백합의 전설을 살펴보았다.

제우스신은 갓 태어난 헤라클라스에게 영원한 생명을 주고 싶었다. 하루는 그의 아내 헤라를 잠재우고 헤라클라스에게 헤라의 젖을 빨게 하였다. 젖을 빨던 헤라클라스가 몹시 보채자 헤라의 젖이 땅에 떨어져 향기로운 백합꽃이 피었다 한다.

또 다른 전설은 아리스라는 소녀를 탐내는 못된 성주가 있었다. 아리스는 갖은 방법으로 성주의 손아귀를 벗어나려고 애를 썼지만 힘이 모자랐다. 아리스는 성모마리아께 꿇어앉아 기도를 올렸다. 성모마리아는 아리스를 한 송이 아름답고 향기로운 백합꽃이 되게 하였다. 그래서 백합은 기독교 의식에 많이 사용된다 한다.

또 다른 전설은 에덴동산의 아담과 이브가 금단의 열매를 따 먹고 쫓겨나 세상의 괴로움을 알게 되면서 이브가 흘린 눈물이 땅에 떨어져 하얀 나리가 되었다 한다.

그리스도교에선 백합을 '성모의 꽃'이라 하여 부활절에 빼놓을 수 없는 꽃으로 꼽히고 있다. 백합은 원래 중국의 이름이고 우리나라에서는 나리꽃으로 불렸으나 지금은 시장에서 백합으로 통용되어 불리고 있다. 순백의 깨끗함, 그 자체가 아름다운 신부 같은 꽃이다.

나는 백합뿐 아니라 다른 꽃을 꽂을 때도 일체의 잡념 없이 꽃과 말없는 대화를 나눈다. 결혼식에 참석할 신부가 일생 중 가장 아름답고 우아하게 단장하듯이 성전에 꽂힐 꽃을 신부처럼 단장해 준다.

곤지암의 미술관 개관식 꽃꽂이

여고 친구 S는 인사동에서 골동품 가게를 하며 공방 건물도 가지고 있고, 곤지암 쪽에 시골 땅을 사서 미술관도 지었다. S는 싹싹하고 예쁘다. 공방 건물이 완성되었을 때는 친구들을 공방에 불러 음식도 대접하며 우정을 나누기도 했다. 그녀는 미술관을 지으면서 손수 인부들을 감독하고 수고했다며 삼겹살도 구워 먹이는 인정있고 쿨한 멋진 친구였다.

S는 1층은 전시관으로 도자기와 골동품들을 진열하는 공간으로, 2층은 서재와 침실, 부엌 등의 살림공간으로 미술관을 멋지게 지었다.

미술관을 지었는데 개관식 날에 사람들을 초대할 거라면서 내게 미술관을 꽃으로 장식하고 싶으니 내부에 꽃꽂이를 해줄 수 있겠느냐고 전화를 했다.

우리 집이 강서구라 곤지암까지 멀긴 하지만 꽃을 꽂을 자리와 아이템 등을 정하려면 답사를 해야겠기에 곤지암으로 달려갔다. 아뿔싸! 고속도로를 타고 가는데 그만 진입을 잘못하여 계속 하행을 하게 되었다. 정말 무모한 행동이었는데 중앙선을 넘어 역주행을 하여 겨우 곤지암 쪽으로 차를 돌릴 수 있었다. 평일이라 상행하는 차가 없어서 가능했지만 돌이켜보면 간이 배 밖으로 나오는 행동이었다.

집에 와서 구상을 하고 개관식 날 아침 일찍 꽃시장을 들러 차에 꽃을 가득 싣고 곤지암으로 갔다.

미술관 내부는 도자기나 골동품들이 많아 중앙의 고가구 위에 넓게 사방화로 장식을 하고, 또 다른 소품 위에 탁상 사방화를, 그리고 서재로 올라가는 계단과 코너에 도자기병을 화기로 병 꽃꽂이를 했다. 네 개의 작품이 거의 마무리가 되어 갈 즈음 여고 동창들을 비롯해 초대된 사람들이 오기 시작했다.

뜰에 음식이 준비되고 사람들이 앉기 시작했다. 그런데 꽃바구니 선물이 많이 들어왔다. 몇 십 개의 꽃바구니들이 들어왔는데 S는 하나도 안으로 들여놓지 않고 바깥에 쭉 진열을 했다. 내가 민망해서 "몇 개는 안에다 진열하지?" 했더니 "내부는 네가 꽃꽂이로 예쁘게 해 놓았는데 이 바구니들이 들어오면 너의 꽃꽂이가 빛을 발할 수가 없어." 했다. 내심 마음속으로 저 바구니들과 같이 섞어 놓으면 내부를 잘 살리지 못할 거라는 생각은 들었지만 바구니를 선물로 들고 온 지인들을 생각하면 미안한 마음이 들어서 꺼내 본 말이었다. S는 감각이 있는 여인이었다.

그런데 그 후 S는 갑자기 대장암 판정을 받고 3년 동안 투병하다 60살도 안 된 젊은 나이로 세상을 하직했다.

S가 투병하면서 동창회에 안 나왔다. 어느 날, 문득 S에게 망설이다 전화를 했다. "아프다는 소식은 들었는데 얼굴 본 지 오래되어

보고 싶다. 건강은 좀 어떠니?" 했더니 "좀 나아지면 동창회에 나갈께. 지금은 시골에서 요양하고 있어. 고마워." 그렇게 S의 목소리를 들은 지 한 달쯤 지나 S의 부음을 듣게 된 것이다.

여고 친구들이 S의 빈소에 모였다. 우리들은 망연한 마음으로 너무도 일찍 우리 곁을 떠난 S를 생각하며 슬픔에 잠겼다.

S는 자신이 지은 곤지암 미술관 언덕에 묻혔다.

나는 그녀에게 한 가지 부탁을 못 들어 준 것이 있다. 그녀가 남편이랑 둘의 사진을 한 장 잘 찍어 달라 했다. 미술관에 걸겠다고, 꽃꽂이가 끝난 후 손님들이 몰려와서 사진을 찍어 주지 못했다. 그때 나는 사진관에 가서 찍는 게 좋겠다 했었다.

지금도 앨범 속 곤지암 꽃꽂이 사진을 보면 곤지암에서 꽃을 꽂던 그 날, 아름답던 S와 미술관이 생각난다.

수산나를 생각하며

D성당에서 제대 꽃꽂이를 맡아서 봉사할 때 헌화회 회장을 맡았다. 헌화회원 몇 사람이 같이 꽃꽂이 봉사를 하였다. 꽃을 좋아하는 사람들의 봉사 단체여서 나는 그들에게 꽃을 다루는 법, 오아시스를 침봉에 꽂을 때 철사로 묶는 법, 꽃다발 만들 때 망사 마는 법, 리본과 코사지 만드는 법 등, 기초를 제대로 배우고 성전 봉사를 할 수 있도록 꽃꽂이에 필요한 기본을 꼼꼼하게 가르쳐 주었다.

내가 배울 땐 돈이 많이 들었지만 무료로 가르쳐 주고 싶었고 그들은 그런 나를 잘 따라주었고 좋아했다.

회원 중에 수산나의 세례명을 가진 나보다 몇 살 많은 자매님이 있었다.

목소리는 허스키하고 싹싹하고 씩씩한 수산나는 망사와 리본을 예쁘게 잘 만들었다. 밤에 일하고 낮에 자야 하는 직업을 가진 힘든 삶을 살면서도 성당에서 꽃꽂이가 있는 날에는 달려와 봉사를 했다.

그녀의 남편은 몇 년 전 부도를 내고 중국으로 도망갔고 딸, 아들 남매를 데리고 임대 아파트에 살며 단란주점 등에서 안주와 음식을 만드는 직업을 갖고 있었다. 처음엔 친하지 않았는데 붙임성이 좋고 성당행사가 있을 때마다 꽂꽂이봉사도 열심히 해 주어서 내가 삼계탕이라도 사면 주변 사람들에게 전화를 해서 지금 우리 회장님과 점심 먹는 중이라며 어찌나 좋아하던지 나도 차츰 그녀의 삶에 관심을 가지기 시작했다. 그녀는 음식 솜씨가 좋아서 여러 업소의 일을 도맡아 하고 새벽에 퇴근하는 직업이라 잠이 많이 부족할 것 같은데 낮 동안에 거동이 불편한 노인들의 케어도 일주일에 두어 번 하고 있었다.

그녀의 남편은 한국에 나오지도 않고 생활비도 보내지 않았다. 그녀는 일찍 결혼하는 딸의 결혼자금까지 다 마련했고, 아들은 전문대에 보냈다. 오로지 자신의 몸뚱이로 세상을 헤쳐 나가는 고달픈 삶을 살면서도 언제나 밝고 씩씩했다.

나는 성당 제대 꽂꽂이도 내려놓고 목동에서 숙녀복을 경영하고 있을 때여서 우리는 내가 D성당을 떠난 이후로도 가끔 안부전화를 했다. 어느 날, 그녀의 딸이 결혼하게 되었다고 해서 그녀를 만났는데 병원에서 자궁암 진단을 받아서 투병 중이라 했다. 자궁암은 완치율도 좋은 편이어서 크게 염려하지는 않고 헤어졌는데, 6개월쯤 지나서 중국에서 남편이 나왔다며 같이 살고 있다 하였다. 이제 일은 다 그만 두고 성당에 남편이랑 열심히 다닌다면서 병이 나으면 앞으로 성당봉사만 열심히 할 거라고 했다. 나는 가게 일에 스트레스를 많이 받고 살던 때라 그녀가 가끔 전화하면 듣기만 했지, 그녀한테 관심이 없었다.

어느 날, 세브란스병원에 입원했다며 병문안 한번 오라고 했다.

나는 대답만 하고 매장 일이 바빠 가지 못했다.

한두 달이 지나 숙녀복을 골프웨어로 바꾸려 계획을 세우고 문정동 로데오 거리 골프웨어 상점들을 둘러보다가 늦은 점심을 먹기 위해 식당에 들렀다. 음식이 나올 동안 갑자기 수산나가 생각이 나면서 그녀가 세브란스에 입원했었는데 퇴원을 했는지 궁금해졌다.

아차! 진작 전화해 볼 걸 많이 섭섭했겠다 싶어 전화를 했다.

그런데 딸이 받았다. 엄마는 좀 어떠하냐고 물었다. 세브란스에서 퇴원 후 얼마 지나지 않아 돌아가셨다는 것이었다. 그녀가 이 세상 사람이 아니라니, 믿기지 않았다. 그녀가 나를 많이 기다렸을 텐데 문병도 못 가보다니….

늦은 점심이어서 식당엔 다른 손님은 없었다. 나는 우느라 식사를 제대로 할 수가 없었다.

그녀는 왜 그렇듯 힘들게 살다가 병에 걸려 일찍 떠나버렸는지, 수산나의 모습이 한동안 가슴에 남아 있었다.

사진을 만나다

D성당에서 8년을 매주 성당 제대 앞에 꽃을 꽂았다. 꽃시장을 가기 전날이면 나는 성전꽃꽂이 책을 여러 권 펼쳐놓고 참고로 하며 구상을 한다. 꽃시장에 가면 구상한 꽃이 없을 때도 있다. 그러면 대안으로 다른 꽃을 구입해야 한다. 그래서 구상도 몇 가지를 하고, 꽃도 이 꽃 아니면 저 꽃, 시장의 상황에 따라 꽃이나 구상은 달라지기도 한다. 결국 제대에 꽂을 때는 나만의 꽃꽂이 스타일이 된다. 완성된 꽃꽂이 작품들을 자동카메라로 찍었다. 그리고 언젠가는 나의 작품들을 모아서 책으로 내면 좋겠다는 생각이 들었다. 내게는 언제나 다시 볼 수 있는 재미가 있을 테고 성전 꽃꽂이를 하는 누군가에게 내 책도 도움이 될 수 있을 것이란 생각도 했다. 그런데 자동으로 찍은 사진은 책으로 작품화 할 수 없는 한계가 있었다. 명암, 원근, 배경, 색깔 등등….

그래서 생각한 것이 사진을 제대로 배워보자 싶어서 문화센터에 등록해서 사진을 배우기 시작했다. 그런데 막상 등록하고 보니 마련해야 할 장비도 많고 이론과 실습을 병행하면서 공부해야 할 것도,

출사를 가야 하는 일도 생기다 보니 사진 배우기가 만만찮았다.

우선 장비부터 마련했다. 그때는 수동 카메라와 필름을 쓰던 때여서 카메라와 다리, 가방 등을 구입했다. 그런데 망원렌즈는 따로 구입해야 하고 그 외에도 필터, 릴리즈 등의 구입비 외에도 필름과 현상비도 꽤 많은 돈이 들었다.

출사 가느라 잠도 못 자고 새벽에 집을 나서기도 하고, 야경 찍느라 밤에 나갈 때는 아들을 맡길 곳이 없어 데리고 다니기도 했다. 잘 나온 사진은 현상을 크게 해서 액자를 만들기도 하고 문화센터에 전시한다 하여 무엇을 낼까 고민도 많이 했다. 수동 카메라의 "차르륵" 찍히는 소리가 정말 듣기 좋아서 무거운 것을 메고 다니며 사진에 빠져 있었다.

북유럽 여행을 여고 동창들과 갔었다. 우리 친구들 9명과 다른 팀들까지 23명이 버스 한 대에 12일 동안 동행하게 되었다. 지금이야 스마트폰이 사진도 잘 나오고 많이 찍어서 보관이 되니까 굳이 여행 다닐 때 카메라를 따로 지닐 필요가 없지만 그때는 필름을 쓰던 때라 카메라로 찍었는데 우리 팀은 내가 다 찍다보니 모두 카메라를 별로 쓰지 않았다. 그런데 일행 중 연장자 한 분이 자기들 사진도 찍어 달라 하여 여행 며칠이 지나갈 때는 20여 명 사진을 내가 다 찍게 되었다. 네 나라를 이동하는 동안 짐과 카메라를 끌고 다니느라 무지 힘들었다. 귀국해서 팀별로 사진을 현상해서 다 보내 주었다. 연장자 형님이 너무 고맙다고 여행 팀들에게 다 연락을 하여 내가 목동에서 의류업을 하고 있을 때인데 목동으로 몰려와서 한턱을 내셨다. 풍경 사진은 코팅하여 작은 액자에 넣었더니 사진이 더욱 살아 있는 듯했다. 고생은 했지만 그때의 북유럽 사진은 지금도 우리 집 벽에 진열되어 있다.

성당에서 'ME'(부부 대화 교육)에 다녀와 그룹모임을 할 때나 야유회, 성지순례 등을 할 때도 사진을 많이 찍었다. 모두들 내가 찍어주는 사진은 젊게 나오고 자연스럽다며 부부, 친구, 가족 할 것 없이 사진을 찍어 달라 하여 찍은 사진들 현상하느라 사진관을 들락날락거렸다. 젊게 나오는 비결은 물체가 조금 멀리 있을 때 망원렌즈로 당겨서 찍으면 배경은 아웃 포커싱, 인물은 자연스런 모습으로 조금 젊게 나온다. 무엇보다 애써 사진을 찍기 위해 포즈를 취하지 않고 있을 때 슬쩍 자연스런 모습으로 찍어 버린다. 그때 들고 다니던 캐논 F801S 카메라는 지금도 나의 장식장에 진열되어 있다.

그리고 몇 년간 꽃꽂이도 그만 두고 목동에서 의류업을 하느라 사진도 그만 두었다. 그새 카메라도 디지털시대로 넘어갔다. 다시 디지털 카메라로 갈아타야 했다. M성당 사진동호회에 들어가서 다시 사진을 배우기 시작했다. 추천하는 카메라가 비싸서 쓰던 카메라로(캐논 바디에 시그마 렌즈) 배우는데 다른 사람만큼 사진도 잘 안 나오고(시그마 렌즈가 조금 어두운 편이었다) 수동과는 많이 달라서 몇 년 손 놓고 나니 실력이 도태해 버렸다. 무엇보다 열정이 떨어져서 옛날만큼 열심히 하지 않았다. 또 다시 출사가 있는 날엔 밤에 떠나는 일이 많았다. 새벽 일출을 찍기 위해 불편한 봉고차에 실려 밤새 달려간 날엔 멀미가 나서 회원들이 아침을 먹는데 나는 화장실에서 토하고 있었다. 지리산 노고단에서 새벽 일출을 찍기 위해 간 날은 추워서 사진이고 뭐고 빨리 돌아오고 싶었다.

내가 찍고 싶은 사진은 그냥 좋은 경치를 카메라에 보이는 모습 그대로 담고 싶은데 배우는 사진은 기교와 포토와 주제에 집중 하다 보니 풍경사진을 찍고 싶은 내 생각과 달라서 마음이 떠나기 시작했다. 고생도 많이 했지만 내 카메라의 한계에서 다른 것으로 바꾸기도 싫었다.('오디마크 투' 같은 카메라는 무겁고 처음엔 값도 비쌌다) 여행 갈 때도 가벼운 것 하나 손에 달랑 들고 다니고 살자고 마음을 바꾸니 포기도 어렵지 않았다. 사진 배우는 걸 그만 두었다. 사진 배우느라 늘어난 액자도 이사 할 때마다 짐이다. 버릴 수도 없이 가지고 다니다 보니(이사를 자주 했다) 보관도 힘들고 해서 없애버릴까 생각도 들었다. 그러나 비 오는 고속도로를 달려 강원도 평창까지 가서 찍은 바위틈 이끼사진, 미사리의 새벽 돛단배, 겨울 얼음 위 호수에 걸린 말채나무, 유명산 계곡의 물에 비친 단풍… 각각의 사연이 담긴 그 사진들을 감히 버릴 수가 없어 몇 개는 아직도 보관을 한다.

여행을 갈 때도 핸드폰보다는 카메라를 더 많이 사용한다. 바쁜 패키지 일정에 맞추어 다니다보니 자동으로 세팅해 놓고 막 찍는다. 그리고 다녀와 컴퓨터로 보면 가관도 아니다. 초자만큼 엉망이다. 몇 백 장은 날린다. 잘 나오지 않아도 그 풍경이 꼭 있어야 하는 사진들은 약간의 수정을 하느라 몇 시간씩 컴퓨터에 매달려 작업을 한다. 그렇게 수정한 사진들을 폴더를 하나 만들어 보관한다. 나의 컴퓨터의 D드라이브에는 이렇게 모인 폴더들이 각자의 이름표를 달고 몇십 개가 있다. 수정을 해야 하는 폴더도 있고 수정을 해 놓은 폴더도 있다. 시간을 내어 정리해야지 하면서 차일피일 미루고 산다.

아름답게 나이 든다는 것

라디오를 듣고 있는데 '아름답게 나이 든다는 것'이란 어떻게 사는 것인가에 대한 얘기가 흘러나온다. 나도 그런 마음을 가져본 적이 20대에 있었는데….

꽃꽂이를 처음 배우기 시작한 것은 25살 때부터이다. 대학 졸업 후 2년간을 화성군에서 자취와 하숙을 하며 교사를 하다가 성남시로 이동을 했고 집에서 출퇴근하게 되었다. 그때부터 꽃꽂이를 배우기 시작했다.

3년을 배워 3급 사범코스를 수료할 즈음 직장을 부산으로 이동했다. 하수회 부산지부를 찾아 부산지부장 밑에서 수업을 받았다. 그때 내게 지도를 해준 부산 지부장님은 독실한 가톨릭 신자로 '소화 데레사'라는 세례명을 가지신 겸손하고 아름다우며 여성스럽고 우아한 분이셨다. 지금의 내 나이쯤 되셨던 것 같다. 20대의 나는 그분을 보면서 나도 저 분처럼 살아서 저렇게 늙어가야지 라는 마음이 들었다. 그분 앞에 서면 말 한마디, 행동 하나까지 모든 게 조심스러웠다.

꽃에 대한 그분의 열정은 대단했다. 그때는 꽃꽂이를 배우는 건

고급 취미이며 돈도 많이 들었고 수업기간도 무척 길었다.

부산에서 근무한 1년 동안 함께 했던 나의 꽃꽂이 사부셨던 그분, 지금은 고인이 되셨을 그 분의 저서 '소화 작품집'은 30년이 넘게 내 책장에 꽂혀 있느라 겉표지가 누렇게 바래고 겉장마저 해어졌다. 그래도 책장을 넘기면 그 분의 체취가 묻어난다. 그냥 꽂아서 펴낸 책이 아니고 후진들이 알아보고 배우기 쉽도록 주지와 부재의 선까지도 자세하게 그려 넣었다. 작품마다 기도 제목과 내용을 넣어 신앙의 염원이 담겨 있다. 그분의 꽃꽂이 저서는 단순한 꽃꽂이가 아니라 그 속에 무수한 이야기가 담겨 있었다. 성당에서 10년을 꽃꽂이 봉사를 하면서 대작을 많이 해 보아서 지금은 나무의 선을 어떻게 살려야 하는지 잘 알지만 그 시절엔 자세한 설명과 이해를 도와준 그 책은 내게 많은 도움이 되었다.

그분을 닮고 싶어했던 20대의 기억을 잃어버리고 오랜 시간을 살았다. 라디오를 듣다가 새삼 그분 생각이 난다. 아름답게 나이 든다는 것은 그분처럼 나이 든다는 것일 텐데, 언제쯤 내안에 그분 같은 겸손과 내면의 아름다움을 가꿀 수 있을까.

싼타 물건 훔치기와 옥션게임

싼타 물건 훔치기와 옥션게임

문화원에서 영어를 배운 지 1년이 넘었다. 영어라는 언어가 1~2년 배워도 말문이 트이지 않으니 속이 터진다.

외국으로 여행을 할 때면 어떻게든 몇 마디라도 해보려고 해도 머릿속에서만 뱅뱅, 현실에서 활용이 쉽지 않았다. 다행히 선생님을 잘 만나 영어가 재미있어지면서 웃고, 박수 치고, 열심히 말하고 1년을 그렇게 배웠더니 월요일의 영어수업이 삶의 중요한 부분을 차지해 갔다. 총무를 맡게 되었다. 선생님이 '캡틴'이라고 명명하셔서 난 '캡틴'이라고 불리게 되었다. 회비를 걷어서 프린트 대금을 드리고 한 달에 한 번 커피타임으로 친목을 다지기도 했다. 팀워크도 좋아지고 분위기도 화기애애해졌다.

오늘은 12월의 마지막 수업일이다. 오늘 수업은 약간 맛보기만 하고 나머지 시간에 싼타 물건 훔치기 게임을 하기로 했다. 각자 선물로 준비해온 물건들을 내어놓고 남들이 가져온 선물들을 골라가는 게임이다. 자기가 찜한 물건에 대해 다른 사람이 3번까지 빼앗아 갈 수 있는 놀이다. 선생님과 나는 이 행사를 진행하기로 의견일치를 보고 카톡에 그 취지를 올렸다. 나는 며칠 전부터 무슨 물건을 포장할까? 이것저것 꺼내어보다 촛대와 수저받침을 포장해서 리본으로 묶었다. 그리고 게임에 필요한 번호를 30명까지 2장씩 60장을 만드느라 이면지를 자르고 번호를 정성들여 썼다. 맘에 안 들면 찢고 다시 쓰고를 반복하며.

2부는 옥션게임으로 집에서 물건을 가지고 와서 그 물건에 대한 배경이나 가치, 내어놓게 된 동기 등을 설명하고, 1000원부터 가격을 흥정하여 최고가에 낙찰된 사람에게 물건이 돌아가고 모인 돈으로 불우이웃돕기 성금을 내자는 취지의 게임이다. 이 또한 무엇을 낼까? 고민하다 딸이 회사에서 샘플로 갖다 준 수입 옷과 벨트를 한 세트, 골프 치다 손이 시릴 때 손에 끼는 손덮개(이 물건은 내가 골프샵 할 때 챙겨놓은 건데 옷장 안에서 잠자고 있었다)를 준비했다. 옥션게임 때 돈을 담을 작은 상자를 찾느라 온 집안을 뒤지다가 창고 안에서 작은 택배박스를 발견했다. 테이프를 붙이고 글씨를 썼다.

수업이 없다고 생각했는지 평소보다 적은 인원이 참석했다. 30명의 번호를 쓰면서 20명은 올 줄 알았는데 조금 실망했다. 그래도 싼타 물건 훔치기는 정말 재미있었다. 사회자로 나선 P님의 퍼포먼스와 진행이 게임의 재미를 더했다. 남자회원 중 유일하게 참석하신 H님이 제일 먼저 집은 포장지를 뜯으니 손수건이 나왔다. 맘에 드신다고 가지고 들어가셨다. 다음 분이 상품권 포장지를 여니 로또 복권이, 또 다른 박스엔 텀블러, 핸드크림, 머그잔, 촛대, 포크세트, 이어폰, 얼굴 팩 등 뺏고 뺏기는 과정을 반복하면서 박수와 웃음보가 터졌다. 그리고 2부의 옥션게임이 시작됐다. S님은 남자양말 세 쪽을,

H님은 옛날 사우디에 근무할 때 구입한 알람시계를, J님은 아이유의 사인이 적힌 CD를, 사회자 P님은 선이 꼬이지 않는 자크 이어폰을, 나는 옷과 벨트, 손덮개를, Y님은 스카프를, L님은 코사지를 한 박스 가져왔다. 옥션 게임에서는 L님의 코사지가 성금에 일조를 했다.

그리고 문화원장님으로부터 1년을 수료한 수료증도 받았다. 1년이 넘은 사람이 나까지 3명이다. 원장님은 나가시면서 10,000원을 모금함에 넣어주셨다. 이렇게 옥션게임으로 모은 돈을 후원단체에 전달했다.

처음 시도한 송년 파티가 신나게 웃고, 불우이웃 성금도 모으고, 먹거리까지 곁들여 조촐하고 의미 있었다. 먹거리로 김밥과 커피를 준비했는데 나대신 Y동생이 김밥 사 오는 수고를 해 주었다. 그 외에도 귤과 단감, 곶감, 깨강정까지 조금씩 가져와서 간단히 먹을 수 있어 더 푸짐한 것 같았다.

카톡 방에 불이 났다. 단체방에 행사 사진들이 연이어 올라오고 후기도 다들 앞 다투어 올렸다. 학습방엔 때 아닌 영어 실력까지 자랑하는 글들이 연신 올라왔다. 오늘 수업에 초대된 재미교포 Hyun Jin 교수님의 미국학교 소개에 이어 그분의 영어 Speaking을 들었는데, 그분의 미모와 미소가 모두를 잠시 반하게 만드는 멋진 분이셨다. 그분에게 올리는 글들이었다. 그분의 말씀을 다 알아듣지는 못했지만 유창한 영어를 들으며 나도 빨리 잘하도록 열공해야겠다는 동기부여를 받을 수 있었다. 올 한 해 마음이 힘든 일도 여러 번 있었지만 영어와 수필공부를 하며 좋은 사람들과 만날 수 있음에 감사한다.

엽서에 마음을 전하다

나는 여고를 졸업하고 교육대학을 나와 교사의 길을 걸었다.

미스에서 중년으로 어느새 노년의 길로 시간은 빛처럼 빨리 흘러갔다.

70년대 후반, 나는 그 시절 통기타 가수들의 노래를 즐겨 듣고 부르며 보이지 않고 손에 잡히지 않는 미래에 대해 고민하고 번민하며 청춘을 보냈다.

송창식, 조용필, 박인희, 김정호, 정미조 등 우리 시대를 대표했던 가수들은 주옥같은 노래들을 우리 세대들의 가슴에 남겼다.

일찍 사회로 나선 청춘들이었기에 교사발령을 받고 우리들은 시골로 떠나야 했다.

시골 학교 병아리 여 교사는 그곳으로부터 탈출하고 싶었던 시간이 많았다. 주말에 집엘 올라와서 월요일에 출근하기 위해 새벽에 집을 나와 버스와 기차를 갈아타고 다시 시골로 내려가는 버스를 타고 비포장도로로 1시간여 달려야 학교에 도착했다.

서울에 껌딱지를 붙여 놓은 것도 아닌데 국기 하강식을 하러 옥상에 올라가 멀리 버스가 달리는 모습만 봐도 저 버스를 타고 서울로 가고 싶은 마음으로 울컥할 때가 많았다. 왜 그렇게 시골이 싫었던지, 서울로 올라와 대학 배지를 달고 거리를 활보하는 대학생들을 볼 때 부러움이 말도 못했다.

구불구불 논둑길을 걸어 운동화 차림으로 출근하여 아이들과 지내는 일상, 멋을 부릴 필요도 없는 직장, 밤마다 울어대는 개구리 울음소리에 잠 뒤척이며 지내던 시간들, 스케치북 들고 자취집 앞동산에 올라가 아무렇게나 그리던 그림, 바로 찢어버리기 일쑤였다. 같이 근무하던 선배, 동료 교사들과 노래하고 수다 떨던 그 시간들이 오랜 세월이 지나고 나니 왜 그렇게도 그립던지, 언제나 나는 첫 발령지 시골의 교사였던 그때 꿈을 꿀 때가 많다.

그 시절에 같이 대학을 졸업한 친구들과의 유일한 연락은 엽서였다. 우리들은 작은 엽서에 깨알같이 글씨를 써서 보내며 수많은 얘기들을 쏟아 부었다. 전화통화도 쉽지 않던 시절에 우리들의 유일한 연락병인 엽서! 지금 세대의 젊은이들이 이런 이야기를 하면 참으로 웃긴다고 배를 잡을 70년대의 모습이다. 엽서가 늦게 도착하면 때로 약속 장소에 못 나가기도 하고 약속을 정해놓고 사정이 생겨 못 나오는 친구도 있었다. 모임에 나가면 김빠진 맥주처럼 빠진 친구들의 자리가 휑할 때가 많았다. 대개 그 사정이란 근무지 학교에 갑자기 장학지도가 있다거나, 당직을 서야 하던지, 파도가 심해 육지로 나오는 배를 못 탔던지, 경기도 전역에 흩어진 친구들은 각자의 사연을 담아 다시 엽서를 주고받으며 소식을 전했다.

친구 중에 U는 팔당에 근무하고 있었는데 놀러 오라 하여 갔더니 보트를 태워 준다며 팔당댐을 작은 배를 빌려 노래를 부르며 저어가는 여유를 보여주기도 했다. 특히 U는 포크댄스를 무척 좋아해서 주말이면 YMCA에 가서 강습을 받아 춤을 잘 추었다. 내가 운동회를 준비하는 마스게임을 구상할 때 U를 찾아가서 구상에 도움을 받기도 했다.

포천에 살던 H를 만나러 갔을 때는 비가 많이 왔다. 밖에 나가기 귀찮다고 방의 벽지에 낙서를 둘이서 실컷 하기도 했다. 대학 친구들은 거의 시골로 발령 받아 살았다. 마산여고 친구들 역시 교사하는 친구들은 시골에 살아서 여고 친구들 또한 엽서로 소식을 전했다. 여고 친구 중 교대를 졸업하고 교사를 하던 P는 결혼하고 직장을 그만두어 몇 년 짧게 교직에 있었는데 50이 다 되어서 경기도에 다시 복직을 했다. 그때 내게 같이 들어가자고 했는데 P는 학교로 들어가고 나는 숙녀복매장을 하느라 사업의 길로 들어섰다. 다시 교직의 길로 되돌아가지 않은 것이 지금도 후회 되는 일 중의 하나다.

여고친구 M은 집안이 잘 살았고 태릉에 있는 S여대를 다녔다. 그녀의 집은 마산에 부모님이 사시고 서울 삼선교에 집이 하나 더 있어 딸들이 학교를 다니느라 삼선교에서 살았다. 교사시절 나는 삼선교에 많이 놀러갔다. 그녀의 식구들은 나를 많이 좋아했고 그녀도 나의 근무지로 놀러 오기도 하며 우린 많은 엽서를 주고받았다. 그녀는 미팅얘기, MT 등 많은 얘기를 전했으며 대학생활을 많이 누리지 못한 나로서는 그런 그녀가 많이 부러웠다. 축제 때 쌍쌍파티가 있다 하여 내가 파트너를 구해 주기도 하고 우리의 우정은 깊었다. 그녀가 보낸 엽서가 참 많다.

대학 친구들은 어려운 가정환경으로 교육대학에 왔기 때문에 소박하고 멋 부리지 않고 마음이 푸근한 좋은 친구들이었다. 발령이 안 나서 속 태우던 시절 엽서, 시골생활, 교사생활의 어려움, 현실의 애기들을 깨알같이 빽빽하게 엽서에 써서 보냈다. 그 작은 엽서 한 장에 참 많은 애기들이 들어갔다. 지금처럼 워드를 치지 않으니 글씨 또한 명필들이다.

내가 명동성당의 '가톨릭 영 시니어 아카데미' 프로그램 중 '삶과 문학'반에 등록하여 명동을 다니니 그때 우리 친구들의 아지트였던 메트로호텔 앞을 자주 지나다닌다. 40년이 넘었는데 아직도 그 자리에 그 이름으로 호텔이 자리하고 있다. 리모델링을 해서 옛날 모습은 아니지만 그 앞을 지나면 빙그레 웃음이 난다.

오랜 시간 친했던 그때의 친구들이 보낸 엽서들을 스케치북에 붙여 두었다.

40년이 흘렀다. 풀은 그대로 붙어 있는데 엽서는 누렇게 변색 되어가고 있다. 버리지 못하고 가지고 있었는데 어느새 시간이 훌쩍 흘러버린 것이다. 꺼내서 읽어 봐야지 하면서 소소한 일상에 밀려서 아직 다 읽지를 못하고 책장에 꽂혀 있다. 언젠가 한 권의 책으로 내어 볼까 싶었는데 엽서들만 모아서 꾸미기도 미흡하고 생각을 곰곰 하다 여고친구 P의 의견을 듣고 엽서의 주인들에게 각자의 글을 보내 줄 마음을 먹었다. 그런데 막상 떼어 보니 스케치북의 앞뒤로 붙어 있어서 엽서를 떼어 내기가 어렵다. 풀로 붙여 두었던 거라 글씨가 같이 찢어졌다. 최대한 원본을 살려서 A4용지에 각자의 글을 따로 분류해서 붙이기로 했다. 나에게는 번거로움이 있지만 어느 날 서류

봉투가 배달되어 열어 보니 그 속에 40년 전에 보낸 자기가 썼던 글을 발견했을 때의 친구들의 얼굴표정을 상상하니 행복하다. 그들은 한번 읽어보고 쓰레기통으로 버릴까? 아니면 나처럼 또 40년을 보관할까? 절대 그럴 일은 없겠지만 40년을 더 그 엽서가 남아 준다면 참 재미있겠다. 우린 그때 100세가 넘었을 터이니 몇 사람만 생존해 있을 것이다.

폐교에서 피어난 꽃

여고 동창회는 일 년에 두 번, 봄, 가을로 나누어 야유회 행사를 한다. 올해는 봄에 당일 코스로 남산주변을 답사하고 식사와 차로 우정을 다지고, 가을에는 1박 일정의 지리산 코스로 버스를 대절해 나들이에 나섰다. 회장단의 수고 덕분으로 30여 명의 친구들이 동참했으며 마산에서 15명 정도 올라와 45명의 친구들이 지리산 가족호텔에서 만나 우정을 나누었다.

지리산 일정코스로 실상사와 화엄사, 사성암을 답사하고 호텔에서 1박한 후, 다음날 우리는 남원에 폐교를 사서 자신의 공방으로 탈바꿈 시켜 천연한복 사업을 하고 있는 여고친구 N의 사업장을 찾았다.

N은 한복계에 꽤 이름이 알려져 있다. 그녀의 한복은 천연과 자연을 테마로 지어지는데 염료의 배합, 사용 등을 손수 그녀가 하며 독창적인 색감과 디자인을 연출하여 주문생산으로 만들어진다. 귀한 소재와 대량생산이 아닌 그녀의 수고에 의해 소량으로 만들어져서 가격은 조금 비싼 편이지만 컬리티가 뛰어나 단골 손님층을 보유하고 있는 것 같았다. 유명탤런트 고두심 씨가 그녀 한복의 모델이다.

N은 마산에서 외과의사의 딸로 태어나 어린 시절을 남부러울 것 없이 자랐다. 초등학교 6학년 때, 그녀는 학교 전교어린이 부회장을 하여 친구들은 다 그녀를 안다. 그렇게 발랄하고 귀엽던 그녀가 6학년 때 식모언니를 따라 동네방앗간에 갔다가 그만 장난이 잘못되어 돌아가는 기계에 팔이 딸려 들어갔다. 그녀는 이 사고로 오른쪽 팔을 잃고 의수를 하게 되었다. 여중, 여고를 다니면서 그녀는 여름에도 하복을 못 입고 춘추복을 입고 다녔다. 많이 아프고 힘들었을 텐데 언제나 밝게 웃는 그녀를 보며 마음으로 응원을 보낼 뿐, 내성적이던 나는 한 번도 그녀에게 위로의 말도 응원의 말도, 건네지 못하고 절친도 아니어서 멀리서 바라만 보았다.

고등학교를 졸업하고 풍문에 들려오는 소식을 들었다.

미술에 재주가 남달랐던 그녀는 이화여대 미대를 다녔는데, 의대 재학 중에 학생운동을 하다가 군사정부시절 제적을 당하고 감방에 있던 친구오빠를, 친구 따라 면회를 다니다가 둘이 서로 사랑하게 되어 결혼하였다는 얘기를 들었다. 옥중에서 싹튼 사랑으로, 그녀의 면회가 그녀의 남편에게 큰 힘이 되었을 것이다.

정권이 바뀌고 그녀의 남편은 복학하여 의대를 졸업하고 의사가 되었다. 딸 셋을 낳고 잘 살다가 사람의 마음은 언제나 한결같을 수 없는 건지 성격차이로 이혼했다. 그녀는 장애의 몸이지만 재주가 탁월하여 인사동에서 '아라가야'라는 한복집을 운영하다가 북촌한옥마을로 옮겨갔고, 조선일보와 마산 지역신문 등에 그녀가 소개되었다. 또 강연 100도의 프로그램에도 출연하여서 자신의 이야기를 털어놓기도 했다.

그런데 몇 해 전 그녀가 남원으로 내려가 폐교를 사서 자신의 작업을 그곳에서 하며 산다는 얘기를 들었다. 그리고 우리는 관광버스를 타고 그녀의 남원 집을 방문했다. 4천 평이 넘는 학교 부지를 작업장, 창고, 침실, 부엌, 전시장으로 바꿔 놓았다. 구석구석 그녀의 손이 안 닿은 곳이 없이 꾸며놓은 그녀의 일터를 보고 동창들 모두 놀라움과 경탄을 하며 그녀의 열정에 우리들이 부끄럽기까지 했다. 그녀의 삶에 대한 무한한 도전에 할 말을 잊었다.

예를 들자면 교실 하나가 변신하여 고가구(뒤주, 도자기, 생활자기, 항아리 등)를 진열해 놓기도 하고, 또 다른 교실은 부엌, 침실, 작업장이 되기도 하고, 천 재료의 창고로도 사용되고, 그녀의 작품을 전시한 전시장으로 탈바꿈되었는가 하면, 아이들이 사용하던 화장실은 염료와 각종 도구의 보관창고, 강당은 천으로 바닥을 일부 깔고 의자를 많이 동원해 앉기도 하고 설명을 들을 수 있는 공간으로 만들어 놓았다. 한쪽 테이블엔 커피와 차를 준비해 놓고 먹거리를 올려놓기도 하는 등, 폐교는 무한한 변신을 하고 있었다.

그 넓은 공간에 오직 작품에 전념하며 투혼을 불사르는 그녀의 모습은 아름다운 폐교의 꽃이었다. 폐교가 한순간 폐교가 아닌 아름다운 꽃으로 피어난 듯, 박물관처럼 우리 앞에 그 자태를 자랑하고 있었다.

그녀의 손길이 닿아서 그녀의 성이 우뚝 서 있었다. 마법을 부린 것처럼… 그녀가 정성껏 준비해준 포도와 떡, 차를 마시며 우리는 그녀가 이곳에서 계속해서 성공한 사업가로, 슈퍼우먼으로 우뚝 설 것을 기대하며 폐교와 아쉬운 작별을 나누었다.

대망 이야기

내가 성남시에 교사로 근무할 때다.

그때는 아이들이 많아서 한 학급에 60명 정도 되었으며 저학년은 교실이 부족해 오전 오후로 2부제 수업을 했다. 오전 수업이 끝나면 교사는 교무실에 와서 잡무나 기타 휴식을 취하고 교실은 2부 선생님께 비워 주어야 했다. 큰 학교는 학급수가 100학급도 넘었으며 학교는 교사와 아이들로 넘쳐났다. 지금의 저출산과 줄어드는 아동수를 볼 때 국가 미래를 생각하면 안타까운 일이다.

과학은 발달하고 생활수준은 높아 가는데 출산, 결혼은 줄어들고 사회는 갈수록 불신과 세대 간 이념이 대립하여 뚜렷한 양극화의 현상을 보이며 갈등의 폭이 증폭되어 가고 있다. 그 예가 촛불집회와 태극기집회로 갈라져 온 나라가 풍전등화처럼 위태로웠다. 북에서 핵으로 위협하고 있는 현실에서 앞으로 우리 젊은이들이 안고 가야 할 이 나라를 생각하면 안타깝다. 지하철을 타면 어른, 젊은이, 할 것 없이 다 핸드폰만 보고 있다. 책을 읽는 사람은 정말 드물다.

나는 20대 후반에 일본소설 '대망'에 빠져 있었다. 교무실에서도 짬만 나면 '대망'을 읽었다.

중국의 춘추 전국시대처럼 일본의 전국시대 말기 일본에서 제일 먼저 군소 영주들을 누르고 영웅의 자리에 오른 사람은 오다 노부나가였다. 오다 노부나가는 날카롭고 완벽하고 잘 생긴 철혈 군주로 단 한 번의 시행착오도 겪지 않은 치밀한 성격이었다. 겉과 속이 다른 토요토미 히데요시는 상대의 속을 정확히 꿰뚫고 치밀하게 뒷공작을 하는 정치가의 이미지와 천한 출신의 열등감과 과대망상적인 언행이 자주 묘사되기도 했다. 노부나가의 부하로 기회를 노리던 토요토미 히데요시가 노부나가 사후 일본 전국을 통일하고 우리나라(조선)에도 쳐들어와 임진왜란을 일으키기도 하며 천하를 호령했다. 그러나 아들 대까지 그의 권세는 이어지지 못했다.

도쿠가와 이에야스가 일본열도의 주인이 되며 도쿠가와의 정적들이 사라지고 에도 막부가 만들어지기까지의 험난한 인생 여정을 실감나게 써 내려간 소설이 '대망'이다.

'대망'에 나오는 세 인물은 각자 개성이 강하고 지도자로서의 자질을 타고 났다. 마지막에 도쿠가와 이에야스가 천하를 통일할 수 있었던 건 아무리 위험하고 어려운 상황에서도 가신들과의 끈끈한 정, 인내, 포용, 겸손 등 그는 한 몸을 내던져 기다릴 줄 아는 인내의 화신이었다.

동료교사들이 "김 선생은 결혼할 생각은 안 하고 무슨 책을 그리 열심히 보고 있느냐"며 놀려댔다. 난 '대망'의 도쿠가와 이에야스 같은 사람을 만나면 결혼할 거라고 하며 소설 '대망'과 사랑에 빠졌다.

딸은 예고와 미대의상학과를 나와 의류회사에서 테크니컬 디자인파트에 근무했다. 영어에 능통하다 보니 외국의 바이어 안내와 접대도 딸이 많이 맡았고, 회사일도 야근의 연속이었다. 문을 열고 들어서며 "피곤하다, 힘들다." 란 말부터 하며 지친 얼굴로 밤늦게 오는 게 다반사였다. 딸은 과중한 업무와 야근의 연속, 수직적인 조직의 갑질 등에 힘들어 하더니 급기야 직장에 사표를 내었다.

홍콩은 바이어들이 자주 다녀갔고, 딸도 출장, 공부 등을 하느라 홍콩으로 들락날락거리더니 홍콩으로 가서 여러 회사의 면접을 거쳐 홍콩의 큰 의류회사에 취업을 했다.

외국에서 살다보면 혼기를 놓친다고 만류해도 요즘 젊은이들은 결혼보다 직장이 먼저다. 홍콩에서 몇 년 근무하다 한국으로 몸값 올려서 나오겠다며 고집을 꺾지 않았다.

홍콩으로 가기 전 딸이 내게 물었다. 자기는 결혼 상대자로 어떤 사람을 고르면 되느냐고? 나는 '대망' 이야기를 해 주었다. 그리고 도쿠가와 이에야스 같은 사람을 찾으라고 했다. "너를 이해해 주고 포용해 줄 마음이 넉넉한 사람이 있으면 좋겠다."고.

딸은 이해는 했지만 엄마의 얘기가 너무 추상적이라고 피식 웃는다. 나도 역시 같은 생각이다. 이 시대에 무슨 '대망' 이야기를 하고 있는가? 그것이 오늘날의 젊은이들에게 통하기나 하겠는가?

내가 만나고 싶었던 도쿠가와 이에야스 같은 사람을 딸이 만나서 행복하게 사는 모습을 볼 수 있었으면 하는 바람이었을 것이다.

102주년 마산여고 기념식

내가 다닌 마산여고는 올해로 102주년을 맞는다. 100년을 한 세기로 보면 역사와 전통을 자랑하는 학교였다. 일제 강점기에는 일본인 학생들이 다녔는데 해방이 되면서 차츰 경남의 명문학교로 발돋움하기 시작했다. 수많은 졸업생을 배출하고 지역사회에 큰 공헌을 하며 100년을 이어왔다. 총동창회에서 각종 찬조기금으로 꾸준히 모교에 장학금도 지급하고 모교의 발전을 위해 많은 노력을 해 왔으며 100주년 되는 해 학교교정에 100주년 기념관도 건립하고, 역사관을 만들어 100년의 모습을 한눈에 볼 수 있는 방대한 자료들을 전시해 놓았다. 100년사의 책자를 만들어 100주년 때 배부도 하여 나의 책장에도 꽂혀 있다. 나의 보물 중 하나이다.

올해는 102주년 총동창회 행사를 마산 사보이호텔에서 치렀다. 우리 기수도 차를 한 대 대절해 마산으로 내려갔다. 나는 하루 전날 비행기로 김해를 내려가느라 다음날, 마산의 사보이호텔로 직행했다. 500명이 넘는 선후배들이 참석해 호텔은 대만원을 이루었다.

1부는 개회식과 동창회기 입장, 역대 회장들 소개, 현 서울지역

동창회장 인사, 부산지역 회장 인사 및 마산의 총회장 취임식, 지역 인사들의 축사, 감사보고, 사업보고, 마산여고 동문 합창단의 축하 공연, 교가 제창 등으로 행사를 마치고 식사를 한 후 이어 2부 행사로 들어가 기수별 장기자랑을 했다. 다들 열심히 준비하고 공연하며 웃음과 감동을 선사하며 클라이맥스로 가고 있는데 난 전날 김해에서 사촌 동생과 옛날이야기 하느라 밤을 새웠더니 너무나 피곤해서 행사가 끝나고 호텔에서 잔다고 했는데 나는 행사가 끝나기도 전에 행사장을 빠져 나와 교방동에 있는 사촌네 집으로 향했다.

마산의 사촌은 나와 고종사촌으로 큰고모님의 아들이다. 나와는 동갑내기로 내가 마산여고를 다닐 때 마산고등학교를 다니며 친하게 지냈다. 가정형편이 어려워 교대를 갔고 마산과 주변지역에서 교직에 몸담고 교장도 여러 번 연임하다 퇴임했다. 내가 고향을 갈 때마다 친구들을 만나고 밤에는 사촌 집에서 잤다. 올케가 사람이 좋아 항상 반갑게 맞아 주고 우린 만나면 셋이서 밤늦도록 얘기를 나누곤 했다. 다음날 올케가 끓여준 쑥국을 맛있게 먹고 사촌의 차를 타고 마산여고 교정으로 갔다. 100주년 행사 때 다녀가고 2년 만에 다시 교정을 밟은 것이다.

학교 다닐 적 교정에는 벚꽃이 만개했고 멀리 가포바다가 보였다. 바다 한가운데 돛섬이 떠 있는 광경을 벚꽃 핀 운동장에서 바라보았었다. 한 폭의 그림 같은 교정은 서울에 살면서도 자주 생각이 났다. 20여 년 전에도 사촌과 같이 한 번 학교를 가 보았다. 이미 교사는 허물고 다시 신축을 했고 학교 앞으로 산복도로가 나버려 바다는 보이지 않았다. 나이가 들면 고향이 그리워진다는 것이 이런 것인가 싶었다.

내가 일을 접으면서부터 부쩍 자주 고향을 찾는다. 마산 친구들과 학교의 100주년 기념관과 역사관을 구경하고 나와서 차를 타고 진동으로 향했다. 이번 나들이는 마산 친구들이 서울에서 대절한 차비용을 비롯 호텔투숙에 아침, 점심까지 극진한 대접을 했다. 진동으로 이동하는 길가에 벚꽃이 만개했다. 남쪽이라 봄이 빨리 와서 서울은 아직 봉오리도 안 피었는데 마산의 벚꽃은 활짝 피어 화려함의 극치를 이루었다. 가로수를 벚꽃으로 심어 군데군데 벚꽃이 반겨주고 있었다.

우리는 만개한 벚꽃을 보면서 어린아이처럼 좋아했다. 진동에서 싱싱한 회와 멍게를 대접 받고 마산 친구들이 선물로 싸 준 멸치박스, 돌김, 깻잎절임을 한 봉지씩 들고 교정으로 돌아와 마산 친구들과 작별인사를 했다. 예쁜 손수건도 받고 차를 타고 오며 떡과 주스, 과일까지 챙겨주어서 저녁으로 충분했다. 세상인심은 날이 갈수록 각박해지지만 고향친구들의 인심은 푸근하고 아름답기만 하다. 다시 만날 날을 기약하며 보이지 않을 때까지 손을 흔들고 있는 친구들의 모습을 뒤로 하고 우리는 서울을 향해 떠났다.

이은상 작사, 김동진 작곡의 '가고파'는 내 고향 마산을 노래한 곡이다. "내 고향 남쪽바다 그 파란 물 눈에 보이네. 꿈엔들 잊으리오 그 잔잔한 고향바다~"이 노래를 떠올리면 교정에서 바라보던 가포바다가 생각난다.

초등 친구들과의 시간 여행

올해는 성호초등학교를 졸업한 지 반백년이 되는 해이다. 우리 초등학교 동창회 모임은 마산모임과 서울모임으로 나뉘어져 있다. 서울 단독으로 조촐하게 50주년 행사를 하려다가 마산친구들을 일부 초대했다.

예산, 온양 지역을 1박2일의 일정으로 계획을 짜기 위해 지난달에 온양에 사는 Y와 함께 사전 답사를 했다. 마산친구들과는 수덕사에서 만나기로 하고 서울에선 시간이 조금 덜 걸리므로 먼저 한 곳을 둘러보고 수덕사로 가기로 했다. 예산의 유럽풍 마을로 알려진 지중해 마을, 수덕사, 예당호, 아산 외암마을을 당일 코스, 다음날은 호텔 온천을 마치고 현충사를 둘러보고 신정호수 길 산책 후 헤어지는 일정으로 짰다. 식당, 호텔, 관광지의 답사를 끝내고 예약을 다 맞춰 놓았다.

서울 동창회의 회비는 별로 없었지만 초등부터 여고까지 친구인 M이 50주년 행사에 쓰라며 50만 원을 보내왔다. 행사가 있을 때마다 여고와 초등에 신경을 써 주는 M의 배려에 고맙다고 인사 한마디밖에 못했다. 그리고 회장. 고문, 친구 U, B, C 등이 찬조금을 내놓아 이번 행사는 참가비 없이 찬조금만으로 치르기로 했다. 시간이 갈수록 참여도는 높아져 서울 16명, 마산 11명이 함께 하기로 했다. 차량을 렌트해서 목동역과 양재역에서 픽업하기로 했다. 행사 전날까지 인원에 약간의 변동이 생겨 방 예약을 변경하기도 하며 호텔, 식당에 차질이 생기지 않도록 점검과 확인을 해야 했다.

행사 당일 친구들에게 선물하려고 딸이 디자인한 티셔츠 30장과 아침 김밥, 내 짐을 챙기니 짐이 많았다. 조금 일찍 도착하여 커피 몇 개를 사서 김밥과 같이 목동역에서 탄 친구들과 먹으며 양재로 출발하였다. 양재에서는 친구 K가 커피를 사들고 와서 양재에서 탄 친구들도 커피와 같이 먹는 김밥이 맛있다고들 했다.

우리는 지중해마을로 향했다. 먼저 와 있던 온양의 Y와 합류하여 지중해 마을을 돌아보았다. 지중해 풍으로 집을 지어 관광지로 조성하여 아기자기한 볼거리들을 만들어 놓았다.

햇살은 따가웠지만 다들 예쁜 마을이라며 좋아했다. 한 바퀴 돌아보고 차에 올라 수덕사로 향했다. 중간에 기사가 길을 잘못 들어 예정 시간보다 조금 늦게 도착했더니 점심 예약해 놓은 식당에서 마산 친구들이 먼저 와 준비해 온 회와 양념 장어구이까지 세팅해 놓고 기다리고 있었다. 더덕구이를 곁들인 비빔밥을 메뉴로 준비했다. 50주년 행사를 위한 세레모니 건배를 했다. Y의 부군께서 오셔서 인사를 했다. 온양에 사는데 이번 행사에 점심식사를 내셨다. Y의 친구들을 반기는 부군께 우리는 감사했다. 즐겁게 식사를 하고 수덕사로 출발!

나는 수덕사를 실로 40년 만에 다시 찾았다. 대학 친구 H, K와 같이 겨울에 수덕사에 왔었다. 그때의 모습은 온데간데없고 수덕사는 전연 다른 모습으로 내 앞에 모습을 나타냈다.

수덕사는 백제 위덕왕 시절에 창건한 절로서 40년 전에는 여승 비구니들의 수도 사찰이었는데 지금은 여승의 모습은 거의 보이지 않았다. 산을 병풍처럼 둘러싸고 들어서 있는 수덕사의 웅장하고 아름다운 모습이 또 한 번 나를 감탄하게 만들었다. 이곳에 가을 단풍이 들면 어떨까? 기대가 된다. 가을에 다시 한 번 더 와야지 하고 점찍었다.

마산 친구 P. 그는 이런 행사가 있을 때면 항상 무거운 카메라 들고 와서 사진을 많이 찍어준다. 사진을 찍어주는 사람은 정작 자신의 사진이 별로 없다. 어쩌다 남이 찍어준 사진을 보면 표정이 자연스럽지 못하고 굳어있고 어색하다. P는 계속 웃어라 하며 연속으로 여러 장을 촬영하여 사진을 받아보면 미소가 절로 나온다. 잘 찍었네! 라고 감탄하며. 역시 촬영의 고수 P. 오늘은 아름다운 수덕사의 모습도 핸드폰에 담지 않았다. 항상 남을 찍어 주기만 하다 보니 정작 내 사진은 별로 없다. 오늘은 나도 찍히는 한 사람으로 모델이 되어보기로 했다.

수덕사를 뒤로 하고 예당호로 향했다. 예당호도 주변경관이 참 좋은데 가물어 물이 많이 줄었고 더워서 걸을 수가 없어 예당호가 잘 보이는 카페에 앉았다. 아이스크림과 팥빙수를 시켜 나누어 먹었다. 더위를 조금 식히고 다시 추사 김정희 고택으로 향했다. 우리는 미니버스 한 대로 마산 친구들은 승용차 두 대로 나누어 다녔다.

추사 김정희는 조선 정조 때 사람으로 조선후기의 서화가로 유명하다. 조선을 대표하는 예술가, 실학자였으며 그의 글씨를 추사체라 한다. 예산의 고택은 그가 살았던 곳으로 안채, 사랑채, 사당, 추사기념관 등으로 잘 정비해서 문화재로 관리하고 있었다. 한옥에 박식한 친구 S의 설명을 들으며 추사고택을 살펴보았다. 박식한 친구 덕에 해설가도 필요 없이 지식을 흡입하고 우리는 다시 아산 외암마을로 향했다. 외암민속마을은 약 500년 전부터 부락이 형성, 충청고유격인 반가식 고택과 초가 돌담, 아름드리 고목이 보존되어 있으며 꽃들과 담쟁이가 담벼락에 피어 관광객을 반겼다. 지금도 실제 60여 가구가 거주하며 살고 있다. 저잣거리도 있고 먹을거리도 풍성하다.

외암 마을을 돌아보고 예약한 식당으로 이동했다. 평상을 밖에 깔고 메뉴는 연밥 한정식을 준비했다. 모두들 한자리에 앉아 한정식과 마산친구들이 준비한 회와 장어를 막걸리, 소주, 맥주와 함께 환영사와 친구소개를 하며 먹고 즐겼다. 주변의 자연과 평상에서 먹는 연밥과 막걸리의 조화, 친구들의 잡담, 시간은 잠시 어린 시절로 돌아가고 있었다.

숙소인 호텔로 이동하는 동안에 오늘 서울로 올라가는 친구 몇을 온양역에서 배웅하기도 했다. 근데 주차장에서 갑자기 마산 여친이 박스를 깔고 과일을 잘라 올라가는 친구들을 먹인다고 과일 판을 벌였다. 곶감과 메론, 복분자 술을 준비해 온 마산 친구가 헤어지기 전 먹여 보낸다는데 식당에서 저녁 먹을 때 하지, 웬 주차장에서 자리를 깔다니~크. 그러나 어쩌랴, 친구에게 먹여야 한다는데. 그래서 또 한 번 웃어본다. 친구 여자 K, J, 남자 K 등을 보내고 숙소인 호텔에 짐을 풀어 놓고 부근의 노래방을 찾았다. 2시간 예약하고 캔 맥주 한 박스와 소주 10병, 노가리와 오징어를 시킨다. 아니! 저녁에도 마셨는데 저 술을 어찌 다 마실까? 안주로 치킨, 과일, 견과까지. 은근 걱정됐지만 신나게 뛰고 춤추고 노래하며 논다. 마산의 H는 어찌나 춤을 잘 추고 웃기는지 배를 잡았다. 노래방에 가면 꾸어다 놓은 보릿자루처럼 놀지도 못하고 노래도 못하는 나는 주눅이 들지만 남들이 신나게 노는 모습 구경하는 것도 재미있다.

호텔방은 3명씩 배정했는데 우리 방은 Y가 집에 가서 자고 오겠노라 해서 나와 C 둘이서 잤다. 이런저런 얘기를 하느라 2시가 넘어서 잠이 들어 아침기상이 늦었다. 온양에 왔으니 잠시 온천물에 머리라도 씻자 하며 C와 같이 사우나를 잠깐 다녀오니 친구들은 벌써 조식을 끝내고 로비에서 잡담을 하며 기다리고 있다. 식당에 들러 아침을 먹는 둥 마는 둥 허둥지둥 가방을 싸고 내려오느라 머리 세트도 못 말고 아침에 합류한 회장, 고문과 함께 승용차는 다 호텔 주차장에 두고 전원 버스에 탑승하여 현충사로 향했다.

충무공 이순신을 모신 현충사는 잘 정비된 길과 고목들, 장군의 복원한 옛날 집, 후손들의 무덤, 사당으로 조성되어 있었다. 이 시대에 진정한 이순신 같은 리더가 없이 권력에만 눈이 어두운 정치인들을 보면 이러다 이 나라가 표류하는 건 아닐까 걱정될 때가 많다. 솟제 뉴스가 보기 싫어 TV를 잘 안 켜기도 한다.

현충사를 꼼꼼히 보고 나오니 먼저 나온 친구들이 그늘에 앉아 아이스 바를 먹고 있다. 시원한 아이스 바를 먹으니 정말 여름이구나 싶다. 오늘의 마지막 코스인 신정호수로 향했다. 가물어 호수의 물이 줄었지만 주변 경관은 운치도 있고 시원한 그늘도 있어 산책을 하며 사진도 찍고 정자에 앉아 불어오는 바람에 잠시 몸을 맡기며 즐겼다.

식당은 호수가 잘 보이는 경관이 좋은 곳으로 정해서 파스타. 피자. 돈가스, 음료 등을 시켰다. 모두들 그 분위기와 음식에 만족해했다. 커피를 마시며 1박2일의 50주년 행사를 마감하는 작별의 시간을 가졌다. 겸손한 회장의 인사말과 함께 다시 만날 날을 기약하며 귀가길에 올랐다.

집에 돌아오니 몸은 피곤했지만 뿌듯했다. 행사 동안 즐겁고 좋았다, 고맙다, 보내주는 격려전화, 카톡이 쏟아졌다. 나도 고맙기는 마찬가지다. 잔칫상 차려놓고 파리만 날면 얼마나 속상하겠는가. 잔칫상을 신명나게 즐겨 주었으니 준비한 나로서는 더없이 기쁘고 좋았다. Y와 회장, 고문 등 친구들 모두가 도와주고 함께 만들어간 행사였다.

캡틴으로 불리다

문화원에서 여행영어 강좌에 등록한 지 2년이 되어 간다. 영어를 다른 곳에서도 좀 배웠는데 일주일에 한 번 배우니 입이 터지지 않고 문법이나 설명 위주의 강의를 들을 때는 졸기도 하고 재미도 없어 그만 두었다. 그리고 2년 전 L선생님의 여행영어에 등록을 했다. 하루에 다섯 문장이라도 외우고 올 수 있어서 재미가 붙었다.

시청각 기자재를 사용하고 새로운 콘텐츠를 개발해 가며 선생님의 수업은 날이 갈수록 재미있고 새로운 학습법에 대한 도전과 열정이 대단하셨다. 수업시간을 넘기면서까지 한 문장이라도 더 가르쳐 주려고 애쓰심은 말할 것도 없고 카톡에 공부한 내용을 올려서 복습할 수 있게 하고 동영상과 프린트 물을 만들어 발음, 강세, 청크 등을 강조하며 수강생들을 위해 열정을 쏟아주시는 친절한 선생님! 개인 과외를 받는 것처럼 많은 양의 지식을 흡수해가며 우리들의 발음도 유창해져 갔다.

발음기호를 찾을 필요도 없이 한글로 표기하는 영어발음의 글짜를 정확하게 찾아내어서 전달해 주셨다. 한 사람, 한 사람씩 시키니 모두들 긴장하여 발음이 좋아질 수밖에 없다. 저절로 예습 복습을 열심히 하게 된다.

L선생님은 열정이 많아서 정부보조를 받으며 새로운 영어 콘텐츠 개발에 시간과 노력을 투자하신다.

해외에서 활동하거나 현직 선생님, 유학생 등 다양한 분들을 수업 시간에 초대강사로 초빙하셨다. 그들의 발음을 들어 봄으로써 새로운 동기부여를 받을 수 있어 신선했다.

영어, 일어에 능통하지만 중국어도 도전하여 열심히 공부하며 주말엔 관광봉사원으로 활동도 하신다.

50대의 선생님은 언제나 20대처럼 젊고 의욕에 찬 마인드로 영어 외에도 여러 가지 좋은 말씀을 많이 하신다. 나이는 숫자에 불과할 뿐, 어떻게 사는 것이 잘 사는 것인지를 선생님을 통해 배운다. 나도 내년에는 관광봉사에 나서 볼 생각을 한다.

오래 다녀서 총무 일을 좀 맡았는데 선생님께서는 내게 '캡틴'이라 명명하셨다. 날이 갈수록 회원들이 늘어났다. 나는 새로 등록을 한 회원이 생길 때마다 그분들을 주소록에 저장하고 단체 카톡방과 학습방에 초대를 한다. 팀의 팀워크를 위해서 회비도 걷고 커피타임도 만들어 회원들 간의 친목을 도모했다. 새로 온 회원에게 자기소개도 시키고, 카톡방을 통해 자잘한 얘기들이나 사진들도 공유하며 여행 영어반의 결속을 다졌다. 다행히 회원들의 호응도 좋아서 서로 알고 지내며 좋은 얘기들도 나누었다.

책거리나 연말송년회로 치맥 타임을 갖다가 3개월에 한 번씩 횟수를 늘려 보니 그 또한 다들 좋아해서 매월 한 번의 커피타임과 3개월에 한 번의 치맥 타임이 자리를 잡아가고 있다.

우리의 목적은 영어를 잘 배워서 혼자 외국여행을 자유롭게 다닐 수 있게 되는 것이 목표다. 여행 중에 말 한마디 해 보는 게 어찌나 안 되는지 당황스러울 때가 많았다. 지금도 여전하다. 그래서 마음 맞으면 같이 자유여행으로 떠나 볼 수도 있지 않겠는가?

여행이 아니어도 커피타임은 항상 회원들의 좋았다는 반응으로 이어져 준비한 나는 즐겁다.

여행영어반의 커피타임을 통해 지난주는 새로 오신 M님이 기타 치며 팝송을 불러 우리 모두 손뼉 치며 같이 즐기는 시간을 가졌다. 커피타임은 교실을 벗어난 새로운 친교의 시간으로 모두에게 좋은 시간이 되어가고 있다. 사진과 동영상을 올려준 B님의 글을 필두로 모두들 좋았다는 후기담을 올렸다. 다 같이 어우러져 노래할 때의 시간은 모두에게 잔잔한 감동을 안겨주기도 하였다.

우리는 젊고 유능한 선생님을 만나서 영어를 네이티브처럼 유창하게 말한다.

캡틴! 난 캡틴으로 지내온 시간들에 감사한다. 열심히 영어수업에 올인하려 했고 공부의 즐거움은 삶의 즐거움으로 이어졌다. 이렇게 여행영어 시간을 즐기다보면 언젠가 유창하게 줄줄 영어를 잘할 날이 오겠지.

공원의 체조 시간

우리 아파트 옆에는 산이 있고 올라가는 초입에 큰 분수와 무대가 있다. 분수대 옆으로 운동이나 단체 행사를 할 수 있을 정도의 넓은 공간이 있다. 이 공간을 많은 사람들이 이용하는데 유치원생들의 단체놀이나 교회행사, 산책 코스로도 손색이 없이 잘 꾸며 놓았다.

5월부터는 이곳에서 아침, 저녁으로 무료 체조교실이 열렸다. 나는 6월 말부터 저녁 체조교실에 나갔다. 저녁을 먹고 8시에 시작해서 1시간을 체조와 율동을 하고 나면 온 몸은 땀으로 흠뻑 젖었는데 이열치열이 이런 것이지. 무더운 7월을 체조를 하느라 산모기에 물리고 가려운 것을 감내하며 열심히 운동했다. 매일 걷기와 운동기구의 이용과 체조까지 하니 내 몸이 한결 가벼워지고 상쾌하다.

저녁체조는 국민체조로 시작한다. 초등학교 교사 시절, 특히 초임지에서 이 국민체조를 아이들과 운동장에서 매일 했다. 아이들은 줄을 서 있고 교사들은 맨 앞에서 같이 이 체조를 했다. 그때 시골학교의 교장선생님은 매일 운동장에 전교생을 모아 놓고 아침체조를 시키고 아침훈화를 했다. 아침햇살이 따가워 빨리 끝나길 바랐지만 훈화는 왜 그렇게 길게 하는지, 아이들은 몸을 비틀고 장난을 치고 교사는 줄을 잘 세워서 아이들이 이탈하지 않도록 수시로 줄 사이를 다니며 야단을 치는 진풍경을 날마다 되풀이했다. 그때는 체조를 그냥 습관적으로 했다. 이 국민체조는 운동회를 하거나 각종 행사가 있을 때마다 항상 등장하는 단골 메뉴였다. 지겨워하면서 했다.

그 후 도시로 학교를 이동하자 학생 수는 많고 운동장은 좁아 아침 조회로 전교생이 운동장에서 체조하는 일은 없었다. 참으로 세상은 많이 변했는데 이 국민체조는 변하지 않고 그대로다. 음악, 구령, 박자, 동작, 모든 게 그대로다. 반갑고 그립다.

몇 십 년이 흘러 이제 건강을 위해 다시 이 국민체조를 하게 될 줄이야, 나는 국민체조는 잘한다. 그런데 에어로빅(유산소 운동)은 젬병이다. 두 달이 지나서 참여했으니 동작을 따라 갈 수가 없었다. 허우적대는 내 모습이 창피했다. 남들은 잘하는데 반 박자씩 놓치기 일쑤였다. 2주일 정도 지나니 겨우 조금 따라 했다. 에어로빅을 잘 못 춰도 운동이 되니 이 체조시간을 기를 쓰고 나가게 되었다.

선생님의 열정이 한 몫을 한다. 몸은 가냘프고 늘씬한데 어디서 그런 우렁찬 소리가 나오는지 음악 사이사이 멘트며 엿가락처럼 돌아가는 몸동작은 예술품이다.

아싸! 얼씨구, 사랑합니다, 조옷타, 으쌰… 따라 하셔요 등의 멘트를 날리며 한 시간이 후딱 지나가도록 분위기는 고조되고 신나게 추다 끝난다.

잘 추지는 못하지만 그 분위기에 젖어서 땀 흘리며 운동할 수 있음이 좋고 잘 가르치시는 선생님이 너무 고맙고 감사했다. 공원이 꽉 찰 정도로 열기는 대단하다. 20대에서 70대까지 연령층도 다양하게 모여 모기에 물려 가면서 여름 더위를 이겨갔다. 그래서 월, 수, 금이 기다려졌다. 어쩌다 해당 요일에 사정이 생기면 다른 날에 보충을 해 주며 체조교실에 열정을 쏟아 붓는 선생님이 계시기에 체조교실의 인기가 높아져 가는 것 같아 '구청에서 좋은 선생님을 섭외하셔서 보내 주셨네' 하고 구청 직원들께도 고마운 마음까지 들었다.

딸이 디자인한 기능성 티셔츠를 한 장 선물했다. 고마운 마음이 들어서. 선생님이 입어 보시고 좋다고 하자 운동하는 분들이 주문을 했다. 덕분에 창고에 넣어 두었던 티셔츠를 약간 팔았다. 사람들이 딸이 디자인한 티셔츠를 입고 운동하면 기분이 좋다. 나도 즐겨 입고 나가서 운동을 한다.

올여름 비에 공원 가는 나무계단이 한두 개 망가졌다. 구청에서 늑장을 부리고 보수를 안 하고 있었는데 체조수업을 마치고 돌아가던 선생님이 망가진 나무계단에서 넘어져 팔에 금이 가 버려 깁스를 하셨다. 갑자기 대타로 오실 분을 섭외도 안 되고, 무엇보다 모두들 선생님을 좋아하였다. 깁스를 한 채로 수업이 이어졌다. 조심하라고 해도 그 열정을 다친 팔에 신경도 안 쓰고 쏟아 부어서 바라보는 우리가 미안하고 고마웠다. 덕분에 체조시간은 계속 이어질 수가 있었다.

선생님이 다치면서 계단을 비추는 가로등이 한 개 더 설치가 되어 보름달처럼 밝아졌다. 뒤늦게 나무계단 보수 작업도 시작되었다.

작년에 이곳으로 이사한 후로 교통이 좀 불편하긴 해도 산이 곁에 있어 행복하다. 매일 산 속으로 산책하며 새소리 듣고 맑은 공기 마시며 힐링한다.

chapter 5

여행의 즐거움

스페인여행-하나

10월의 화창한 날, 인천공항에서 13시간이나 비행기를 타고 스페인의 바르셀로나 공항에 도착했다.

스페인은 인구 약 4,800만 명으로 우리나라 남한의 다섯 배 정도 크기의 국토를 가진 건조한 기후의 지중해지역으로 유럽의 서쪽에 위치해 있다. 지도에서 사람 얼굴 모양을 하고 있는 태양의 나라, 투우와 플라멩코 춤으로 잘 알려진 정열의 나라이다. 한국과의 시차는 약 8시간으로 한국보다 8시간이 늦다. 첫날은 가이드 미팅 후 호텔로 바로 이동하여 짐을 풀었는데 혼자 떠난 여행이라 약간의 두려움과 시차로 잠을 설쳤다.

투어 둘째 날, 바르셀로나에서 옛 아라곤 왕국의 수도로 번영했던 사라고사로 이동하여 19세기 유명화가 고야의 작품이 전시된 필라르 성모대성당을 관람했다. 필라르 성당은 약 250년 전에 지어졌으며 이 성당에는 성모님이 발현하여 성당을 지으라며 기둥을 내려주셔서 그 자리에 성당을 짓고 기둥을 보관하였다. 기독교와 이슬람양식이 혼재된 건축 양식으로 이를 무데하르 양식이라 하는데 스페인의 건축물에서 많이 볼 수 있는 양식이다. 스페인은 이슬람의 침공을 받아 약 700년을 지배를 받았기 때문에 그들의 삶 속에 이슬람의 문화가 공존하고 있었다.

필라르 성당은 성모님의 기둥성당이라고도 하며 세 가지 기적이 있다. 첫째는 성모님의 기둥이 보관되어 많은 순례객과 관광객이 기도하고 만져보는 것, 둘째는 스페인 내전시 두 발의 포탄이 날아왔는데 터지지 않았던 것을 두고 성모님이 돌보신 기적이라 한다. 지금도 두 발의 포탄이 불발탄으로 보관되어 있다. 셋째는 천재화가 고야의 작품이 천장에 그려져 있는 것 등이 이 성당의 세 가지 기적으로 불리고 있다. 많은 관광객이 몰리고 찾는 이유가 다 여기에 있는 것 같다.

스페인 내전은 1898년 스페인 최후의 식민지였던 쿠바, 필리핀마저 상실하고 난 후 부를 독점하던 일부 계층에 신음하던 국민이 좌, 우익으로 갈라져 혼돈을 되풀이하다가 일어났다. 1936년 좌익정당이 성립하자 우익의 지원을 받는 프랑코 장군이 반란을 일으켜 스페인 역사에서 가장 피비린내 나는 민족상잔, 스페인내전(1936~1939)이 터졌다. 이 전쟁에서 프랑코는 이탈리아, 소련의 지원을 받아 내란을 승리로 마감하고 36년간 독재정치를 함으로써 무려 60만 명 이상이 죽었다고 한다.

산티아고 순례길이기도 한 필라르 광장을 구경하고 스페인의 수도 마드리드로 이동했다. 수도 마드리드까지는 약 600킬로미터나 떨어져서 버스를 타고 몇 시간을 달려서 저녁에 마드리드의 알카라 호텔에 투숙했다. 이 나라는 전기가 부족해서 겨울에도 난방을 많이 땔 수가 없을 정도로 전기요금이 비싸다더니 호텔은 추워서 양말을 신고 조끼까지 껴입고 잤다. 그래도 피곤하여 숙면했다. 관광객이 많이 오니까 배려를 좀 안 하는 듯했다.

셋째 날, 수도 마드리드에서 스페인의 위대한 희곡작가 세르반테스의 작품 '돈키호테'에 나오는 주인공 돈키호테와 산초의 동상이 있는 스페인광장에 갔다.

세르반테스는 스페인의 '셰익스피어'라고 불리우는 작가다. 학교 교육을 거의 받지 못할 정도로 가난했고 청년시절 레판토 해전 도중 붙잡혀 노예생활을 하기도 했다. 해전에서 왼쪽 손가락을 잃기도 한 그는 늦은 나이에 18세 연하의 여인과 결혼하여 세무원 생활을 하면서 글쓰기에 몰두했다.

'돈키호테'는 당시 유행하던 기사소설을 비꼬기 위해 지은 소설이라고 한다. 우스꽝스런 돈키호테를 통해 세상을 마음껏 비웃고 있다. 돈키호테는 평범하지 못했던 세르반테스 자신의 모습을 투영한 작품이라고들 한다.

인간이 지니고 있는 두 개의 경향, 즉 이상적인 일면과 현실적인 일면을 작중 인물을 통하여 표현했다.

작품 '돈키호테'는 17세기 스페인의 라만치 마을에 사는 한 신사가 유행하던 기사 이야기를 탐독하다 정신이상을 일으켜 자기 스스로 '돈키호테'라는 기사라고 착각하고 그 마을에 사는 '산초'라는 소작인을 꼬드겨 시종을 삼고 무사수업을 떠나면서 기상천외한 사건을 일으킨다. 자신의 말을 타고 가다 풍차를 만나자 거인이라 생각하고 공격을 하여서 말과 함께 나가떨어지기도 하고, 산초에게 모레나 산에 가서 둘시네 공주에게 편지를 전하라며 가상의 공주를 찾아가게 한다.

무사수업 도중 산초는 자신의 꿈이 실현되어 바라타리아 섬의 지배자가 된다. 그러나 돈키호테는 계속 무사 순례의 길을 고집하며 사건을 일으킨다. 보다 못한 친구 '카라스코'가 기사로 변장하여 돈키호테를 굴복시키고 1년 동안 무기를 쥐지 않겠다는 약속을 받아낸다. 우울해진 돈키호테는 병석에 눕자 이성을 되찾게 된다. 자신의 과거에 대해 사람들에게 용서를 빌고 재산을 골고루 친구들에게 분배한 뒤 숨을 거둔다는 내용을 담고 있다.

스페인광장을 나와서 스페인 회화의 진수를 맛볼 수 있는 프라도미술관으로 향했다. 프라도미술관은 약 9천여 점의 작품들이 전시되어 있다. 이곳은 사진 촬영이 금지되어 있으며 보안검색을 거쳐야 입장할 수 있다.

1100년~1900년대 스페인 회화, 12세기 로마네스크벽화에서 19세기 고야의 작품까지 전시되어 있다.

0층에는 중세 르네상스시대의 회화작품이 주로 많으며 그 시대의 대표작가로 라파엘로를 꼽는다. 1~2층에는 엘그레코, 리베라, 벨라스케스, 카라바조, 고야와 함께 1430~1700년대 스페인 왕정의 폴랑드르 지방 통치 영향으로 초기 폴랑드르 회파의 작가를 비롯하여 17세기 루벤스, 반다이크 등의 작품이 전시되어 있다.

엘그레코의 '삼위일체' '목동들의 경배' '가슴에 손을 얹은 기사', 카라바조의 '다윗과 골리앗', 벨라스케스의 '시녀들', 루벤스의 '동방박사의 경배' '삼미신', 고야의 '옷 벗은 마야' '카를로스 4세 가족' 등이 유명하다.

엘그레코의 '목동들의 경배' 앞에서는 아기예수가 뿜어내는 신성한

광휘가 등장인물과 주변을 밝혀 빛과 어둠의 긴장이 구성의 핵심요소가 되었다 한다. 아기예수를 조명원으로 활용하여 명암의 극렬한 대비를 이루는 구성기법을 썼다. 전율 같은 신비를 느꼈다.

벨라스케스는 펠리페 4세 때 궁중화가였는데 그의 작품 '대장간'은 아폴론신이 불의 신 부카레스(헤라의 아들)에게 아내 '비너스'의 외도를 알리는 내용을 담았다. '시녀들'에선 펠리페 4세의 딸 마르가리타 공주가 시녀들을 바라보고 있는데 그림의 중앙에 빛을 발하는 공주가 주인공이 아니고 공주의 옆에서 시중드는 두 소녀가 주인공으로 제목이 '시녀들'인 점이 재미있었다. 이 작품은 많은 미스터리를 남기고 있어 유명하다. 그림 속 화면 왼쪽에 벨라스케스 자신의 모습이 화폭을 앞에 두고 이 작품에 나오는 인물들을 바라보고 있는 모습, 공주의 시중을 드는 시녀들과 공주의 시선이 멈추는 곳에 국왕부부가 있었거나, 거울 속에 국왕 부부의 초상화가 비친 것을 그렸을 것이란 추측, 국왕 부부는 실제 그 자리에 있었을까? 라는 의문을 남기고 있다 한다.

그 외에도 고야의 '옷 벗은 마야'는 종교재판이 성행하던 시대여서 당시 문제가 될까봐 '옷 입은 마야'를 그렸지만 역시 '옷 벗은 마야'에서 바라보는 여인의 시선이 신비로 남아있다고 한다.

회화는 설명을 들으면서 보니 한 점, 한 점 명화들 앞에서 발길을 옮길 수가 없었다. 이 미술관의 소장품들을 지키기 위해 스페인내전시 직원들이 목숨을 걸고 스위스의 제네바로 옮겨서 오늘날 많은 관광객이 몰려 감상할 수 있게 빛을 내고 있다고 한다.

프라도미술관을 뒤로 하고 스페인의 고도 톨레도로 이동하여 가톨릭의 총본산인 ‘톨레도대성당’과 엘그레코의 작품이 소장되어 유명한 ‘산토토메 교회’를 갔다. 톨레도대성당은 기독교가 이슬람을 물리치고 아랍권이 완전히 물러 갈 때까지 200년간 지어서 1493년에 완성한 성당으로 그 규모도 웅장했다. 스페인 통일을 이룬 이사벨 여왕이 이 성당을 짓기 위해 많은 지원과 노력을 들였다 한다. 711년에 침공해온 아랍인들이 1492년, 완전히 물러 갈 때까지 아랍인들의 지배하에 숨조차 제대로 못 쉬던 기독교도들은 925년부터 국토회복을 위한 대장정에 들어갔고 500년에 걸친 전쟁이 시작되었는데 이 전쟁은 1469년 카스티아왕국의 이사벨라 공주와 아라곤왕국의 페르난도 왕자의 결혼으로 두 왕국이 통일되면서 1492년 아랍인들을 이베리아반도에서 완전히 물러나게 했다.

고딕양식으로 지은 성당에는 이사벨 여왕의 왕관이 전시되어 있고 성가대석은 쿠바에서 가져온 호두나무로 지어져 웅장하고 장엄했다.

톨레도대성당을 보고 시내로 나와 지하철을 타고 야시장으로 갔다. 스페인은 생돼지고기를 소금에 절여 숙성한 ‘하몽’이 대표음식으로 꼽히는데 야시장에 가니 하몽을 많이 팔고 있었다. 맛은 괜찮은 편이긴 한데 좀 짰다. 그리고 카페에서 여행 온 일행들과 맥주와 칵테일로 휴식을 취하며 즐겼다. ‘상그리아’라는 칵테일을 마셨다. 레드와인에 얼음과 과일을 넣어 맛이 상큼했다. 안주로 나온 스낵류는 다 짜서 고유의 맛을 음미하지 못했다.

피아노 연주로 노 가수가 존 덴버의 노래를 비롯하여 비틀즈 등 옛 추억의 팝송을 불러주어 분위기를 한껏 띄워주었다.

다시 알카라 호텔에서 하루를 더 묵었는데 어젯밤에 모두들 호텔이 추웠다고 항의했는데 가이드가 호텔 측에 얘기하여 둘째 날은 난방이 들어와 따뜻했다. 전기를 아끼려고 호텔 측이 난방을 안 넣었다가 항의가 들어가자 넣어준 사례를 남겼다.

이번 여행은 나를 빼고는 삼삼오오 친구나 가족이 왔다. 놀라운 건 점점 여행 연령이 높아져 간다는 것이다. 옛날에는 70이 넘으면 장거리여행은 자제했는데 이번 여행의 멤버 중 70대가 6명이나 된다. 그것도 친구나 지인과 달랑 둘이 지방에서 새벽에 올라오는 강행군을 하며 참여한 최고령 분은 연세가 79세이다. 그분의 용기에 놀랐다. 100세 시대를 살고 있다는 실감이 난다. 마음이 있는 곳에 몸이 따라 가는 것 같다.

혼자 떠난 여행이 생각보다 덜 외롭다. 남의 눈치 볼 것도 없이 여행지 사진이랑 소개를 영어 단체방에 카톡으로 실시간 보내고, 가이드 설명 듣고 기록하느라 바쁘다. 무거운 카메라를 따로 메고 다니느라 어깨가 너무 아팠고, 비까지 내리면 우산과 카메라, 핸드폰을 챙기느라 손이 하나쯤 더 있어야 할 정도로 버거웠다. 그럼에도 여행을 떠날 때 뺄 수 없는 게 카메라다. 컴퓨터에서 수정한 다음에 보면 핸드폰으로 찍은 사진과 많이 다르다. 줌 기능이 있기 때문이다. 이번 여행은 초반에 카메라에 이상이 생겨서 찍는 걸 포기했다. 카메라를 가방에 집어넣고 폰만 사용하니 한결 가볍고 다니기도 쉬웠다.

집으로 돌아가면 별로 건질 사진이 없을지도 모른다는 생각이 들어 눈에다 더 많이 담아 가려고 한다.

스페인 여행–둘

투어 넷째 날, 스페인의 중세도시 세고비아로 이동하여 유럽에 있는 로마 수도교 중 가장 아름다운 곳으로 불리며 2000년 전에 지어진 로마 수도교를 보았다. 돌을 얼마나 정교하게 쌓아서 만들었던지 지금도 옛 모습 그대로 보존되어 있다. 인간의 기술로 도저히 그런 다리를 지을 수 없을 정도로 잘 지었다. 놀라움의 극치로 악마가 밤새 몰래 지었다는 전설이 전해져서 일명 '악마의 다리' 라고도 부른단다. 2000년 전의 로마건축의 견고함을 엿볼 수 있었다.

르네상스시대의 절정을 볼 수 있는 살라망카로 옮겨 마요르광장을 구경했다. 살라망카는 영국, 프랑스, 네덜란드, 독일이 스페인의 왕위계승권을 놓고 13년간 전쟁을 벌이자 프랑스 편을 들었다. 이 전쟁에서 루이 14세의 조카가 펠리페 3세로 왕위에 올랐다. 전쟁이 끝난 후에 왕이 이 광장을 만들어 주었다 한다.

이사벨 여왕이 후계자 없이 세상을 떠나자 여왕의 딸 후아나와 합스부르크가의 펠리페 1세와의 사이에 난 카를5세가 왕위에 올라 스페인은 합스부르크왕가의 지배를 받게 되었는데 1700년 카를로스 2

세가 후계자 없이 세상을 떠나자 프랑스에서 루이 14세가 자신의 조카를 왕으로 세우려하자 합스부르크 왕가가 반발하여 왕위계승권 전쟁이 일어났다고 한다. 전쟁은 13년간 계속 되었으며 영국, 네덜란드까지 동참하였다. 휴전을 하면서 대가로 영국은 스페인의 지브랄트 해협을 가져가고 프랑스에 왕위를 양보함으로써 스페인은 프랑스의 지배를 받게 되었다.

한편 살라망카에는 1500년 전에 지어진 '조개의 집'이 있었는데 원래 이 집은 귀족의 집이었다. 산티아고를 순례하는 순례객들이 쉬어 가도록 제공했다 한다. 집의 외벽석재를 전부 조개모양으로 붙여서 유명해졌다.

1730년대에 무려 200년간 지은 살라망카의 상징인 대성당을 갔다. 원래 회교사원이었는데 허물고 그 자리에 다시 성당을 지었단다. 이 성당에는 세 가지 미스터리 석재조각이 있어 보물찾기를 하는 것처럼 우리 일행은 찾고 웃었다. 첫 번째 미스터리는 우주인이 조각되어져 있다. 1700년대는 우주인의 얘기나 은하계, 우주에 대해선 전연 언급이 없던 시대이다. 두 번째 미스터리는 아이스크림을 손에 든 악마가 새겨져 있다. 세 번째 미스터리는 토끼의 문양이 있다. 왜 이 문양들이 지금도 그대로 있는지는 모른다고 한다. 재미있는 성당을 뒤로 하고 우리는 포르투갈을 향해 다시 버스를 달렸다.

포르투갈은 해양산업 국가로서 식민지 정책으로 일찍 아프리카로 진출하여 식민지 사람들을 노예로 부렸다. 지금은 국민소득도 적고 낙후하지만 옛날엔 해양강국이었다. 인구 약1천만 명이 살고 있으며 우리에겐 파티마의 성모발현지로 더 알려진 곳이다. 성모 발현지 파티마 대성당에서 묵주기도의 행렬에 참여했다.

3명의 어린이 앞에 성모마리아가 나타나 죄의 회개와 로사리오기도를 권하였다고 해서 순례지로 알려져 수많은 순례객이 찾는다는 파티마 대성당. 광장엔 인파가 큰 무리를 이루었고, 성모님 상을 받들고 행렬이 이어질 때는 파티마성모님의 기운이 모든 사람에게 전해지는 듯 했다. 주변상가들에서는 거의 성물을 팔고 있었다. 여행 중에 이 기도에 참여할 수 있어 감사했다.

파티마의 묵주기도는 세계 각국에서 온 많은 사람들이 광장에 모여 촛불을 들고 묵주기도를 바쳤는데 그 중에 한 단은 한국어로 바쳐졌다. 한국 신부님이 성모송을 낭송하는데 그 기도를 따라하면서 갑자기 눈물이 쏟아졌다. 내 안에 묵은 죄가 눈물과 함께 흘러 나가는 것처럼 생각이 들었다. 파티마의 성모님이 내게 조용히 말씀하시는 것 같았다. "딸아! 먼 길 돌아서 이곳에 와서야 나를 만나는구나. 내가 너의 지난 삶을 다 알고 있다. 힘들었지? 다 내려놓고 내게로 돌아오너라."라고. 오래 냉담하고 있는 내게 빨리 돌아오라고 성모님이 기적의 손을 내미는 것일까? 이런 큰 감동을 받게 된 것에 감사했다.

다섯째 날. 유럽의 최서쪽 땅끝 마을 카보다로카로 이동했다. 바람이 많이 부는 해안 절벽 끝 십자가 앞에서 멀리 대서양 바다를 바라보며 여행은 참 가슴을 설레게 함을 느꼈다. 미지의 세계를 보는 즐거움, 또 다른 곳을 볼 때의 기쁨과 환희, 이런 것들을 다 내 안에 더 많이 품어보려 한다.

이곳은 카보다로카를 포함하여 신트라 지역이라 하여 유명 별장이 많이 지어져 있으며 무명인이던 영국의 작가 '바이런'이 이곳을 기행하여 쓴 글 '순례'로 더 유명해지기도 한 곳이다.

포르투갈의 수도 리스본으로 옮겨 '제로니모스 수도원'과 항해왕 엔리케 사후 500년을 기념한 '발견자의 기념비'를 봤다. 수도원은 마누엘 양식의 화려한 건물로 지어졌다. 항해를 떠나는 사람들을 보내며 미사를 드려주던 곳이라 한다.

엔리케는 왕자로 태어나 결혼도 안 하고 바다로 진출하는 항해에 많은 공헌을 하였다 한다. 포르투갈인들에겐 신대륙을 발견한 '콜럼버스'나 '아메리코 베스푸치'보다 엔리케를 더 존경하고 기린다고 했다.

포르투갈은 코르크 생산이 세계 으뜸이라 한다. 가이드가 이곳에서 생산되는 코르크로 만든 냄비받침과 델타커피를 기념품으로 추천했다. 냄비받침의 문양 중에서 닭 모양을 추천했다. 닭은 행운과 복을 상징한다 했다. 받침은 겉은 코르크, 안은 도자기로 되어 있었다. 참 예뻤다. 가방이 무거울까봐 다섯 개만 샀다. 여행 내내 몇 개 더 사고 싶었는데 그런 냄비받침은 다시 만나지 못했다.

델타커피의 봉지를 뜯지 않아도 여행 내내 짐 가방을 열면 커피향이 났다.

다시 스페인으로 향했다.

플라멩코의 본고장이며 오페라 카르멘의 무대가 되었던 안달루시아주의 세비야로 이동하여 플라멩코 춤을 관람했다.

플라멩코 춤은 스페인의 정서를 가장 잘 나타내는 스페인 최하층 서민들의 설움과 삶의 고뇌가 여과되지 않고 터져 나온 몸부림이라고 한다. 안달루시아 지방의 집시들의 춤과 노래였는데 세월이 지나면서 오늘날 스페인의 국민 춤으로 탈바꿈되었다. 플라멩코는 남녀가 같이 추되 독자적 개체로 각자의 몸동작을 표현하는 춤이다.

투어 여섯째 날, 안달루시아주의 세비야에서 이슬람왕궁인 알카사르 궁전을 관람했다. 이슬람의 페드로 1세가 정열을 기울여 만든 궁전이자 스페인 특유의 이슬람 양식인 무데하르 양식의 대표적 건물이다. 항해의 성모님 그림이 있으며 대사의 방, 처녀의 정원, 제독의 방, 카를 5세의 방 등이 있다. 이 궁전이 카를 5세의 지원 아래 '제독의 방'은 신대륙 발견의 최중심지로 활약했다.

그 외에도 '바람개비'라는 뜻의 이슬람 사원 히랄다 탑. 과달키베르 강변에 서 있는 정12각형의 탑으로 세비아의 방어를 목적으로 사용되었던 황금의 탑, 수많은 분수와 벤치 등이 타일로 장식되어 있는 스페인광장을 돌아보았다.

다시 세비야의 거리로 나와 '세빌리아의 이발사'의 무대가 된 집들을 구경했다. 돈주앙 백작이 바람 피던 곳의 무대는 지금 카페로 사용하고 있었다.

세비야는 따뜻한 남쪽지방이라 유도화와 올리브나무가 많다. 유도화는 잎이 무성하고 꼭 복숭아꽃같이 생긴 분홍빛 꽃과 열매, 약간 덜 익은 열매 등이 매달려 나무 한 그루가 풍성해 보였다. 어디서 많이 본 듯하다 싶었는데 내가 꽃꽂이할 때 가끔 썼던 소재다. 약간의 독성은 있지만 약용으로도 쓰이는 모양이다. 스페인은 올리브 재배를 많이 하므로 올리브를 이용한 오일이 좋은 것이 많다고 하였다. 올리브는 비타민 E가 풍부하며 음식을 요리할 때나 샐러드의 소스로 많이 이용되고 있다.

여행도 어느덧 중반을 넘어가고 있다. 혼자 떠나오기 전의 두려움과 남들이 나를 어떻게 볼까 등의 생각도 했었는데 당당하게 여행을 즐기려고 마음먹고 나선 걸음이라 정신없이 다니다 보니 떠나기 전의 두려움과 설렘을 접고 며칠 있으면 돌아가야 할 시간이 다가오고 있다.

일정이 끝나고 호텔로 돌아와 방을 배정 받는다. 어쩌다 방이 일행과 뚝 떨어져 외진 복도 쪽이라도 받는 날은 혼자 무인도에 와 있는 기분이 들 때도 있다. 길치인 내가 낯선 곳에 있으면 더 방향 감각이 둔해진다. 겁이 많은 나는 약간의 두려움이 생겼다. 그러나 영어가 조금씩 되면서 혼자 나선 길도 당당해져 갔다.

이번 여행만큼 공부하고, 알려고 열심히 경청하고 다닌 여행이 있었던가? 글을 써야겠다는 생각이 나를 조금씩 바꿔놓는 계기가 되었다. 여행이 더 재미있어지는 이유다.

스페인 여행–셋

일곱째 날, 이슬람 문화와 기독교문화가 공존하는 그라나다로 이동했다. 우리에게도 너무나 잘 알려진 알함브라궁전을 갔다. 알함브라궁전은 이슬람이 마지막으로 버텼던 최후의 보루로 견고하게 지은 요새 같은 궁전이었다.

알함브라에서 가장 오래된 부분으로 아랍세계의 군사기술이 결집된 난공불락의 요새였던 알카사바 성채, 천국의 정원이란 뜻의 왕의 여름 별장인 헤네랄리페 정원, 박물관이 있는 카를로스 5세 궁전, 아랍인들의 거주지였던 알바이신 지구의 언덕 등을 보았다. 알함브라궁전은 1200년~1370년에 완성했다. 1492년까지 이슬람의 궁전으로 이슬람 건축의 최고 걸작품이라 한다.

알함브라는 아라비아어로 '붉은 궁전'이란 뜻이다. 건물 사이사이 키 큰 사이프러스 나무가 이국적 풍경을 더해 주었다. 궁전을 뒤로하고 사이프러스 길을 걸어 나오는데 우리 귀에 너무나 익숙한 '알함브라궁전의 추억' 노래가 흘러 나왔다. 대학시절에 멋모르고 클래식 기타를 배우겠다고 동호회에 입회하여 가장 많이 쳤던 곡이다. 당시는 기타 치는 재미를 몰라 잠시 배우다 그만 두었는데 지금 생각하니 참 아쉽다.

다음은 안달루시아주에 있으며 옛 이슬람왕국의 수도였던 코르도바로 이동하여 파란만장한 코르도바의 역사를 간직한 메스키타 사원을 갔다. 메스키타 사원의 다른 이름은 '코르도바 대성당'이라고도 한다. 재미있는 것이 회교사원 속에 성당을 지었다. 일명 '메스껍다'로 기억하라며 가이드가 일러준다. 다 같이 한바탕 웃음! 850여 개의 기둥이 받치고 있는데 기둥을 받치는 아치의 아름다움이 극치로 이슬람이 물러간 후 차마 헐지 못하고 일부 기둥을 없애고 그 속에 성당을 지었단다.

메스키타 사원은 1300년 전 건물로 아라베스크 양식으로 지어졌고 카페트를 깔고 절을 하였다. 본당, 정원, 탑이 있다. 탑은 기도하는 시간을 소리로 알려주었다. 그것을 '아잔'이라 불렀다.

메스키타 사원 역시 이슬람의 위대한 건축물임을 한눈에 알아볼 정도다. 아치기둥과 기둥이 펼쳐지는 내부를 들어갈수록 마치 판도라의 상자를 여는 마음으로 와! 와! 탄성을 질렀다. 우람한 기둥을 안고 인증 샷을 찍으라며 가이드가 또 유머를 날린다. 기둥서방을 하나씩 빨리 안으라고 해 일행 모두 박장대소를 했다.

코르도바는 모로코의 수도에서 강을 따라 바로 들어올 수 있어 무역으로 옛날엔 매우 발달한 도시였다고 한다.

메스키타를 뒤로 하고 아찔한 절벽의 도시 론다로 향했다.

스페인에서 가장 오래된 투우장을 보고 론다의 상징인 슬픈 역사를 간직한 누에보 다리를 건넜다. 이 다리는 스페인 내전시 많은 병사를 다리 밑으로 던져 죽였다 한다. 절벽이 보이는 곳을 바라보며 잠시 민족상잔의 아픔을 겪었던 우리의 '6·25전쟁'을 생각했다. 이념이 다르면 같은 동포, 형제도 무참히 죽여야 했던 그 아픔의 시간들을 그들은 어찌 견뎠을까? 한 사람의 독재자가 수많은 생명을 앗아가는 악행을 저질렀으니 인류가 생긴 이래 역사란 언제나 그렇게 이어오고 있다.

다시 발길을 옮겨 안달루시아 특유의 회칠을 한 하얀 집들이 늘어서 있는 미하스를 구경했다. 이곳은 휴양도시로 관광객이 많이 찾는 곳이다. 하얀 집들이 예뻤다. 하얀 집들이 모여 있는 예쁜 마을과 작별하고 말라가로 이동하여 바르셀로나로 가는 비행기에 올랐다

여덟째 날, 날씨가 많이 쌀쌀해졌다. 오늘은 투어가 끝나고 한국으로 돌아가는 날이어서 꼼꼼하게 짐을 싸고 호텔을 나섰다. 부피 큰 짐은 짐 가방에 넣어 부치려고 패딩을 집어넣고 가디건만 걸쳤더니 찬 기운이 몸속으로 들어왔다.

바르셀로나에서 멀지않은 아찔한 절벽의 도시 몬세라트로 향했다. 검은 마리아상과 소년합창단으로 유명한 몬세라트 수도원을 갔다. 절벽으로 오르는 기차와 몬세라트 케이블카를 탔다.

그런데 아뿔싸! 그때 호텔에 핸드폰을 두고 온 것이 생각났다. 이를 어째! 몇 시간이나 버스를 타고 왔는데 큰일이었다. 가이드에게 얼른 얘기를 해서 호텔에 전화를 했다. 다행히 오전시간이라 청소부가 아직 방을 치우지 않아서 호텔에 있다는 연락을 받았다. 바르셀로나 시내 관광시간에 다녀오면 된다 했다.

그런데 사진을 한 장도 찍을 수가 없었다. 이미 카메라는 작동 불

능으로 짐 가방에 들어갔으므로 내 마음은 온통 우울했다. 혼자서 검은 성모상을 보고 나와 동굴성당까지 돌고 밖으로 나오는데 일행 중 나이 드신 성당 형님이 나를 찾았다. 자기 핸드폰에 찍어주려고 찾았다며 혼자 어디 있었냐고 하셨다. 그 형님 덕분에 몇 장의 사진을 찍을 수 있었다. 한국으로 돌아가면 자식에게 부탁하여 내게 사진을 보내주시겠단다. 당신은 핸드폰에서 사진 보내기를 못 하신다고….

이 수도원은 톱니바퀴 산이라는 곳에 자리 잡고 있다. 이곳에서 땅속에 묻힌 검은 성모님을 발견하여 지어진 곳이다. 아프리카도 아닌데 성모님 모습이 정말 검다. 이곳은 500년 전에 지었으며 성모님 이름도 바실리카 수도원 검은 성모님이다.

다들 검은 성모님 앞에서 잠시 묵상하며 소원들을 빌었다. 왠지 소원을 들어주실 것 같은 성스러움이 감돌아 모두의 발길을 붙잡는 것일까? 뒤에서 줄 서 있는 사람들에게 얼른 자리를 양보하느라 마음속으로 소원을 중얼거리다 나왔다. 기복신앙 같지만 그 분위기는 모두들 숙연했다.

바르셀로나는 1992년 올림픽이 열렸으며 우리나라는 첫 번째와 마지막 금메달을 따 금메달 12개를 기록했다. 이곳은 우리의 황영조 선수가 마라톤에서 금메달을 딴 기념비가 있으며, 한국어로 설명까지 해 놓아 보는 우리에게 자부심을 주었다.

바르셀로나의 번화가 거리 '람브란스'로 이동하여 잠시 시내구경을 하라며 자유 시간을 주었다. 나는 가이드 실습을 나온 현지 가이드님과 함께 택시를 타고 호텔로 향했다. 호텔은 외곽에 있어 왕복 40여

분 걸렸는데 50유로를 지불했다. 우리 돈으로 약 65,000원을 준 셈이다. 그 정도로 핸드폰을 찾을 수 있었던 것만으로도 감사할 뿐이다.

이제 우리는 스페인 최고의 건축가인 가우디의 걸작품을 보러 갔다. 가우디의 박물관이 있는 구엘공원을 돌아봤다. 건축양식이 참 독특했다. 이곳을 무대로 동화 '헨델과 그레텔' 소설이 쓰여진 과자의 집처럼 생긴 건물, 반쯤 기울어진 인공석굴을 비롯해 두 갈래의 계단 사이에 화려한 타일로 덮인 도마뱀조각, 화려한 모자이크 장식과 타일, 깨진 도기조각으로 사치스럽게 장식한 난간, 자연미를 살린 꾸불꾸불한 길 등 몇 개의 건물과 광장, 유명한 벤치 등을 남긴 채 미완성으로 끝났지만 오늘날 수많은 관광객과 시민들의 휴식처가 되고 있다.

구엘공원에 대한 얘기는 너무 많아 글로 다 옮기지 못한다. 우리는 이번 여행의 최고 하이라이트이자 마지막 투어의 주인공이며 가우디의 걸작품인 '성가족성당'(사그라다 파밀리아 성당)을 갔다.

사그라다 파밀리아는 성가족이란 뜻으로 예수와 마리아, 요셉을 뜻한다. 1882년부터 짓기 시작하여 현재까지 짓고 있으며 가우디 사후 100주년이 되는 2026년 완공예정이란다. 양식은 네오고딕식이며 구조는 3개의 파사디로 이루어져 있다. 그리스도의 탄생을 경축하는 탄생 파사디(가우디가 직접 감독하여 완성), 나머지 2개는 수난의 파사디와 영광의 파사디(2002년에 착공)로 이루어진다. 3개의 파사디에는 각각 4개의 첨탑이 세워져 총 12개의 탑이 세워지는데 12사도를 상징한다. 중앙 돔 위에 성모마리아를 상징하는 첨탑도 세워진다. 가우디

건축의 백미로 꼽히며 바르셀로나에서 가장 유명한 건축물이며 그의 대표작인 카사바트요, 카사밀라, 탄생의 파사디와 예배실, 구엘공원, 구엘별장 등은 유네스코 세계문화유산으로 등재되어 있다.

가우디가 바르셀로나 시내와 인근에 지은 7개의 건축유산은 그가 19세기 말과 20세기 초의 건축과 시공기술의 발전에 매우 창조적으로 기여했다. 그의 거대한 영혼이 깃든 작품은 세월이 지날수록 더 높은 평가를 받는다. 그는 성당의 지하에 잠들어 있다. 위대한 한 사람의 예술가가 남기고 간 건축물들이 오늘날 스페인이라는 국가를 먹여 살릴 정도의 관광수입을 올리며 전 세계인들이 가우디를 모르는 사람이 없을 정도다.

안토니 가우디는 에스파냐의 건축가이다. 그가 공간을 느끼고 보는 재능을 갖게 된 것은 아버지와 조부, 증조부가 모두 주물제조업자였기 때문에 자연스럽게 공간을 보는 눈이 몸에 배어 있었다. 평생 독신으로 살며 독실한 가톨릭 신자였던 그는 천재적인 재능을 그의 건축물들에 쏟아 부어 건축혁명을 이루었다. 그는 바르셀로나 대학 이공학부를 거쳐 바르셀로나 시립 건축전문학교에 입학했다. 학창시절에도 그는 교수들 사이에서 호불호가 확실하게 갈리는 독창적인 학생이었다. '구엘'이라는 부자가 가우디의 후원자가 되어 자신의 재산을 가우디가 천재성을 발휘하는데 투자했다. 구엘의 이름이 붙은 붉은 별장, 궁전, 공원 등이 가우디의 재능이 발휘된 작품이다. 가우디 평생의 역작인 사그라다 파밀리아 성당은 자신의 재능을 신을 위해 사용한다는 소명의식을 갖고 세상 것을 멀리하고 수도자처럼 살며 성당 건축에 힘을 쏟았다. 말년에 그는 건축에 몰두하며 지냈는데 산책을 나갔다가 전차에 치어 사망했다. 초라한 행색 탓에 아무도 그를 알아보지 못해 너무 늦게 병원으로 옮겨졌다 한다.

스페인의 위대한 건축가의 작품 앞에서 한없이 작아지는 나의 존재를 본다. 성가족성당을 뒤로 하고 우리는 바르셀로나 국제공항으로 향했다. 비행기 티켓팅의 순서가 제일 마지막이었다. 성당 관람시간 제한으로 공항도착이 늦어 일행들이 찢어져서 표를 받을 거라고 가이드가 미리 얘기했다. 어차피 나는 혼자니까 서툰 영어로 통로자리를 달라고 부탁했다. 긴 시간을 창가나 가운데 좌석에 앉으면 화장실 사용 등이 불편해서 통로를 주문했지만 이미 좌석이 얼마 남아있지 않은 터라 공항 직원들이 없다고 했다. 그래도 몇 번 더 찾아보라고 부탁하자 비상구 자리에 한 자리가 남았다며 주었다.

비상구 자리는 화장실도 가깝고 무엇보다 TV 화면도 크고 눈과 거리도 멀어 덜 피곤하였다. 흘러간 명화 '닥터 지바고'를 감명 깊게 다시 감상하고 돌아오는 비행기는 정말 편히 왔다.

우리 팀들이 비행기에서 나를 보고 다들 부러워했다. 어떻게 비상구 자리를 받았느냐고.

성서에 이런 말씀이 있다. '두드려라. 열릴 것이다.' 흐흐.

8박 9일의 스페인 여행을 다녀와서 나는 힐링을 많이 했다. 글을 쓰기 위해 스페인 역사 공부도 하고 '여행은 보는 만큼 보이고 듣는 만큼 들린다'라는 생각이 든다.

북해도의 날개

사촌올케가 전화를 했다. 친구들과 환갑기념으로 가까운 북해도를 가려 하는데 동행하겠느냐고 한다. 3명이라 같이 가도 된다고.

올케 덕에 북해도를 날아갔다. 북해도는 일본어로 홋카이도이다. 영화 '설국'의 무대가 된 이곳은 그야말로 겨울왕국이었다. 영하 5~6도의 추위와 매서운 눈바람, 꽁꽁 얼어붙은 도로, 북해도의 모습이었다.

눈밖에 본 것이 없다고 북해도를 다녀온 사람들이 말한다. 북해도의 '니세코'에 있는 일본 백대 명수의 하나로 손꼽히는 '후끼다시' 약수터를 가는 길에 눈바람을 맞으며 나무 흔들다리를 건너갔다. 다리 양쪽의 전망은 기가 막혔다. 호수와 눈과 얼음이 어우러져 동화 속 그림 같은 분위기가 났다. 약수터에서 차가운 겨울 물을 시음하고 눈을 맞으며 우리 네 사람은 날개를 단 것처럼 뛰고 구르고 눈 속에서 동심으로 돌아가 맘껏 즐겼다. 우산은 뒤집어져서 쓸 수조차 없었다.

쇼와신잔 활화산으로 이동했다. 산이 해마다 조금씩 자라서 높이가 올라가는 걸 보고 그 곳의 우체국장이 높이를 재어 기록을 남겼다 한다. 산 밑에 우체국장의 동상이 산의 높이를 재는 모습으로 서 있다.

니세코의 '사이로 전망대'로 가니 칼눈바람이 휘몰아쳤다. 몸까지 날아 갈 것 같았지만 그래도 설국의 아름다움에 취해 사진을 찍기에 바빴다.

어디서 이런 설국을 볼 수 있을까? 이것이 북해도의 매력인 것 같다. 북해도는 일본열도에서도 북쪽으로 붙어 있어 위도상으로 소련의 사할린, 블라디보스토크와 맞닿는다 하니 가히 그 추위를 가늠할 수 있으리라. 광활한 땅이 불모지처럼 버려졌지만 개화를 빨리한 일본인들의 지혜로 그 땅은 농산물의 보고가 되고, 말의 사육지가 되고, 수산물의 보고로 청정해역을 자랑한다. 미국의 알래스카주 같은 일본의 알래스카로 변신했다.

에도시대가 끝나고 무사들이 할 일이 없어지자 그들이 대거 북해도로 이주하여 그곳에서 농사를 짓고 말을 방목해서 키웠다고 한다. 미국선교사들이 들어와 농업기술을 가르치면서 농업의 기계화에 일찍 진입하여 불모지의 땅이 옥토로 바뀌었다고 한다.

그 시절 우리나라는 대원군의 쇄국정책으로 서양문물이 들어오지 못하게끔 나라 문을 꽉꽉 10년이 넘게 걸어 잠그고 있어 개화가 늦어지고 결국 일본의 식민지로 일제강점기를 겪어야 하는 민족의 비운으로 이어졌으니 그때를 생각하니 분통이 터졌다.

북해도의 땅은 넓기만 하고 인구는 적어 거리에는 인파도 적고 발전도 더딘 것 같다. 그래도 삿뽀로 시내 중심가는 화려한 번화가였다. 겨울왕국 북해도는 끝없이 휘몰아치는 눈바람, 눈 덮인 들판, 김이 오르고 있는 활화산의 모습, 눈 덮인 호수의 전경과 온천을 겸비

하고 있어 그 매력이 넘친다.

오후 4시쯤이면 어둠이 깔려서 투어는 점심식사 후 바로 끝난다. 호텔로 돌아와 온천을 했다. 호텔엔 볼거리가 많다. 관광 유적이 별로 없는 일본이 볼거리로 짜낸 아이템들이다. 공연도 하고 물건도 팔았다. 그들이 주로 자랑하는 마유크림은 '말크림'이라 하는데 피부에 좋다고 가이드가 은근 구매를 부추긴다. 곳곳에 마유크림을 많이 팔고 있었다.

호텔방에서 창문으로 호수가 보인다. 그런데 그 창을 통해 눈바람이 춤을 추다가 그치곤 한다. 다시 내리는 눈들의 춤에서 눈을 뗄 수가 없었다. 일본의 전통식 다다미방에서 자보니 그 또한 묘미다.

온천을 하러 갔다. 밖의 노천탕으로 나가니 하늘에서는 눈바람이 불어 머리 위로 내리고 몸은 목까지 물속에 담그고 있어서 서늘함과 따뜻함이 같이 공존하는 경험을 해 본다. 온천 건너편에 호수가 있다. 어두워서 잘 보이지는 않는다. 그런데 때 아닌 물고기들의 뛰노는 모습이 눈앞에 펼쳐졌다. 어! 저게 뭐지? 은빛들이 출렁이며 나타났다 사라졌다를 반복하며 어둠속에서 노니는 모습이 장관이다. 내리는 눈과 호수와 물고기들의 날갯짓! 내가 작곡을 한다면 오케스트라의 한 편을 장식할 영감이 떠오를 것도 같다. 슈베르트의 '송어'가 이 장면에 어울릴까?

도야에서 '노보리베츠'로 이동하여 1만 년 전 다케야마 활화산 분화구의 흔적인 '지옥계곡'을 갔다. 아직도 분화구에서 김이 올라오고 있었다. 온 산 여기저기 분화구에서 김이 올라오는 모습이 금방이라도 화산 폭발이 일어날 것처럼 무시무시하다. 지옥계곡이란 이름이 잘 어울리는 것 같다. 가는 길도 빙판길이라 너무나 미끄러웠다. 자칫 미끄러지기라도 하는 날엔 몇 달 깁스하고 고생해야 할 것 같다. 난간에 의지하여 조심조심 걷는데 손이 너무 시려 난간을 잡을 수가 없을 정도였다. 차에 장갑을 두고 내리다니! 올케가 장갑 한 짝을 나누어 끼자며 건넨다. 사양해도 양보한다. 올케 덕에 장갑 낀 손으로 난간을 잡고 걸으니 한결 나았다. 김이 오르고 있는 활화산, 언제 폭발할지도 모르는 화산들을 곁에 안고 살아가는 일본인들, 그들의 삶 속에는 화산폭발이나 지진이 삶의 일부가 되어 익숙해진 것일까.

그곳의 음식은 비싼 대게도 무한리필을 해줬다. 호텔식당은 관광객의 줄로 인산인해를 이루었다.

단연 중국 관광객이 많았고 그 다음은 한국인인 것 같다. 평소 해산물을 좋아하는 나인데도 이곳의 풍성한 해산물들이 입에 당기지 않았다. 일본 음식의 특징이 짜고 달고 느끼하다. 산해진미보다 김치가 먹고 싶었다. 어! 그런데 김치도 있고 깍두기도 있다. 한국인 관광객이 많으니 큰 호텔에선 준비를 해 놓았다. 그들의 말로 '기무치'라고 하는데 어라! 흉내를 너무 잘 냈다.

김치맛은 우리보다 약간 달긴 했지만 거의 우리 김치수준으로 따라 온 것 같았다. 이런! 벌써 김치를 상품화해서 일본이 '기무치'로 수출하고 있단다. 우리의 소중한 김치를 일본에 빼앗겨선 안 되는데 큰일이네. 그리고 그들은 섬나라이고 크고 작은 섬이 수만 개인데 왜 우리나라의 독도를 탐을 내고 자기들 영토라고 우겨대는가? 어정쩡하게 바라보고 있다가는 김치 수출도, 독도도, 일본의 권모술수에 세계인들이 속아 넘어갈까 봐 걱정됐다.

우리 국민들이 일본이라면 핏대를 올리고 운동 경기 등을 통해 매사에 이기려고 열을 올리는데 지혜롭게 일본이라는 나라에 잘 대처해 나가야 할 것 같다.

호텔에서 숙박하고 떠나는데 차가 보이지 않을 때까지 호텔 직원들이 나와서 손을 흔들어 주는 모습은 가히 인상적이었다. 그들의 친절에서 일본을 다시 찾고 싶게 만든다. 속내를 드러내지 않고 호랑이의 발톱을 숨기고 있는 나라, 순박한 우리 민족의 정서와 다른 민족인 것 같다.

3박4일의 짧은 일정동안 만끽한 북해도의 겨울 눈, 물고기들의 헤엄치는 모습은 그 감동의 여운을 남기며 겨울왕국 북해도를 생각나게 만든다.

남프랑스로

5월말, 여고 동창들과 남프랑스여행에 나섰다. 이번 일정은 파리로 날아가서, 파리에서 다시 니스까지 비행기를 갈아탔다. 3년 전 마산의 여고동창들과 미동부여행을 다녀오고 이번에 서울의 여고동창들과 남프랑스여행에 합류하게 되었다.

니스에서 생폴드방스로 이동하였다. 미로, 샤갈, 마티스 등 현대작가들의 작품들이 숨 쉬고 있는 곳이다. 샤갈이 사랑한 도시, 우뚝 솟은 언덕 위에 앉은 마을로 샤갈을 비롯한 중세 작가들의 마을이었다. 고지대의 마을은 성벽으로 둘러싸였고 수백 년 전 모습 그대로 간직하고 있었다. 성벽 안으로 들어서면 고풍스러운 가게들이 즐비하고 16세기에 만들어진 모습이 남아 있어 마치 중세에 살고 있는 것 같은 착각이 들었다.

생폴드방스 마을 공동묘지에 샤갈의 조촐한 무덤이 있었다. 묘지는 검소하고 작은 돌멩이들이 올려져 있었다.

샤갈에 대한 추모의 표시로 올려진 돌들이라 한다. 샤갈은 러시아 사람이지만 그는 이곳에서 여생을 보내며 많은 작품을 남겼다.

작은 나라 모나코로 향했다. 지중해의 멋진 나라 모나코는 세금, 군대가 없는 나라, 카지노, 요트가 이 나라의 부의 근원으로 프랑스 땅 한 귀퉁이에서 부를 누리며 미소국으로 자리하고 있다. 이 나라는 너무나 유명한 영화배우 그레이스 켈리와 모나코의 레이니에 공이 결혼하여 켈리가 모나코의 왕비가 되면서 더 알려진 나라다.

좁은 땅덩어리를 100% 활용하여 건물이 지어졌으며 바다에 지은 건물의 정경은 달력에도 나올 만큼 멋진 풍경이다. 빌라 한 채가 수십억 원에 달하는 것도 있다 한다. 왕궁과 해양박물관, 절벽에 위치한 에즈빌리지 열대정원을 걸었다. 따가운 햇살을 받으며 절벽을 오르는 길에 선인장이 갖가지 모양으로 자태를 자랑하고 있었다. 에메랄드빛 바다색깔의 지중해를 바라본다. 경이로움과 감탄을 연발하며 친구들은 군데군데 사진 찍기에 바쁘다. 여행을 가면 나는 친구들의 사진을 담아 주느라 바쁘다. 에즈 전망대 정상에 오르니 부서진 성벽의 잔재와 조각품, 지중해 바다가 어우러져 볼 만하다.

모나코 성당에 들어서니 그레이스 켈리의 무덤이 있다. 그녀의 화려한 헐리우드 배우 시절과 모나코 왕비로서의 삶을 비교한다면 그녀가 배우로 남았으면 모나코에서 교통사고로 숨지는 일이 없었을 테고, 모나코도 덜 알려진 나라가 됐을 것이다. 그녀의 모나코 사랑으로 그녀는 모나코인들의 상징처럼 그들의 가슴에 남아 있는 것 같다.

모나코를 벗어나 니스해변으로 이동하여 물가에서 니스해변을 즐겼다. 바닷가에 발을 담그며 작은 파도와 노는 친구들, 해변에 쭉 앉아서 석양을 등지고 바라보는 니스 해변의 모습 또한 아름답다.

해변가를 따라 산책로가 아름답게 조성되어 있다. 옛날 영국의 지배를 받을 때 영국인들이 길을 만들었다. 영국인의 산책로로 불린다. 샤갈박물관을 돌아봤다.

샤갈은 러시아의 벨라루스 공화국의 비테프스크에서 유대인 부부의 아홉 자녀 중 맏이로 태어났다. 비테프스크는 러시아 서부의 유대인 거주 지역으로 이곳에서 미술을 공부하며 유년기를 보냈다. 그는 1907년 상트페테르부르크로 가서 화가가 되기 위한 수업을 받기 시작했는데 1909년 즈반체바학교에 입학하여 레옹 바크스트에게 지도를 받았다. 그의 영향을 받아 파리로 갔다. 파리에서 독창적인 예술세계를 구축하며 이름을 알리다가 귀국하여 결혼하고 비테프스크에서 미술학교의 교장직을 맡았으나 사회주의 리얼리즘과 마찰을 겪다 러시아를 떠나 베를린으로, 다시 파리로 옮겨가며 힘든 시기를 보내다 2차대전이 발발하자 미국으로 건너가서 비로소 국제적 명성을 얻었다. 그 후 1948년 프랑스로 완전히 돌아와 생폴드방스에서 마지막 20년을 살았다.

샤갈박물관에는 구약을 바탕으로 이브의 창조에서부터 아브라함과 대천사, 이사악의 희생, 모세의 십계명, 노아의 방주 등 남프랑스의 코발트빛 바다색깔과 붉은색 톤을 섞어 구약의 내용을 잘 묘사한 작품들이 전시되어 있었다. 샤갈을 '청색의 마술사' 라고 한다. 샤갈은 세잔의 영향을 많이 받았으며 98세까지 사는 동안 수많은 작품을 남겼다. 그의 작품들은 수천억을 호가한다고 한다.

서양의 화가들은 주로 종교적인 바탕과 신구약의 내용들을 바탕으로 작품 활동을 벌였다. 종교는 그들에게 삶의 지표였고 종교를 모르면 그들의 작품을 이해하기 힘들다. 은유적으로 직설적으로 그린 샤갈의 작품을 이해하는데 역시 가이드의 설명이 있어 보는 눈이 생긴다.

50대 초반의 가이드는 아내와 떨어져 산다 했다. 승무원 출신의 아내는 돈을 벌고 자기는 골프선수를 만들기 위해 아들을 데리고 프랑스에서 살며 각종 골프대회에 아들의 매니저로 따라 다니며, 남는 시간은 가이드를 한다는 날씬한 멋쟁이다. 스카프를 날마다 바꾸어 매고 향수를 항시 사용한다는 촐랑이 같기도 하고 다정한 동생처럼 누나들이라 부르며 우리와 호흡을 잘 맞춰 주어 다들 가이드를 좋아했다. 설명하다 개인 얘기하느라 삼천포로 빠지기도 잘 했지만 가이드 덕분에 스카프를 눈여겨보며 친구들이 향수와 함께 구매하는 사례가 생기기도 했다.

여행을 하는 첫날은 장시간의 비행기에 지치고 시차가 안 맞아 잠을 설쳤더니 힘들었다. 이동 중에 푹 패인 맨홀에 발이 끼어 넘어져 무릎이 깨졌다. 여행 내내 무릎 때문에 샤워도 제대로 못했다. 그렇게 첫날은 힘든 가운데 넘어가고 나니 그 다음날부터는 일정에 잘 적응해 가며 여행을 즐겼다.

강화에서 100년 된 구옥을 구입하여 나름 고택체험과 고유차를 만들어 강화를 알리는 친구 C가 나의 룸메이트가 되었다. 그녀는 침대에 머리를 대는 순간 1초도 안 되어 잠이 들어버려 그녀가 참 부러웠다. 여행 내내 우린 김광석, 로이킴, 이선희 노래를 호텔방에서 즐겨 들었다.

니스를 출발하여 이국적인 정취를 느낄 수 있는 크루아제트 대로,

칸느 영화제가 열리는 칸에 도착했다. 바다에 떠 있는 엄청난 요트와 칸 영화제가 열리는 국제회의장 앞 붉은 레드벨벳이 보인다. 국제영화제가 열리고 있어 사람들로 붐볐다.

우리나라 영화 '옥자'도 상영 중이다. 외국에 와서 우리영화가 상영되는 걸 보니 감격스럽다. 한국영화의 위상도 높아졌지만 해외에 나가면 애국자가 되기도 한다.

이름이 같은 우리 친구 옥자가 동행한 여행이어서 그녀는 단연 포스터의 주인공이 되었다. 우아한 포즈로 독사진을 찍으며 옥자의 인증 샷을 날렸다.

남프랑스는 많이 더웠다. 계절은 5월말이었다. 여행사에서 안내하기를 우리와 10도 정도의 기온차가 난다고 봄, 가을 정도의 날씨를 안내하여 한여름 옷을 거의 안 챙겼는데 한여름 날씨다. 여행 내내 반바지를 못 챙겨 와 더위와 고생했다. 칸의 해변을 거닐 때 친구들은 여름 샌들이 나오고 나시 옷으로 옷차림이 변했다. J는 파진 옷을 입고 풍만한 가슴을 자랑했지만 딱 붙은 옷이라 감춰지지 않는 뱃살은 어쩌누! 그래서 모두에게 웃음을 선사했다.

노트르담성당은 층탑 꼭대기에 아기예수를 안은 성모상이 세워져 있다. 성당에서 바라보니 마르세이유 항구가 한눈에 들어온다.

마르세이유는 2013년 유럽문화 문명 수도로 지정되었다. 북아메리카로 향하는 모든 선박들의 출발지이며 유조선을 통한 정유공장, 자원개발을 통하여 세계 각국의 유전을 보유하고 있다 한다. 바다, 헬리콥터 제작. 정유공장, 관광수입 등으로 도시가 발달하였다.

알랑드롱이 출연한 영화 '태양은 가득히'가 그리스와 이곳 마르세이유에서 촬영하여 유명해졌다. 폴모리아 악단의 폴모리아도 이곳이 고향이다.

마르세이유 이프섬으로 향했다. 이 이프섬의 샤또 디프성은 알렉산드 뒤봉의 소설 '몽테크리스토 백작'의 무대이다. 이프섬으로 향하는 배에서 내리니 바닷물 색깔이 영롱하다. 이프섬의 샤또 디프성은 마르세이유에서 남서쪽으로 3킬로미터 떨어져 있다. 이곳은 석회질암의 성으로 1524년에서 1531년까지 프랑수아 1세가 건설하였으며 바다에 떠 있는 방어의 요새로 쓰이다가 후에 정치범을 수감한 감옥으로 쓰이기도 했다. 성 위에서 내려다본 바다 물빛이 코발트빛이어서 신비로움을 준다.

성 밖의 바위 위에서 온양의 Y는 신데렐라 공주 같은 옷을 입고 춤을 추며 포즈를 취하고 날씬한 P는 이번 여행에 모자와 럭셔리 패션을 유감없이 발휘했다. 잠시 그녀의 개인 포토 비서가 되어 주었다.

친구들이 감독이라 부르는 또 다른 P는 이번 여행에 열심히 동영상을 촬영했다. 그녀는 여행을 다녀오면 한 편의 드라마를 보는 것처럼 매회 순간순간을 박진감 있게 영상촬영을 하여 다시 여행의 추억을 되새김질해 주는 일등 공신이다.

샤또 디프성을 두고 떠나기 아쉬워 다들 놓칠세라 열심히 사진들을 찍었다. 성을 뒤로 하고 돌아올 때 멀리 이프섬 주변에 갈매기가 날고 등대가 아련히 멀어져 갔다.

요트가 정박해 있는 바다로 나왔다. 마르세이유 구항구와 비린내 나는 생선을 진열하고 있는 노점시장 가판대 앞을 지나가며 생선구경을 했다. 지구촌 어디나 사람 사는 곳은 다 비슷하다. 상인들이 열심히 생선을 사라고 설명한다.

마르세이유를 출발하여 액상 프로방스로 이동했다.

후기인상파화가 폴 세잔의 작업실을 갔다. 폴 세잔이 살던 곳으로 이층은 작업실로 각종 화구와 정물오브제 서랍장 등이 세잔의 당시 작업 모습 그대로 재연되어 있다. 좁은 창문으로 채광을 받으며 빛의 범위에 따라 같은 작품이 달라져 보이도록 그려 난색과 흰색을 많이 사용하였다.

인상파 이전의 그림은 소재가 소박하고 이야깃거리가 있었으나 세잔과 고갱 등이 정물화, 꽃 등을 그리며 강렬한 빛의 차이를 드러내어 인상파의 획을 그었다. 그가 남긴 작품은 파리, 액상프로방스에 1000점이 넘어 미술 애호가들의 사랑을 받고 있다.

액상 프로방스를 출발하여 프로방스 지방의 중심도시 아비뇽의 구시가지를 구경했다. 교황청을 가는 길에 라벤더가 들판에 피기 시작하여 라벤더 물결을 이루었다. 다들 포즈를 취하며 라벤더에 묻혀서 사진들을 찍었다. 라벤더는 냄새가 향기로우며 상품으로 잘 개발하여 액체로 뿌리는 제품, 천에 싸서 냄새를 맡는 제품 등 예쁘고 다양하다. 나도 불면증에 좋다 하여 선물도 할 겸 몇 개를 구입했다. 지금도 침대 머리맡에 두고 자는데 그 향기가 솔솔 코에 들어온다.

아비뇽교를 지나 아비뇽 교황청에 도착했다. 남프랑스 론 강변의 도시 아비뇽에 지어진 이곳 교황청은 1309년에서 1377년까지 프랑스의 지배하에 있어 바티칸으로 가지 못하고 7명의 교황이 머물렀다 한다. 그 시기를 '아비뇽의 유수'라고 한다. 난공불락의 요새로 지어졌으며 견고한 석조건물로 뛰어난 고딕체 양식의 건축물이다. 아비뇽시와 시를 둘러싼 성벽으로 이루어졌다. 교황청의 건물이 저녁에 보는 모습과 아침에 보는 모습이 참으로 달랐다. 마치 화장을 화려하게 한 모습과 생얼의 모습이 다른 두 얼굴의 여인의 모습처럼 분위기가 전연 달랐다. 지금은 성당으로 사용은 안하고 텅 빈 예배당과 화랑이 남아 있다. 공연이 가끔 열리고 있으며 철제조각품이나 화려했던 건물내부를 관광할 수 있다.

여행은 중반으로 가고 있다. 어느덧 니스에 도착하여 4일이 지났다.

여행 중에 초등동창 M이 사망했다는 비보가 날아 왔다. 작년에 암 선고를 받고 투병 중이었는데 유명을 달리한 것이다. 내가 총무라 친구들께 연락을 해야 하는데 여행 중이어서 안타까웠다. 남친 B동창과 통화하여 연락을 부탁했다. 눈물이 났다. 미리 병문안은 다녀왔지만 마지막 가는 길을 보지 못하고 소식만 듣게 되어서. 하늘나라에서는 고통 없이 잘 지내겠지.

남프랑스에 빠지다

고흐가 사랑한 도시 아를로 이동하여 갈리아의 작은 로마라 불리는 로마시대 고대극장, 투기장으로 사용됐던 2000년 전 원형경기장과 시청사를 구경했다.

빈센트 반 고흐는 네덜란드 출신의 프랑스 화가로 초기 작품은 어두운 색조로 그렸고 후기 작품은 표현주의의 경향을 보였다. 비극적일 정도로 짧은 생애를 살았지만 고흐는 세상에서 가장 유명한 미술가 중 하나다. 고흐의 흔적을 찾아 아를 골목을 누비며 고흐가 즐겨갔던 카페, 정신병으로 입원한 병원, 아를의 다리 등 온통 고흐를 빼놓고는 얘깃거리가 없는 곳이 아를이다. 그는 명작 '해바라기'를 비롯하여 '밤의 카페 테라스', 표현주의 작품 '별이 빛나는 밤' '까마귀가 나는 밀밭' 등 영감이 돋보이는 작품을 그렸다.

고갱과 잠시 동거하기도 했으나 사이가 악화되어 고흐가 자신의 귓불을 자르는 사태까지 이르렀으며 정신병원에 입원하여 1년간 머물면서도 작품 활동을 계속했으나 끝내 자살로 생을 마감했다.

'아를의 다리와 빨래하는 여인' '아를의 항구' '론 강의 연인들' 등 그의 흔적은 강렬한 색채감으로 캔버스에 담겼다. 200여 점의 그의 작품이 세상에 남겨져 세계 각국으로 흩어져 있는데 그는 사는 동안 불우하게 살다간 화가지만 그의 작품은 하늘의 별처럼 빛나고 있다.

남프랑스는 이들 화가들의 얘기를 빼면 밋밋한 휴양지처럼 느껴진다. 작열하는 태양의 나라. 코발트색 바다, 지중해의 아름다움이 그들에게 영감을 준 것일까? 고흐, 고갱, 세잔, 샤갈 등의 화가들과 교감하는 곳이었다.

2000년 역사 도시 님을 찾아 로마시대 콜로세움의 축소판이며 지금도 투우경기가 열리고 있는 원형경기장을 보고, 로마시대 아우구스티누스 황제에 의해 지어진 가장 오래된 신전으로 갔다. 대리석의 색깔이 모두 백색이며 받치고 있는 30개의 기둥이 옛날 모습 그대로 보존되어 있다.

님은 소설 '별'의 작가 알퐁스 도데의 출생지이기도 하다.

골목길에서 거지부부가 기타를 치며 옛 팝송을 유창하게 불렀다. 잠시 가던 발걸음을 멈추고 같이 부르며 즐기고 바구니에 성의 표시를 조금하고 이동하여 2500년 전 요새 도시 카르카손으로 향했다.

카르카손은 지중해와 대서양을 잇는 요충지였다. 거대한 성채와 원뿔 모양의 탑들은 우리가 중세로 돌아간 듯 중세의 환상을 심어주었다. 유럽 최고의 요새도시로 세계 문화유산에 등재되면서 세계적 관광지로 부상했으며 콤탈 성안에서 바라본 카르카손 마을, 생 나자르 성당, 미로 같은 상점들, 과거와 현재가 공존하는 레스토랑 등 볼거리가 많았다.

카르카손의 유래는 유럽 최초 대제인 샤흘 르마뉴의 군대가 이 성을 포위하고 물샐 틈 없이 지키는데 전쟁 6년차에 접어들면서 전쟁으로 과부가 된 사라센 족의 카르카 공주가 요새 안의 마지막 먹거리 돼지 한 마리의 뱃속에 보리를 잔뜩 먹여서 적의 진영에 던졌다. 떨어져 죽은 돼지 뱃속에 보리가 잔뜩 들어 있는 것을 보고 요새에 식량이 풍부할 거라 판단하고 적이 철수했다고 한다. 공주가 승리의 종을 울리게 했다. 카르카와 울리다의 뜻 손(sonne)이 합쳐져 카르카손이라 불리게 되었다 한다.

12세기 전성기에 성을 체계적으로 건설했으며 화려한 스테인드글라스로 장식한 생 나자르 성당은 로마네스크 양식으로 지어졌다. 요새 속의 요새 콤탈성도 그 시기에 지어졌다. 세속화되고 부패한 로마교황청을 반대하며 비폭력, 채식, 금욕생활을 추구하는 까따흐가 랑그독 지방에서 교세를 넓히자 프랑스 왕과 교황청이 손잡고 대대적 공격을 시작하여 산 채로 화형에 처해지는 마녀사냥이 콤탈성에서 자행됐다.

1659년 스페인과 프랑스 사이에 피레네 평화조약이 맺어지고 루이 14세와 스페인 왕녀가 결혼하면서 국경이 피레네 산맥으로 이동되면서 지리적 중요성을 잃어버리고 폐허 상태로 방치되었다 한다. 19세기 중반 복원하였으나 본래의 모습대로 복원하지 않아 문제시되기도 했다.

남프랑스 와인 산지 중 하나인 생 때 밀리옹으로 출발하였다. 남프랑스는 하늘이 높고 작렬하는 태양빛이 장난이 아니다. 풍부한 일조량은 와인 농사를 세계 최고 수준으로 올렸으며 와이너리의 가격이 엄청난 곳도 있었다. 프랑스의 와인 산지는 크게 8개 지역으로 나누어지는데 우리에게 잘 알려진 보르도를 비롯, 부르고뉴, 론, 루아르, 알자스, 프로방스, 랑그독, 상파뉴 등이다.

와인은 포도알째 담그는 발효방식을 써 진하면서도 떫은맛이 적어 우리 입맛에 맞는 것들이 많다. 와이너리를 방문하여 포도주 저장고를 둘러보고 맛도 시음해 보았다. 가이드의 박식한 와인 상식을 곁들여 들으니 프랑스 와인의 세계적 명성을 알 것 같기도 했다.

보르도로 이동 중 잠시 휴게실 옆 전망 좋은 호숫가에서 특별식으로 즐긴 스테이크 요리는 이번 여행을 주선한 B가 한턱 크게 쏘았다. 다들 호수를 바라보며 우아하게 식사를 했다.

보르도 가는 길에 프랑스 기념상과 프랑스 혁명 당시 선봉에 섰던 지롱드파의 업적을 기리는 기념비와 분수가 있는 캥코스광장을 구경했다. 물안개와 얕은 물이 흐르는 거울의 광장에서 사람들이 신나게 노는 모습도 재미있었다.

투르로 이동하여 고성호텔에 투숙했다. 지은 지 100년이 되었다는 이 고성호텔은 그야말로 동화 속에 나오는 미로 같은 성이다. 담쟁이 넝쿨로 둘러싸인 전면과 후면은 골프장 길과 수영장이 포진하여 호텔의 모습이 볼거리를 제공하였다.

유일한 남자인 가이드는 수영복을 입고 누나들 앞에서 몸매자랑을 하며 수영을 즐겼고, 친구들도 반바지를 입고 수영장에서 놀았다. 나는 첫날 넘어진 무릎에 딱지가 생기고 있는 중이어서 수영장에는 못 들어갔다. 아쉽다.

저녁이 되어 고성에 불이 들어오니 호텔이 영화 속에 나오는 멋진 성이 되었다. 다음날 호텔을 떠나기까지 영화촬영을 하는 것도 아닌데 각자 멋진 곳을 찾아 사진 찍기에 바쁘다.

프랑스의 정원이란 별칭을 가진 르와르로 이동하여 역대 왕들이 성을 세워 권력을 장악했던 르와르 고성 지역을 갔다. 루아르 강 주위에 200여 채의 크고 작은 성들과 수도원, 종교적 건축물이 몰려 있었다 한다.

여성스럽고 섬세한 외관을 자랑하는 쉬농소성으로 이동했다. 쉬농소성은 원래 방앗간이 있던 자리에 13세기 마크 가문이 성을 짓기 시작했으나 완성하지 못하고 소금이나 와인 창고로 쓰이다가 1515년 토마스 보이에 부부가 이곳을 사들여 르네상스 양식으로 지금의 성을 지었다 한다. 앙리 2세가 애첩인 디안 드에게 주었다가 앙리 2세의 본처인 메디시스가 디안을 몰아내고 성의 주인이 되기도 했다. 이 후 앙리 3세의 부인을 비롯, 여성들이 차례로 성의 주인이 된 적이 많아 여성스러운 성으로 가꾸어졌다. 이 성을 '여섯 여인의 성'이라고 부르기도 했다 한다. 성의 모습은 아름답기 그지없었다.

다시 르와르 강가 언덕에 위치한 레오나르도 다빈치가 최후를 맞은 앙부와즈성을 관광했다. 앙부와즈성은 중세시대에 앙주 공작이 세운 성이었지만 르네상스 시대에 프랑스왕가에서 빼앗아 갔고 샤를 7세를 필두로 6명의 왕이 이곳에 살았다. 프랑수아 1세는 이탈리아 예술가들을 초대하여 성을 개축했는데 이때 초빙된 예술가 중의 한 명이 레오나르도 다빈치였다. 앙부와즈성에서 예술혼을 불태우다 1519년 숨졌는데 성의 정원 한쪽에 위치한 생 위베르 예배당에 다빈치의 묘가 있다.

르와르 강가에 다빈치의 나체동상이 비스듬히 앉아 있는데 엄청

크다. 모두들 다빈치의 무릎, 팔, 심볼 등에 기대거나 안겨서 사진을 찍었다. 다빈치가 후세 사람들이 만든 자신의 나체동상을 좋아하고 있을까? 생각해 보며 피식 웃었다.

앙부와즈 성은 1560년 이후 버려졌고 한때 감옥으로 사용되기도 했다. 지금은 루아르 고성 중 가장 인기 있는 성이다.

중식을 먹기 위해 앙부와즈 지역의 동굴식당을 찾았다. 동굴에다 식당을 차리다니…. 선풍기와 에어컨이 필요 없이 시원한 동굴에서 사람들은 저마다 식사를 느긋하게 즐기고 있었다. 동굴인지 분간이 안 될 정도로 안으로 들어가니 시설도 잘해 놓았지만 들어가는 입구가 동굴 맞았다. 놀랍다. 동굴을 발견하여 이런 식당을 만들 생각을 하다니. 식당 안에는 단체손님들로 붐볐다.

프랑스 사람들은 식사를 주로 밖에서 하며 샐러드, 본식, 후식, 와인 순으로 코스가 정해져서 우리도 여행 내내 이 코스를 싫든 좋든 즐겼다. 한 가지 요리가 다 끝나야 다음 요리가 나오니 식사시간이 길었다. 친구들은 계속 잡담, 수다를 떨었다. 음식도 별미지만 동굴식당에서 즐겼다는 것도 여행의 한 추억으로 남으리라.

르와르에서 생말로로 이동 중 끝없이 펼쳐진 초원, 한가로이 풀을 뜯는 소 떼들, 가도 가도 끝없는 들판, 땅덩어리 좁은 우리나라 생각을 하니 이 나라 사람들은 조상 덕을 많이 보고 산다는 생각이 들었다. 저 푸른 들판에 내 땅덩어리도 있음 좋겠다고 뜬금없는 생각을 해 보기도 한다. 남진의 노래 "저 푸른 초원 위에 그림 같은 집을 짓고 사랑하는 우리 님과 한평생 살고 싶어"라는 노랫말이 생각 날만큼 푸른 초원이 끝없이 펼쳐졌다.

생말로로 이동하여 호텔에 짐을 내려놓고 과거 요새로 쓰인 성벽의 건물이 그대로 남아 있는 생말로의 성곽 길과 바닷가를 걸었다. 생말로는 성벽에 둘러싸인 항구도시다. 조수간만의 차이로 밀물이 되면 물이 차오른다. 밀려오는 바닷물로부터 성채와 도시를 보호하기 위해 모래사장에 목책이 바닷가에 촘촘히 박혀 있었다. 바닷물이 범람해 올 때 1차 방어선 역할을 한다고 한다.

생말로는 6세기 웨일스 출신 말로 주교가 수도원을 짓기 위해 세운 도시이며 이곳의 생뱅상 성은 12세기에 축성되었으며 군사요새로 쓰였다. 나시오날 요새는 생말로를 보호하기 위해 1689년 루이 14세가 구축하였다. 생말로 해변은 영화 '라스트 콘서트'의 촬영 무대가 되기도 했다.

성벽 위로 올라가서 성벽 안 중세도시 건물과 바다 풍경을 바라볼 수 있다. 우리가 해변을 거닐 때는 썰물이어서 해변가에서 여유를 즐기며 놀았는데 성채도시를 구경하고 돌아 나올 때는 밀물이어서 바닷물이 가득 차 해변을 바라보며 성곽 길을 걸었다. 석양이 지는 아름다운 모습이 또 펼쳐졌다.

북쪽으로 이동하면서 날씨는 늦여름 날씨로 바뀌어갔다. 드디어 내가 준비한 옷들도 제 구실을 하기 시작했다.

몽생미셸은 노르망디 해안에 있으며 브르타뉴와 노르망디 사이에 있는 몽생미셸 만에 화강암 노두로 날카롭게 솟아 있다. 거대한 모래 둑으로 둘러싸여 있다가 만조일 때만 섬이 된다. 몽생미셸은 아브랑슈의 주교인 성 오베르가 이곳에서 대천사 성 미카엘의 모습을 보고 소 예배당을 세웠던 8세기부터 지금의 이름으로 알려지게 되었다.

그 후 순례지가 되었으며 966년 베네딕투스 수도회의 대 수도원이 세워졌다. 나폴레옹 치하에서는 감옥으로 쓰였으며 1863년 복원되었다. 섬이 내려다보이는 곳에 솟아 있는 수도원 교회는 11세기 로마네스크 양식의 건축물이다.

19세기 프랑스 인상파 화가들의 예술 활동 중심지인 작은 어촌마을 옹폴뢰르의 항구에 도착하여 잉글랜드와 프랑스의 백년전쟁의 종료를 축하하기 위해 세워진 성카트린성당, 아틀리에 등을 구경했다. 배를 거꾸로 뒤집어 놓은 것처럼 보이는 성카트린교회는 15세기에 목재로 건축되었다. 역시 목재로 만들어진 이 교회의 종탑은 교회에서 떨어져 마르셰 광장에 안치되어 있다. 이 도시는 요트타기와 관광업의 중심지이자 어업의 요지이기도 하다. 작은 항구에 요트가 빽빽이 들어서 있다. 많은 예술가들과 작가들의 사랑을 받는 휴양지이자 출생지이기도 하다.

도빌로 이동하였다. 영화 '남과 여'의 무대 도빌은 도시 안에 경주로, 항만, 마리나, 빌라, 카지노, 고급호텔, 회의장 등이 들어서 있다. 해마다 열리는 도빌 미국 영화제, 도빌 아시아 영화제의 개최지이기도 하다.

지베르니로 이동하여 인상파의 창시자 클로드 모네의 정원을 찾았다. 르누아르, 세잔 등과 함께 19세기의 새로운 예술 활동인 인상주의를 탄생시킨 모네가 1883년 작품의 모티브가 되는 환경을 찾아 센강변을 전전하다가 이곳을 찾았고 작품 활동을 위해 가족들과 함께 지베르니에 정착하였다. 그 후 모네는 줄곧 이곳에서 창작활동을 하다가 생을 마감하였다. 그의 집과 정원(수련으로 꾸며졌다)은 모네가 살았던 그때 모습 그대로 복원되어서 마치 모네가 살던 시절로 돌아가서 그림 속의 풍경으로 들어간 듯한 느낌을 준다. 기념품 가게는 사람들로 붐볐다. 나는 모네의 정원이 그려진 가방을 구입했는데 이번 여름 내내 시원한 피서를 가는 것 같은 산뜻한 가방을 들고 다녔다.

파리로 이동하여 트로카테로 광장에서 멀리 에펠탑을 조망하고, 샹젤리제 거리, 개선문을 관광하고, 파리에서 남프랑스 여행을 마치고 귀국길에 올랐다.

16명이 같이 떠난 여고 친구들과의 여행, 웃고 떠들고 사진 찍고 여고시절처럼 나이를 잊고 남프랑스에 빠졌던 시간이었다. 좋은 추억을 담았던 시간으로 기억하리라.

로키와 사랑을

로키산맥은 미국, 캐나다, 멕시코에 걸쳐 있다.

캐나다에 속하는 로키를 보기위해 인천공항에서 미국의 시애틀로 날아갔다.

캐나다 밴쿠버로 바로 직항하지 않고 시애틀로 경유하느라 하루를 버렸다. 시애틀 구경을 하루 하는 줄 알았더니 패키지여행의 한계를 경험한 일정코스였다. 영화 '시애틀의 잠 못 이루는 밤'의 무대였던 시애틀이라 기대했는데 한두 곳 보고 실망만 하고 밴쿠버로 이동했다. 그런데 시애틀의 저녁노을이 너무나 멋지게 하늘에 펼쳐졌다. 장관이었다. 시애틀을 잘 보진 못했지만 멋진 저녁노을을 만난 것으로 위안을 삼았다.

우리는 캐나다의 서쪽 끝 지점 밴쿠버에서 호프를 거쳐 목재와 인삼의 도시 캠룹스를 지나 클리어 워터를 경유하여 북쪽으로 종일 버스를 타고 이동했다. 캠룹스 지방은 준사막지대로 비가 오지 않는 건조한 곳이다. 목재를 나르는 50~60량의 기관차 몇 대를 달고 긴 기관차가 움직일 뿐 사람은 별로 살지 않고 끝없는 사막산만 펼쳐졌다. 그렇게 하루를 이동해 북쪽 끝에 해당하는 밸 마운트에 도착하기까지 인천공항에서 3일이 걸렸다.

밸 마운트에서 숙박하고 다음날 로키의 입구 마운틴 롭슨 국립공원으로 이동하여 캐나다 로키의 최고봉인 롭슨 산을 조망했다. 롭슨 산은 사철 내내 눈과 구름에 가려 전체의 모습을 다 보기란 어렵다고 한다. 고깔모자를 쓰고 있는 모양의 산으로 해발 3,954미터의 높이라 한다. 롭슨 산이 있는 마운틴 롭슨 국립공원은 천혜의 수목과 아름다운 단풍이 어우러져 그 안에서 놀고 있는 우리를 다 감싸 안았다.

재스퍼국립공원으로 이동하여 멀린캐년과 멀린 호수로 가는 길에 메디슨 호수를 구경했다. 전망대에서 바라보는 메디슨 호수는 주변의 풍경이 정말 아름다운 곳이었다. 신비의 호수로 일명 '사라지는 호수'란 별칭이 있다. 여름엔 물이 가득한 호수이지만 가을부터 물이 줄어들기 시작해 다음해 봄까지 호수가 사라져 버리기 때문이란다. 이것은 석회질로 구성된 호수바닥의 암반층 때문이라고 한다.

멀린 호수로 이동하여 배를 타고 호수를 돌아보았다. 세계에서 두 번째로 큰 빙하 호수인 멀린 호수로 가는 배 안에서 바라보는 주변은 그림 같은 풍경이 펼쳐졌다. 빙하산과 섬들이 눈부시도록 아름답고 경이로웠다.

유명한 영혼의 섬(스피릿 아일랜드) 앞에 내려 주변의 경관 앞에서 사진들을 찍으며 멀린 호수에 잠시 정신이 빠졌다. 스프릿 아일랜드는 사실 손바닥만 한 섬에 나무 몇 그루 심어져 호수에 떠 있을 뿐인데 세계적인 명소가 되어 버렸다 하니 아이러니하다. 이름이 영혼의 섬이라 붙여져서 이름값을 하는 것 같다.

멀린 호수를 나와 멀린캐넌으로 옮겨 아사바스카 폭포를 구경했다. 미국의 그랜드캐넌처럼 웅장하지는 않지만 오랜 세월의 흔적이 보이는 협곡의 구석구석과 빙하물이 녹아 흘러내리는 폭포의 모습을 도보로 걸으며 감상하였다.

다음날 로키의 심장부 천상의 도로라 불리는 아이스필드 파크웨이를 타고 콜롬비아 아이스필드로 이동하여 이번 여행의 하이라이트 아이스필드 설상차를 타고 300미터 두께의 아사바스카 빙하 위를 걷는 체험을 했다. 빙하 위를 특수 설상차를 타고 이동 중 주변의 빙하를 가까이에서 바라보았다. 유구한 세월이 흐르면서 지구 온난화 영향으로 빠른 속도로 빙하가 녹아내리고 있다 하여도 빙하의 산을 보면서 감탄사만 연발하였다.

차에서 내려 빙하 위를 걸어 보는데 체감온도 영하 25도라는 상상도 할 수 없는 날씨에 사람이 날아 갈 것처럼 칼바람이 불고 추워서 그대로 얼음 동상이 될 것 같았다. 모두들 저마다 빙하를 즐기며 사진들을 찍으려 했지만 나는 너무나 추워서 빙하 위에 5분도 서 있을 수가 없었다. 아쉽긴 했지만 바로 차에 탑승할 수밖에 없었다. 그래도 이번 여행의 빙하 체험은 가장 큰 추억이고 감동이었다.

30대 후반의 젊은 가이드는 로키만 400번 정도 투어를 했다 한다. 빙하의 종류, 생성된 시기 등 빙하에 대한 얘기와 캐나다 대륙의 생성과정, 역사를 열심히 설명했다.

우리나라 6·25 참전국이었던 캐나다의 숨은 활약 등을 얘기할 때는 가슴이 찡했다. 우리가 영화 '국제시장'을 통해 보았지만 6·25전쟁 당시 중공군이 쳐들어오자 함경도 흥남 부두로 피난민들이 몰려

들었다. 미군의 한 사단이 후퇴하면서 함선에 엄청난 무기와 물자를 싣고 흥남철수를 감행하는데 통역인 '현봉학'이 군단장 '알몬드 장군'에게 강력히 북한 주민들을 태워 줄 것을 부탁했다. 장군이 군수물자 때문에 고심하자 그때 캐나다 출신 '레너드 라우 선장'이 배에 있는 무기를 모두 버리고 빠짐없이 피난민을 태우도록 도와 '메러디스 빅토리호'는 피난민 1만 4천 명을 태운 역사상 가장 많은 생명을 구한 배로 기록됐다.

조선말기 제중원(세브란스 병원의 전신)이 설립되기까지 기여하신 분들의 얘기도 소개한다. 고종 때 미국 의료선교사 알렌이 우정국 사건으로 중상을 입은 민영익을 살림으로써 의료 근대화를 위한 병원 설립이 가속화되어 알렌 이후 헤론, 빈턴 등이 제중원을 맡다가 캐나다인 에버슨이 진료를 담당하면서 미국으로 모금운동을 추진하였고 이 과정에서 미국인 세브란스의 기부를 받아 세브란스병원을 건립하는데 기여했다 한다.

우리의 이민 1세대들의 정착기 얘기도 가슴 뭉클하다. 박정희 대통령 시절, 근대화를 위해 독일로 파견되었던 간호사들은 처음에 남들이 안하는 시체 닦는 일부터 시작하였고 대학을 나와서도 광부로 갔던 이들은 지하 갱이 무너져 목숨을 잃는 이도 다반사로 갖은 역경을 딛고 돈을 벌어 한국으로 보냈으며 그들이 보낸 돈으로 조국은 잘사는 나라로 발돋움할 수 있는 계기를 마련했다. 그들이 독일에 남기를 원했으나 독일 정부에서 받아 주지 않아 자리를 잡은 곳이 지금의 캐나다이고 이민 1세대의 정착으로 캐나다에 우리 교민이 많고 잘 산다는 얘기 등 가슴 뭉클하게 쏟아내는 가이드의 진솔함에 다들 감동하며 경청했다. 멋있는 젊은이였다.

빙하 체험을 하고 내려오는 길에 도로 가운데 차들이 멈춰 서 있다. 비콜시프(큰뿔 사슴) 두 마리가 도로에 뿌려진 제설제에 섞인 소금을 먹느라 사람도, 차도, 아랑곳하지 않고 먹이를 핥고 있었다. 사람들은 차에서 내려 숨을 죽이고 카메라에 담거나 구경을 했다. 산양도, 곰도 아무 곳에서나 튀어나와 돌아 다녀도 자연과 동물을 사랑하는 캐나다인들은 그들을 보호하고 배려하는 생활이 몸에 배어 있다 한다.

한 예로 곤돌라를 타기 위해 관광객 수백 명이 줄을 서 있었는데 잠시 곤돌라 운행을 중지한다는 안내방송이 나와서 모두들 의아해하는데 이유인즉 아래에서 곰이 낮잠을 자고 있어서 깰 때까지 곤돌라 운행을 중지한다는 방송이었다 한다. 그들의 동물 사랑 정신은 높이 살만한 유산처럼 느껴진다.

요흐국립공원의 페이토 호수 가는 길은 길이 빙판처럼 미끄러워 난간을 잡고 겨우 갔는데 물 빛깔이 완전 에메랄드처럼 영롱하고 아름다웠다. 왜 가이드가 길이 미끄러워 걷기가 위험한대도 보여주려고 했는지 알 것 같았다.

세계 10대 절경으로 불리는 레이크 루이스 호수와 마운틴 빅토리아 산은 영국의 빅토리아 여왕의 이름을 땄고, 호수는 여왕의 딸 루이스공주의 이름을 따서 지었으며 산이 호수를 안고 있는 모습이 엄마가 딸을 안고 있는 모양이라 더 알려져 있다 한다. 레이크 루이스의 비경은 죽기 전에 꼭 봐야 하는 절경 중 하나라고 한다. 호수의 물빛깔이 에메랄드 빛을 띠다가 구름이 해를 가리면 고요하고 깊은 파란색의 호수로 변한다고 한다.

밴프에서는 영화 '돌아오지 않는 강'의 배경인 보우 강을 따라가며 보우 호수와 빙하까지 보고 캔모아에 숙박했다.

이튿날 밴프 시내에 근접한 설파 마운틴으로 가서 곤돌라를 타고 로키를 내려다보며 동화 같은 마을의 풍경과 로키산맥의 경이로움을 파노라마처럼 즐겼다.

투잭 호수로 가는 아침에는 호숫가에 산양들이 떼 지어 나와 풀을 뜯고 있어 그 모습에 또 숨죽이며 카메라를 들이대었다.

밴프타운과 레이크 루이스 중간지점에 있는 로키의 첫째 명산 캐슬 마운틴은 기다랗기 때문에 차를 타고 가면서 보는 정면과 측면 모습이 완전 달랐다. 그 웅장함이 강남에서 여의도까지의 거리만큼 펼쳐 있고 중세의 성을 닮았다 하여 캐슬마운틴이라 부른다 한다. 그 옆에 둘째 명산인 그리스 신전 모양의 탬플마운틴이 자리하고 있었으며 이 두 산의 크기를 보고 입이 다물어지지 않았다.

로키의 끝 레벨스톡을 거쳐 시카무스에서 숙박하고 밴쿠버로 이동하면서 로키를 다 섭렵한 느낌이 들었다. 밴쿠버 오는 길엔 도로변의 나무들에 눈꽃이 피어 캐롤나무들을 모아 놓은 것 같더니 밴쿠버 시내로 들어오니 빨간 단풍이 반겨주었다. 로키는 겨울의 평균온도가 영하 24도인데 밴쿠버는 영상 6도라 하니 캐나다가 얼마나 넓으며 기온차가 심한지 몸으로 느꼈다.

밴쿠버가 살기 좋은 것은 날씨가 좋고 침엽수, 상록수 등의 나무가 많아 피톤치드가 많이 나오며 물이 수질 일등의 빙하수인 점 등으로 세계에서 제일 살기 좋은 도시 1위라 한다. 로키의 빙하수가 폭포,

강, 빙하를 거쳐 서쪽으로 흘러가는 동안 석회수는 침전되고 깨끗한 물이 된다고 한다.

밴쿠버 시내를 거쳐 밴쿠버에서 제일 큰 규모를 자랑하는 스탠리 공원을 구경했다. 스탠리 공원은 밴쿠버항을 끼고 있다. 스탠리 공원을 돌아 나오면 잉글리시 베이가 시원하게 펼쳐진다. 공원입구의 조각상은 많이 웃으며 살라는 교훈을 주기 위해 만든 것 같았다.

물들어가는 단풍, 넓게 펼쳐지는 태평양 바다를 멀리 바라보며 파란 하늘이 어우러진 공원은 시민들의 휴식처로 각광 받겠다.

로키 여행은 욕심을 버리고 자아를 내려놓으며 마음의 정화를 할 수 있는 여유를 내게 주었다.

여행지는 나름대로의 감동과 아름다움이 있지만 무한한 자연 앞에 섰을 때 인간의 욕망 따위는 부질없이 여겨질 정도로 자연은 우리에게 겸손을 배우라 하고 마음의 평화를 안겨 주었다.

가이드가 로키가 들려주는 교훈을 얘기한다. '울지 마라. 잊어라. 내려가라.' 그 말을 가슴에 담고 마음에 쌓인 체증도 근심거리도 로키에 다 묻어버리고 싶었다.

chapter 6

역사 속으로

아! 사비

11월의 첫 주, 답사반을 따라 옛 백제의 마지막 수도 부여(사비)를 가게 되었다.

20년 전에 부여를 돌아본 적이 있었다. 최근에 부여가 세계문화유산에 등재가 되면서 지자체에서 복원작업이 활발히 이루어진 것 같아 다시 부여를 찾고 싶었는데 마침 부여 답사를 한다기에 신청을 했다.

박식한 문화해설가 선생님의 강의를 들으며 돌아보는 부여, 20년 전과는 새로운 모습으로 1400년 전 백제의 옛 모습이 내 앞에 펼쳐졌다.

백제는 기원전 18년, 설화에 의하면 고구려 주몽과 소서노 왕비 사이에 태어난 둘째아들 온조가 주몽이 부여에서 예씨부인과의 사이에 난 유리왕자가 고구려로 찾아오므로 어머니 소서노 왕비와 남하하여 한성(지금의 서울)에 도읍을 정하고 나라를 세웠다.

그 후 마지막 의자왕까지 거의 700년 동안 왕조를 이어오면서 찬란한 문화를 꽃피웠다. 그들의 문화가 일본에 전해져 일본은 백제를 아버지의 나라로 섬기며 살았고, 오늘날도 일본의 절이나 신사 등에서 옛 백제의 건축양식을 많이 볼 수 있다.

고구려는 기마민족의 씩씩한 기상과 강건함을 고구려 벽화에서 찾아 볼 수 있으며, 신라는 국가에 충성스러운 면을 화랑정신에서, 화려하고 장식적인 면을 금관에서 찾는다면, 백제는 부드러움과 온화함을 갖추고 미적 감각이 뛰어났으며 정림사 오층석탑, 금동대향로 등에서 찾아 볼 수 있다.

우리는 먼저 부소산성을 찾았다. 산 능선을 타고 오르며 적의 공격에 대비해 토성을 쌓았던 흔적들을 밟았다. 1400년이란 긴 세월 동안 산은 점점 낮아져 구릉이 되어 지금은 높지 않았지만 그 옛날엔 지대가 높아서 방어를 위하여 성을 쌓았다고 한다.

백제의 수도는 원래 한성에서 493년 동안 이어오다가 공주로 옮겨 63년, 그리고 마지막 수도로 부여에서 122년을 지내고 멸망하였다.

지금의 서울 풍납토성, 몽촌토성 등에 그 유물이 더 많이 있다. 그러나 일제강점기에 많은 유물을 일본이 강탈해 갔으며 서울이 개발되면서 역사 속으로 사라진 유물이 많다고 한다.

온조가 한강유역에 도읍을 정하고 스물한 분의 왕이 한성에서, 네 분의 왕이 공주에서, 그리고 성왕 때 남하정책으로 부여로 수도를 옮기면서 의자왕까지 여섯 분의 왕이 부여에서 계셨다.

669년 나당연합군에 패해서 멸망하기까지 계백장군이 오천의 군사로 13만 나당연합군을 상대로 싸우다 패하자 의자왕과 왕자 융이 웅진성에서 끝까지 저항하다 당나라로 잡혀갔다. 백제 백성들이 잡혀 가던 의자왕을 보고 통곡을 하며 울었다 한다.

그 뒤 당나라 낙양에서 돌아가셨는데 부여지자체에서 수년 전에 낙양을 방문하여 무덤을 찾았으나 왕자 융의 비문이 적힌 비석만 발견했을 뿐 무덤을 찾을 수 없었다고 한다. 그곳의 흙과 함께 비석의 탁본을 떠 와서 의자왕과 왕자 융의 가묘를 만들어 놓았다.

가묘 앞에서 왕과 왕자가 당나라로 끌려가던 1400년 전의 모습을 머릿속으로 상상해 보며 망국의 설움을 안고 당나라에서 한 맺힌 삶을 마감했을 의자왕을 잠시 생각해 봤다. 그때 백제의 충신 성충과 흥수의 충언에 좀 더 귀 기울여 들었다면 역사는 또 달라질 수도 있었을 텐데….

지금의 어지러운 나라 사정을 보면 예나 지금이나 충신은 어디에 있는지, 온 나라에 권력을 쥐려는 정치인들만 자신의 목소리만 높이고 있다. 바람 앞의 등불 같은 위기감으로 바라보는 이 국민의 답답한 심정이 그때의 백제 백성들과 무엇이 다르랴!

백제의 세 충신 성충, 흥수, 계백을 모신 사당을 보며 지금의 이 난국에도 저런 충신이 있기를 염원해 본다.

여기서 잠깐 태자 '융'의 이야기를 살펴보았다. 나당연합군이 백제와 고구려를 멸망시킨 후 당나라에서 고구려 땅에 안동도호부를, 백제의 공주에 웅진도독부를 설치하여 통치하려 했다.

백제부흥세력들을 누르고 백제유민의 반발을 잠재우기 위해 융을 웅진도독에 명했다. 그러나 신라의 끊임없는 항당 정책에 밀려 웅진 땅은 신라에 잠식되고 676년 웅진도독부는 요동의 건안성으로 옮겼다가 고구려 보장왕의 모반사건에 연루돼 융은 유배되고 당나라에서 죽었다. 친당정책에 이용당한 것으로 본다.

토성을 지나 군 물품을 보유하던 군수 창고인 군창지와 태자들의 산책코스인 태자 숲길을 지나 제일 먼저 해를 맞는 영일루, 석양을 바라보는 반월루에 서서 멀리 부여읍을 조망했다. 반월루의 현판 글씨는 부여사람 김종필 씨가 썼다는데 그 필체가 대단했다. 사비루는 부소산성에서 가장 높은 곳인데 이곳의 현판글씨는 이강 의친왕이 쓰셨다고 한다.

부소산성을 내려와 백화정(낙화암에 투신한 궁녀들의 혼을 달래는 정자)을 거쳐 고란사로 내려갔다.

고란사 나루터에서 황포돛배를 타고 백마강을 유람하다 굿뜨레 나룻터에 도착했다. 당나라 소정방의 군사들이 이 강을 건너지 못하게 무왕이 용이 되어 이 강을 지키고 있었는데 참다못한 소정방이 흰 말머리 1백여 개를 용의 먹이로 강물에 풀었다. 군사들을 무찌르느라 지친 용이 흰 말머리를 먹다가 소정방에게 낚이게 되어 죽자 당나라 군사들이 강을 건너서 진격하였다 한다. 그래서 이 강의 이름이 백마강이 되었다고 한다.

낙화암에서는 많은 궁녀들이 적의 노예가 되느니 죽음을 택했다. 고귀한 절개를 지킨 백제 여인들, 이름 없는 그들의 넋도 이 백마강에 잠겨 있다.

백제는 1400년 전 위덕왕 시절에 정림사지 오층석탑을 세웠는데 그 비율이 황금비율로 탑신이 네 개로 나누어지고 그 위 지붕돌이 세 개로 지어져 석탑이면서 목탑처럼 정교하고 완벽한 아름다움을 지녔다.

이밖에도 능산리고분 옆 절터에서 발견한 감실 안의 금동대향로는 세계에서 아무도 흉내 낼 수 없는 백제의 뛰어난 기술로 만든 최고의 향로라 한다. 향로를 피우면 용이 물속에서 연봉오리를 품고 승천하는 형상이라 한다.

백제는 동아시아로 진출하여 해상항로도 많이 개척했고, 일본에 그 문화를 많이 전했다.

그리고 1400년 전에 이미 보도블록을 만들어 밟고 다녔는데 그 문양의 아름다움이 예사롭지 않았는데 도깨비, 용, 봉황의 문양이 그려져 있다. 기와의 끝을 치미라 하는데 곡선모양을 만들어 아름다움을 더했다.

공주의 무령왕릉, 공주산성, 부여의 부소산성, 왕흥사, 정림사탑, 능산리 고분군, 나성, 익산의 왕궁리 오층탑, 미륵사지 등이 그 당시의 백제의 문화를 얘기해 주고 있다.

삼국이 끊임없이 전쟁을 하며 서로 영토를 넓히려 싸웠지만 신라가 당나라 세력을 끌어들여 백제와 고구려를 멸망시키면서 삼국통일의 대업을 이룬 것이 못내 애석하다.

삼국통일로 인해 그 찬란하던 백제문화가 역사 속으로 고스란히 묻혀버린 것이다.

우리가 국사시간에 배울 때, 삼국통일을 이룬 태종 무열왕 김춘추와 그의 파트너 김유신 장군의 업적을 많이 들었다. 백제의 충신 계백의 이야기까지, 그러나 김춘추가 당나라의 세력을 끌어들여 우리 민족 간에 피비린내 나는 전쟁을 벌여 삼국통일을 꾀한 것은 옳지 못했다. 나당연합군이 13만이라 했으니 얼마나 그 군사들에게 수많은 생명이 도륙을 당했겠는가? 외세의 세력을 끌어들여 통일을 꾀함은 외교의 줄타기에서 서로의 이익을 챙기기 위해 나눈 술수가 아니던가?

차라리 김춘추와 김유신이 그 시대에 신라에서 태어나지 않았으면 역사는 또 바뀌었을지도 모른다.

아~ 사비여!

유유히 흐르는 강물은 말이 없는데 1400년 전의 사비는 어디로 가고 무심한 강물만 그 슬픈 역사의 전설을 안고 나의 발길을 붙잡고 있는가.

잊혀진 왕국

2017년 1월의 답사는 중앙박물관에서 열리는 '백제유산 특별전' 관람으로 공지가 떴다. 지난번 부여답사에 이어 좀 더 백제문화에 대해 알고 싶어서 중앙박물관으로 향했다.

오랫동안 신라와 고구려에 비해 덜 알려져서 잊혀진 백제의 찬란했던 문화 유적들이 발굴되면서 새롭게 조명 되는 것 같다. 오늘도 해설사 선생님의 설명을 들으면서 '잊혀진 왕국' 백제를 다시 부활시켜서 옛 백제로 돌아가 본다.

백제는 수도를 한성도읍지에서 거의 500년, 그리고 공주, 익산, 부여에서 180여 년을 내려오는 동안 풍납토성을 비롯한 몽촌토성 등에 유물이 많았는데 1920년대 한강이 범람하면서 유물이 성내천을 타고 떠내려 가 암사동에 그 모습을 드러냈다고 한다. 이때는 일제강점기여서 백제의 무수한 문화재가 일본으로 다 유출되어 버리고 6·25전쟁과 가난했던 60~70년대를 거치면서 문화재 보호에 대한 인식이 부족한 채 개발과 발전에만 초점을 맞추고 경제성장에 매진했던 과거 속에서 문화재가 많이 훼손되고 사라져갔다.

그래도 백제문화 유물이 공주에 있는 무령왕릉 에서 4700여점이 발굴되었고 그 중 국보만 17점이나 된다.

백제와 신라의 문화를 비교한다면 백제의 정림사지 탑은 장중함과 날렵함이 조화를 이루어 신라의 감은사지탑(석양 무렵 바라보면 미관이 아름다움)과 쌍벽을 이루며, 백제의 금동대향로는 신라의 화려한 금관과 쌍벽을 이룬다 한다.

절의 구조도 신라와 고구려는 일탑 삼금당으로 지었으나 백제는 일탑 일금당으로 지어 미적 감각을 더 했으며 미륵사지와 정림사지 탑이 그 대표적이다. 통일신라는 이러한 백제의 영향을 받아 쌍탑(다보탑, 석가탑) 일금당으로 지었는데 그 대표적인 절이 불국사라 한다.

이번 특별전은 공주, 부여, 익산 등에서 발견된 유물들이 주로 전시되었다. 익산의 왕궁터에서 발굴된 도성의 수도 시설은 1400여년 전의 유물이라 여길 수 없을 정도로 잘 만들어졌고 견고하여 모양이 그대로 보존되어 있었다.

공방에서 백제의 장인들이 각종 도구를 이용하여 금속제품, 토기, 기와 등을 만들었다. 백제건축에서 빼놓을 수 없는 세련미를 기와의 문양에서 볼 수 있었다. 굴뚝과 연가(뚜껑), 사암으로 된 정원석은 1400년 전에 그토록 정교하고 실용성 있게 만들었다는 것이 믿기지 않을 정도로 우리 선조들의 숭고한 장인정신을 엿볼 수 있다.

미륵사지의 보살상 파편은 너무나 인자하고 온화했다. 의자왕이 당나라에 마지막까지 항전했던 공산성의 치열한 전투에 썼던 말안장 가죽덮개와 무기들을 보며 마음이 짠했다.

사찰은 백제 사람들의 종교와 사상, 염원이 담긴 공간이다. 왕실은 주도적으로 사찰을 지었고 사리를 공양하는 등 불교의 적극적 후원자였다. 왕흥사지와 미륵사지의 사리 장엄구에는 언제, 누가, 무엇을 위해 발원하였는지 기록이 남겨져 있다.

위덕왕이 죽은 왕자의 혼을 기리며 왕흥사지에 모셨던 사리장치, 무왕과 왕후(사택적덕의 딸)의 합작품으로 미륵사지에 모셨던 금제사리장치, 왕궁리 오층석탑의 사리장치와 공양품들이 불교문화의 꽃으로 불리워지는 사찰 등에서 발견되었다.

능묘는 송산리 고분군과 무령왕릉에서 최고수준의 보물들이 발견되었다. 그 중에서 왕이 썼던 화려한 금제관 꾸미개가 나왔다. 칠곡왜관에서 발견된 은제관 꾸미개는 신하들이 썼던 것이라 한다. 이곳은 신라 땅인데 백제의 유물이 발견됨은 한때 백제의 영토였을 가능성도 있다고 한다.

한 가지 재미있는 것은 서동요에 나오는 백제 30대 무왕은 신라 진평왕의 셋째 딸 선화공주와 결혼하여 왕비로 삼았는데 사리구에 발견된 왕후는 백제 귀족의 딸이었다. 무왕에게는 선화공주가 죽고 또 한 명의 왕후가 있었을 것이라 추측도 한단다. 설화 속의 인물이 실존 인물인지, 서동요가 단순한 설화인지 확실한 건 모른다.

풍납토성을 비롯한 한성도읍지 주변에선 또 어떤 유물들이 백제의 숨결을 전해 줄까? 나는 점점 '잊혀진 왕국' 백제의 아름다움에 끌려 가까운 시일 내에 익산과 공주, 한성 주변도 답사해 봐야겠다는 생각이 들었다.

백제 유적 지구에는 옛 백제인들이 살고 있었다. 백제의 정신과 미의식 속에 단아하고 세련된 석탑, 화려하고 견고한 금속공예, 간결

하고 실용적인 토기와 기와, 폐허로 남겨진 절터 등에서 백제인들의 위대한 문화유산의 흔적을 볼 수 있었다.

후손들이 부주의하여 훼손, 분실되어 사라진 유물도 많지만 우리가 잘 보존하고 찾아서 역사적인 사실을 고증하고, 과거 우리가 교과서에서 잘못 배웠던 부분도 수정함은 물론 교육과 방송매체를 통해 제대로 알려야 하는 사명이 이 시대를 살고 있는 우리들의 몫이 아닐까 생각된다.

삼국의 구도에서 세력 각축전에 밀려 역사 속으로 묻혀 버릴 뻔한 백제가 뒤늦게나마 하나씩 모습을 드러내며 우리 앞에 나타나 주어 나는 1400년 전의 백제를 자세히 들여다 볼 수 있었다.

고구려와 백제 이야기

답사를 가는 날인데 비가 온다. 오늘의 답사는 올림픽공원 내에 있는 한성백제박물관이다. 비가 가늘게 내리고 있다. 체감온도는 실제 온도보다 더 내려가는 것 같다. 스산한 겨울의 냉기를 느끼며 우산을 쓰고 한성백제박물관을 찾느라 올림픽공원 안에서 한참을 걸었다. 공원 안에 백제박물관이 우람하게 서 있는 모습이 눈에 들어왔다.

고구려 고분 벽화전과 백제의 한성 역사를 살펴보았다. 고구려 땅은 우리가 가볼 수 없는 곳이라 모형과 탁본을 떠서 작품을 전시하고 있었다. 원래 고구려는 기마민족으로 거대한 대륙을 상대로 싸워 이겨낸 자랑스러운 민족이다.

주몽이 부여에서 남하하여 졸본에 나라를 세우고 국내성에 도읍을 정하여 나라를 이어오면서 오랫동안 수나라, 당나라의 침입을 막아내면서 용감한 기상을 떨쳤다.

고분에서 발견한 벽화를 통해 옛 고구려로 들어가 그들의 삶의 흔적을 느낄 수 있었다. 고구려의 수많은 고분 중에서 몇 개의 고분을 모델로 전시했다.

고구려 벽화고분은 4~7세기에 만들어진 것으로 추정되며 중국 길림성 환인, 집안지역과 북한의 평양, 황해도 안악 지역에 집중 분포되어 있다 한다. 평양부근의 강서대묘, 평안남도 남포 덕흥리 벽화분, 덕화리 2호분, 안악 3호분, 진파리 1호분 등 9개의 무덤벽화 탁본과 돌무덤 벽화를 통해 생활풍속, 사방 수호신이나 별자리와 음악 등을 배웠다.

별자리를 가리키는 말을 '분야'라 하는데 이 말은 고대 천문학에서 별자리를 위치에 따라 구분한 데서 나온 말이다. 옛 고구려인들은 하늘의 별을 관찰하면 땅 위의 길흉을 알 수 있다고 믿었다. 별자리의 이동과 변화를 살펴 인간사를 살피는 점성술이 발달하였다. 조선 태조 때에 와서 고구려의 별자리를 참고로 하여 '천상열차 분야지도'란 천문도를 제작하였다.

덕흥리 고분의 '견우와 직녀' 그림에선 남자는 농사를 짓고 여자는 베를 짜서 옷감을 만드는 일상적인 모습과 농사에 소를 이용한 사실을 볼 수 있었다.

안악 3호분의 벽화에선 중국에서 귀화한 '동수'라는 귀족의 생활을 만나볼 수 있었다. 고구려 귀족의 저택을 재현한 공간으로 살림집의 모습, 공적인 활동 등을 그렸는데 공무시는 상당한 호위군사를 거느리고 다녔으며 시중드는 하인들도 많고 부유했다. 그 위상이 가히 왕의 행렬만큼 장엄했다.

덕화리 고분과 나머지 벽화에서도 비슷한 모습들을 볼 수 있었다. 사후세계에 대한 염원이 담긴 팔맷, 연꽃등은 부활, 환생 등을 상징

하며 특히 강서대묘의 사신도는 도교의 영향을 받아서 사신(동, 서, 남, 북 네 방위를 지켜주는 신)을 그렸는데 위에서부터 현무(검은 거북이), 주작(붉은 새), 백호(하얀 호랑이), 청룡(푸른 용)의 형상이 마치 그림 속에서 튀어나올 것처럼 생동감 있고 그 색채도 화려했다.

무용총의 수렵도에선 말을 타고 짐승을 쫓는 모습이 용맹한 고구려 남자들의 기상을 볼 수 있었다. 그 외에도 무용총벽화엔 농사 신, 불의 신, 대장장이 신, 숫돌 신, 수레 신(오방 신) 등 불교와 도교 신선사상이 벽화에 담겨 있다 한다.

고구려인들의 인생관, 우주관, 사회관, 내세관 등을 살펴보며 그들의 삶을 이해할 수 있었다.

상상의 새 '삼족오'를 보니 드라마 '주몽'에서 고구려의 상징 깃발로 많이 보았기에 반가웠다. 한때 '주몽' 드라마는 전 국민을 TV앞에 앉게 만들 정도로 인기를 끌며 방영됐다.

중국의 지린성 지안에 가면 7층의 거대한 돌무지무덤이 있는데 고구려 광개토대왕의 무덤으로 추정하고 있다 한다. 이와 비슷한 무덤은 만주와 대동강 유역에 넓게 분포하는데 한강유역에서도 비슷한 형태를 찾아 볼 수 있어 백제의 건국세력이 고구려계통일 것이라는 온조 설화가 사실임을 뒷받침해 준다 한다.

고구려를 뒤로 하고 백제의 한성 역사 모습을 보았다. 한성은 몽촌토성, 풍납토성을 비롯 초기 백제의 수도였던 만큼 유물이나 유적이 많을 것이나 일제강점기에 많이 유출되었다.

박물관에는 도로확장 공사를 하다 발견된 석촌 고분군과 몽촌, 풍납토성에서 발견된 유물들이 전시되었다.

백제의 목조 미륵반가상과 백제바둑판(목화 자단 기구)은 일본에 가 있고 박물관에는 모형만 전시되어 있었다. 반가상은 그 모습이 너무 아름답다.

그리고 백제 바둑판에 얽힌 얘기가 있다. 역사는 원래 승자의 편에서 쓰여지다 보니 우리는 백제의 마지막 의자왕에 대해서 삼천궁녀를 거느린 나라를 돌보지 않은 왕으로 오해하고 있으나 실은 의자왕은 효심이 지극하고 신라의 여러 성을 공격해 영토를 넓히는 등 당시 동북아 정세를 정확히 읽고 있었다 한다. 신라와 당나라가 가까워지고 있는 상황에서 의자왕은 바둑판을 만들어 백제 왕자 한 명을 일본에 보냈고 일본 왕을 상대로 바둑외교를 벌였던 것으로 추정한다.

바둑판의 재질은 소나무를 본체로 하고 자단 나무로 표면을 덮었다. 표면은 가로, 세로 각각 19줄이 상아로 상감되어 있으며 바둑판의 측면과 기저부에서 기린, 앵무새, 꿩 등의 문양, 돌을 담기 위한 거북모양의 서랍, 내부는 금박과 은박의 꽃무늬로 장식하는 등, 뛰어난 기술과 구조를 볼 수 있다.

일본에 있는 왕실유물보관소 '쇼쇼인'에 보관되어 있다. 일본은 백제 유물 설을 인정하지 않는다 한다.

실제 백제가 나당연합군에 의해 멸망할 때 일본은 지원군을 삼만 명이나 보내었는데 나당연합군에 의해 패하고 살아 돌아간 수는 얼마 안 된다고 하니 바둑판은 의자왕이 보냈다는 설이 확실하다는 주장이다.

칠지도도 근초고왕 무렵 왜구에 하사한 것인데도 그들은 칼에 새겨진 원본 글씨도 왜곡하여 자기들이 상납을 받았다고 주장한다니

일본은 예나 지금이나 우리 민족과는 상극의 운명을 타고 난 듯하다.

백제인들의 무덤양식이 움무덤, 돌무지무덤, 흙무지무덤, 돌덧넛무덤, 돌방무덤으로 분류되어 서민과 귀족층의 무덤양식을 박물관의 모형으로 보고 석촌 고분군으로 향하여 현장을 돌아보았다.

조선시대까지만 해도 많은 고분이 있었는데 일제강점기와 개발을 하면서 땅속에 묻히고 사라졌다 한다. 8기의 고분만 석촌에 남아 있었다.

석촌 고분의 돌무덤 뒤로 '제 2 롯데월드'가 구름에 가려 흐릿하게 보였다. 선생님께서 구름에 가린 '제 2 롯데월드'의 모습이 신기루나 마천루로 보이지 않느냐며 구약에 나오는 '바벨탑'의 이야기를 인용하셨다.

인간의 욕심이 하늘 끝까지 닿으려고 바벨탑을 세우자 하느님이 언어를 서로 알아듣지 못하게 하여 인간을 흩어놓으셨다. 바벨탑에 비유되는 '롯데월드'를 뒤로 옛 고분의 무덤 앞에 서 있는 나는 삶과 죽음은 영원한 수평선상에서 같이 공존하는 것이라는 생각이 들었다.

옛선조들은 내세에서 현세와 같은 삶을 살기를 염원하며 무덤을 축조하고 벽화를 그렸다. 벽화를 그린 선조들은 찬란한 문화를 남길 위대한 유산을 만들어 오늘날 우리들이 그 시대를 보고 있다.

빗속의 석촌 고분군의 답사는 현세의 욕심을 내려놓게 만드는 이상한 힘이 있었다.

능을 답사하며 오랫동안 글을 준비하여 역사 이야기를 내놓으신 에세이 선생님 한 분은 이런 말씀을 하셨다. '살면서 자주 역사가 있는 무덤을 찾아보는 재미를 붙이면 삶의 무게가 조금 가벼워지는 것 같다'라고.

석촌 고분군을 뒤로 하고 석촌호수 길을 걸으며 롯데월드를 좀 더 가까이서 보니 우리 기술로 지었다는데 정말 대단하다. 대한민국 서울의 랜드 마크로 세계에 내세워도 손색이 없겠다. 호수 길을 걸어서 잠실역 부근까지 와 옛 병자호란의 치욕의 역사를 볼 수 있는 '삼전도비' 앞에 섰다.

조선의 인조 임금이 청나라 황제에게 삼전도에서 머리를 조아려 항복했던 병자호란의 치욕을 적어 놓은 굴욕의 비문을 보았다. 인조가 반정을 일으키지 않고 광해군이 왕위를 계속 했더라면 그런 굴욕의 역사는 일어나지 않을 수도 있었을 것이다. 광해군은 실리외교의 줄타기를 잘한 것으로 재조명되고 있다.

우리 민족의 역사 이래 가장 큰 국치로 한일합방과 병자호란을 든다.

역사를 배우면서 나라의 소중함을 깨닫는다. 우리 후손들이 이 나라를 잘 지켜 나가기를 염원한다.

한성백제 토성을 밟다

올림픽공원은 많은 이야기를 담고 있다. 백제의 한성 이야기를, 통일신라의 이야기를, 더 거슬러 옛 구석기시대 이야기를 움집에서 볼 수 있었다.

백제의 건국초기 BC 18~AD 475년까지 약 500년간을 한성백제라고 한다. 한성백제의 대표적인 성으로 풍납토성과 몽촌토성을 들 수 있다.

강동구 풍납동에 있는 풍납토성을 가기 위해 천호역에서 내려 2000년 전의 역사를 더듬어 가는 답사를 시작했다.

풍납토성은 3세기 무렵 축조되었다. 475년 고구려 장수왕의 남하정책에 의해 함락될 때까지 백제의 토성으로 토성입구 안내판에는 원래 이 지역이 경기도 광주에 속했던 곳이라 광주 풍납리 토성으로 불리웠으나 2011년 서울 풍납동 토성으로 변경되었다고 적혀 있다.

성벽의 길이 3.5 미터이상 이었으나 현재 2.2미터정도 남아 있다 한다. 성은 진흙을 번갈아 두껍게 겹겹이 쌓아 시루떡 모양으로 지었다 하여 판축기법이라 하며 나무가 뿌리를 내릴 수도 없을 정도로 견고하고 튼튼하게 지었다 한다. 장수왕에 의해 한성이 함락되고 웅진(공주)으로 천도했다. 하남위례성의 주성인 풍납토성, 몽촌토성은 1500년이 넘는 세월동안 잊혀져 버렸다.

1997년 풍납동 아파트 공사 건설현장에서 포클레인에 훼손돼 사라질 뻔한 한성백제의 유물은 선문대 이홍구 교수에 의해 발견되었다.

1925년의 대홍수 이전에 원형을 잃었지만 일부 북벽과 남벽이 남아있고 풍납토성 발굴에서 드러난 유적과 유물이 1000평의 경당지구에 건물터 유적지, 각종 토기와 기와, 전돌 등의 유물이 쏟아졌다. 지금까지 발굴된 우리나라 고대의 성 중에서 가장 큰 토성이라 한다.

우리는 성의 북쪽에서부터 답사를 시작하여 제기와 말뼈, 사당 건물터, 우물터, 식자재 보관창고, 유구마당, 그루터기, 토기, 건축부재, 집터 등의 흔적을 보았다.

풍납토성은 지금은 구릉의 모습으로 도로로 인해 중간에 끊어지기도 하며 길게 이어져 있었다. 북쪽에서 부터 토성을 따라 남쪽으로 걸어 성내천을 가운데 두고 몽촌정에 올랐다. 몽촌정 뒤로 보이는 구릉이 몽촌토성이다.

백제의 성은 내성과 외성으로 풍납토성은 하남위례성의 내성으로 백성의 생활을 보호하고 몽촌토성은 외성으로 적의 공격에 대비해 산에 쌓은 산성이었다 한다.

성내천은 성벽을 감싼 하천이니 자연적으로 생긴 해자이다. 해자는 성과 성 밖을 물로 가로막는 것으로 적이 성으로 접근하는 걸 막는 방어시설로 쓰였고 해자가 없는 곳은 목책을 박아 적군이 성벽을 타고 올라오지 못하게 했다 한다.

몽촌토성을 찾아 올림픽 공원으로 들어선다. 몽촌토성의 뒤로 멀리 아차산이, 앞으로 멀리 남한산성이 보인다. 지금은 토성인지, 구릉인지 사람들은 열심히 걷기를 하며 토성을 밟고 다닌다.

600년 전에 심어진 은행나무 한 그루, 나 홀로 나무(측백나무)가 뎅그러니 몽촌토성의 한 부분에 서 있다. 발굴을 위해 파헤치고 있는 일부현장과 함께.

서울은 백제의 수도로 500년, 조선의 수도로 500년, 대한민국의 수도로 100년을 이어오면서 한 도시가 1000년 이상을 수도의 명맥을 이어 왔다. 경주는 신라의 수도로 1000년을 버티어 왔고 세계에서 천년의 역사를 수도로 이어온 도시는 몇 개 없다 하니 한성의 중요성을 우리 선조들은 잘 알고 수도로 지탱해 왔으며 한강유역의 각축전은 치열했었고 그 중심에 백제가 있었다는 사실은 역사적 의의가 크다.

몽촌토성을 돌아보고 대나무 숲을 지나고 소나무 길에 들어섰다. 소나무의 가지가 밑으로 처져있는 모습이 많이 눈에 띄었다. 답사 선생님이 왜 그런지 아느냐고 물으셨다. 궁금했다. 콤파스 태풍이 지나가면서 소나무 모양이 변형되었다 한다. 신기했다.

그 외에도 소나무 가지가 우리나라 소나무는 두 가닥의 모양, 미국 소나무는 세 가닥인 점도 알게 되었고 그 모습을 보니 나무 한 그루, 풀 한 포기에도 그 유래와 사연이 다 있다는 것이 재미있었다.

올림픽공원 안에는 세계의 조각가들의 조각품도 많아 세계 5대 조각품을 보유한 곳으로 꼽히기도 한단다. 모르고 있었기에 관심도 없었는데 언제 시간을 내어 조각품들을 감상하러 다시 올림픽공원을 찾아야지라고 생각했다.

그 외에도 88올림픽의 성화가 아직 타오르고 있고, 참가국 160개국의 국기가 펄렁이며 올림픽의 기록을 새긴 기념비를 보며 평화의 문 앞으로 나왔다.

평화의 문의 제작은 처마의 끝을 곡선으로 만들고 청용, 주작, 현무, 백호의 형상을 그려 넣었다. 옛 고구려의 기상을 볼 수 있었으며 우리 민족의 뿌리를 찾을 수 있는 문이었다.

그 많은 이야기를 담고 있는 올림픽공원을 알고 나니 바라보이는 모든 것들이 소중하지 않은 것이 없었다. 평화의 문 앞으로 보도 양쪽에 40여 가지의 탈의 모양으로 기둥이 서 있었다. 쭉 늘어서 있는 우리의 친근한 탈 모양의 조각들, 갖가지 해학을 담고 웃고 있는 탈들이다.

그 해탈의 마음이 웃고 있는 각양각색의 탈의 모습을 통해 전해지는 것같이 친숙하게 느껴졌다.

가야를 가다

김해 가야왕국을 만나러 비행기를 타고 부산공항에 내렸다. 김해에 살고 있는 이종사촌 동생을 만난 지도 몇 년 되어서 미리 전화를 했다. 제부의 차에 타고 가야왕국의 투어에 나섰다.

먼저 가야테마파크를 찾았다. 김해시가 세계문화유산 등재를 위해 열심히 발굴과 정비와 복원을 한 노력으로 가야테마파크를 조성한 흔적을 엿볼 수 있었다. 옛 모습의 복원으로 보기에 너무 깔끔하고 현대적인 요소들이 가미 되어 있어서 조금 아쉬운 점도 느껴졌다.

테마파크를 나와 알을 발견했다는 구지봉을 찾았다. 산에 자리 잡은 구지봉과 인근의 수로왕비릉으로 소나무가 자리하고 있어 아름다웠다. 사철 푸른 잎과 근엄한 자태를 어느 나무가 소나무를 따라 갈 수 있을까? 언제 보아도 아름답고 멋스러운 소나무가 수로왕비릉을 지키고 있었다. 생각보다 규모도 크고 잘 정비해 놓았다.

수로왕의 왕비 허황옥은 설화에 의하면 인도 아유타국의 공주로 48년 가야에 와서 수로왕과 결혼하여 아들 10명을 낳고 그 중 두 아들은 허씨 성을 주어 허씨의 시조가 되게 하고 7명의 아들은 각자

절을 짓고 수행하여 부처가 되었다 한다.

김해 구산동 고분군과 인접해 있어 무덤의 내부구조는 널무덤, 돌방무덤일 가능성이 많을 것으로 본다. 임진왜란 때 내부는 도굴되었다 한다.

아들들이 부처가 되었다 함은 불교가 왕성하였던 것으로 추정되며 허 왕후가 바다 건너 인도에서 가야까지 왔다는 설화는 당시 가야의 귀족 중에 해상항로를 개척하여 일본, 중국 등으로 진출하여 가야가 바다로 일찍부터 나아가서 세력을 떨친 토착세력 허황옥의 집안과 수로왕이 결혼하였을 것으로 짐작하는 설도 있다 한다.

항해술이 발달한 허항옥의 집안과 왕실은 계속 근친혼을 이어 오면서 백제, 왜와 연합할 수 있는 기틀을 마련해준 것으로 본다.

잘 정비해 놓은 왕비릉과 작별하고 고분군을 찾았다. 터만 남아 있을 뿐 인근 주민들의 산책길이 되어 구릉으로 남아 있었다. 과거와 대화하며 고분군을 걸어 보는 재미도 쏠쏠하겠다.

다시 김해박물관을 찾아 토기, 철기문화 등 가야의 역사를 둘러보고 수로왕릉으로 향했다. 주변을 공원으로 조성하여 왕릉과 옛 궁전의 모습도 재현해 놓고 백성들의 집도 만들어 놓았다.

짧은 시간의 답사로 가야를 말하기엔 어불성설이다. 코끼리 발목만 만지고 코끼리는 이렇게 생겼다고 말하는 장님과 다를 바 없다. 그러나 나는 이렇게 역사의 현장을 볼 때마다 나만의 느낌을 공유하고 싶은 마음으로 가야의 역사 안으로 들어가 본다.

가야는 경상도와 낙동강 하류지방에 분포한 고성, 고령, 김해, 함안, 창녕을 중심으로 일부 국가들이 가야연맹체를 형성하여 가야라는 명칭을 사용하였다 한다. 고령가야, 성산가야, 대가야, 금관가야, 아라가야, 소가야로 불렀다.

설화에 의하면 9간의 추장들이 백성들을 다스리고 있을 때 하늘에서 큰소리가 들려 소리 나는 곳(구지봉)으로 가보니 금합에 6개의 알이 있었으며 알에서 제일 먼저 태어난 사람이 수로왕으로 금관가야의 시조가 되었으며 다섯 알에서 태어난 나머지 사람들이 가야의 5왕국의 시조가 되었다 한다.

이들 가야의 맹주로 전기에는 금관가야를 중심으로 김해지역이 발전하였다 한다. 금관가야의 김해지역은 철의 생산으로 각종 철기문화를 발달시켰으며, 화폐를 만들고 철을 왜와 중국의 군, 현들에 수출함으로써 경상도 내륙지역을 연결하는 교통의 중심지로 활약하여 주변지역에 대한 통제력을 넓혔다.

그러나 4세기 이후 낙랑군, 대방군의 소멸과 고구려 남진이 본격화되면서 백제는 고구려 남진을 저지하기 위해 가야, 왜와 동맹을 맺고 신라는 이에 맞서 고구려와 관계를 맺었다. 이때 백제를 도왔던 가야는 고구려에 크게 패하여 그 세력이 쇠잔해 갔다. 5세기 후반 고령지방의 대가야를 중심으로 후기 가야연맹세력이 결집하여 문화를 꽃 피웠다. 고령 지산동의 거대한 고분들은 대가야 세력의 성장을 알려주는 증거들로 추정하고 있다 한다.

6세기 초 신라와 백제의 압박에 밀려 대가야는 신라 법흥왕 때 결혼동맹을 맺기도 했다. 지속적인 신라의 압박으로 532년 금관가야가 항복하고 백제 성왕 때 왜와 같이 연합전선을 꾀하기도 했으나 신라 진흥왕에게 대패하여 562년 대가야까지 항복하면서 가야제국은 소멸하였다.

가야의 유민으로 가야금을 신라에 전수한 우륵, 유학에 능하여 중국을 상대로 7세기 외교문서의 해독, 제작에 명성을 떨쳤던 강수, 금관가야의 귀족으로 귀화하여 대야주(합천)의 군주로 진평왕 때 활약했던 김서현은 김유신을 낳아 삼국통일에 결정적 기여를 했다. 가야는 소멸했지만 김유신이라는 명장을 통해서 삼국통일의 근간을 만들어낸 모태가 된 셈이다.

역사기행을 조금씩 쓰면서 부족한 역사의식과 모르는 것을 알고자 하는 호기심이 발동하여 나는 계속 역사답사를 따라 다니며 많이 배우고 있다. 지나간 역사 안에서 현시대를 본다는 말에 공감하기도 하고 공감하지 못하는 부분도 있었다. 그러나 계속해서 역사탐방을 하면서 부족한 나의 식견이 조금씩 눈을 뜨는 것을 경험하고 있다. 역사탐방은 나에게 쓸 거리를 많이 제공해주고 새로운 곳을 경험할 때마다 즐거움도 따라온다.

제부는 김해 토박이이다. 소탈하고 가식 없이 사는 동생네 부부의 속내 깊은 정이 또 한 번 나를 감동시킨다. 직접 농사지은 태양초 고추와 깨를 캐리어에 넣어 주는 그들의 마음을 받기만 한다.

나의 친정엄마는 동생에게는 이모님이다. 제부와 동생은 "이제 이모님이 연로하시니 한 달 안에 모시고 다시 오라."면서 나의 엄마에게 가야지역과 거제도 해안도로를 드라이브시켜 드리고, 회도 사드리고 싶다고 했다.

엄마를 설득해서 김해에 모시고 다시 오겠다는 생각을 한다. 그동안 엄마가 걷는 것이 불편하니 안 다니시려 한다는 핑계로 나만 잘 돌아다니는 불효를 많이 저지르고 살지 않았던가.

다시 김해로

김해를 다녀온 지 채 한 달이 못 되어 다시 친정엄마와 이모, 동생과 함께 부산행 비행기에 올랐다. 한 달 동안에 역사답사, 명동성당에서 주최한 두레테마여행을 다녀오고, 다시 김해를 찾으니 4월이 눈 깜빡할 사이 지나갔다.

TS 엘리엇은 4월을 '잔인한 달'이라 했다. 그런데 4월은 만개한 꽃과 새순의 아름다움과 날씨가 어우러져 봄의 절정으로 가는 계절이 아니던가? 1년이 4월만 같다면 정말 살기 좋을 텐데….

4월 말이라 부산공항에 내리니 이미 봄꽃의 여왕 벚꽃은 지고 유채꽃 또한 다 지고 푸른 초원만 덩그러니 그 예뻤던 자리에 남아 있었다.

마중 나온 제부의 차로 '가야테마파크'와 '연지공원'을 돌았다. 이번 김해행은 엄마를 모시고 왔기에 많이 걷지 않는 코스로 돌았다.

큰이모님이 돌아가신 지 10년이 흘렀다. 엄마는 당신의 언니가 돌아가신 후로는 부산엘 잘 안 가셨다. 당신 혼자 먼 길 다니시는 것도 힘들지만 형제가 없는 부산에 더 이상 향수도 생기지 않는 듯하다.

김해의 동생 내외는 오랜만에 방문한 두 이모에게 정성을 다해 대접을 했다. 돌아가신 큰이모의 딸 다섯 중의 맏이인 사촌동생은 생전의 큰이모님께 아들보다도 더 아들노릇을 하며 효도했다.

첫날은 김해 시내를 돌아보고 다음날은 거가대교를 타고 거제도를 들어가기 위해 이른 아침부터 아이스박스에 나물, 밑반찬, 고기 등, 먹거리 준비에 바쁘다. 뭐 하느냐는 물음에 동생은 "거제도에 소풍을 가는 거야."라고 한다.

동생네 밭에는 온갖 약초와 채소 등이 자라고 있다. 밭에서 바로 뽑아 신선하고 어린잎들을 씻어 만든 나물들은 향긋하고 맛이 좋다. 이름도 다 외우지 못할 정도로 많은 약재와 나물거리 등을 동생은 매끼 엄마에게 드시게 하는 등 극진한 대접을 했다.

거가대교는 거제도와 가덕도를 잇는 다리로 중간에 해저터널이 있다. 우리는 해저터널이 시작되는 가덕도 휴게소에 잠시 내렸다. 휴게소에서 바라보니 다리 건너 가덕도와 거제도가 마주 보고 있다. 휴게소 지점에서부터 해저로 들어가서 바다 건너편 다리로 연결되어 있다. 바다로 들어가니 수심 26m, 30m, 35m··· 라는 안내글씨가 나오고 있었다.

20여 년 전, 큰동생이 다니는 직장에서 영국지사로 발령을 받아 근무할 때 영국관광을 갔었다. 영국관광을 하고 프랑스를 가기 위해 영국과 프랑스를 잇는 해저터널 기차 '떼제베'를 탔을 때가 생각났다. 그때도 해저라는 느낌이 전혀 들지 않았었다.

터널 양쪽 벽을 유리같이 투명하게 만들어 물속을 볼 수 있었으면 좋겠다는 생각이 들었다. 차가 물속을 달린다? 그 모습을 차창 밖으로 다 볼 수 있다? 재미있겠는데? 과학은 끊임없이 발전하니까 언젠가는 가능해지겠지, 라고 잠시 상상의 나래를 펴보았다.

거제를 좀 돌아보고 한적한 곳에 정자를 발견했다. 소풍거리를 풀어놓고 고기를 구워 나물과 함께 먹는데 별미였다. 음식점에서 사 먹어도 되련만, 동생은 이모들과 언니와 이렇게 추억 하나를 더 만들어 보고 싶었다고 한다. 동생내외의 마음씀이 참으로 고마웠다.

몽돌해수욕장에 들러 몽돌 몽돌한 돌들을 만져보며 오래전에 이곳을 다녀갔는데 그 돌은 그때나 지금이나 여전히 같은 모습이었다. 해수욕을 하기엔 아직 물이 차가워 눈으로 즐기는 바다, 작은 파도에 씻기는 까만 돌들의 모습, 나도 사람들과 같이 그런 바다의 모습을 즐기고 있었다.

'바람의 언덕'을 갔다. 제주도의 섭지코지와 비슷하다.

유명관광지는 사람, 차가 많이 밀리고 붐빈다. 사람들 틈에 끼여 바람의 언덕을 섭렵했다. 바람이 많이 불지 않아 풍차가 돌진 않았지만 언덕 위에서 내려다보이는 전망에 가슴이 탁 트이는 듯했고, 한눈에 들어오는 주변 풍광이 멋있다.

밤에는 사우나를 가서 사촌동생이 준비한 돼지껍질 팩을 얼굴에 붙였더니 피부가 탱탱해진 것 같아 기분이 좋았다. 동생은 과거 맛사지숍을 운영했었다. 지금은 각종 약재 등을 이용해 천연화장품을 만드는 동호회를 비롯, 가야문화의 행사 등 김해시의 우먼파워로 활동하고 있다.

동생부부의 살뜰한 배려로 이틀이 금방 지나갔다.

돌아오는 날엔 양산통도사를 들러보려 했는데 새벽부터 엄마와 이모, 막냇동생이 사촌동생네 밭에서 약초와 나물 캐기에 바빴다. 밭에는 구기자, 오가피, 초석 잠. 삼채, 두릅, 머위, 생강, 도라지, 수세미… 등 이름도 다 열거할 수 없는 귀한 약초와 채소들이 자라고 있었다. 어린잎들을 따서 한 가득 거실에 풀어놓고서 흙을 털어 신문지에 싸서 캐리어에 담느라 통도사 구경은 물 건너 가버렸다. 통도사는 못 갔지만 다음에 또 시간 내어서 가면 되는 것이고 엄마가 밭의 보물들을 좋아하시니 이번 여행은 친정엄마에게 조금은 효도한 것 같다.

짐을 싸서 부산역으로 갈 준비를 하고 있는데 엄마가 와 계시다는 소식을 듣고 다른 사촌 여동생들이 부부 동반하여 몰려왔다.

다 같이 자갈치시장에 들렀다. 바다 내음이 물씬 풍기는 회센터에서 회를 푸짐하게 시켜먹고 부산역으로 향했다. 친정엄마는 사촌동생들의 손을 잡고 눈물이 글썽하셨다. 돌아가신 큰이모 생각이 나신 것이다.

빠른 시간 안에 다시 만나자는 말을 몇 번이나 하며 그들의 배웅을 받으며 기차에 올랐다. 이번 여행을 매우 흡족해 하시는 친정엄마를 보며 자주 이런 자리를 만들지 못했던 것이 미안했다.

나도 이번 여행에서 바다구경을 실컷 했다.

바다! 난 정말 언제나 바다를 그리워하고 바다가 보고 싶었다.

4월은 참 바삐 살았다. 봄을 마음껏 온 몸으로 만끽하고 즐긴 달이다. 이 기분으로 남은 날들도 고향바다를 떠올리며 잘 살아야겠다.

안동의 이야기들

버스를 타고 안동 답사투어에 참석했다. 닭실마을, 청량산, 농암 종택, 퇴계태실 종택, 도산서원, 국학진흥원이 오늘의 답사지다.

휴! 이름만 들어도 오늘의 답사도 빡세게 돌겠구나 싶다. 박식한 해설 선생님의 설명을 듣다보면 무얼 기록해야 하나 싶게 내용이 풍부하고 듣고도 곧 잊어버린다. 그래도 머릿속에 남는 게 있어서 내가 박식해진 것 같기도 하고.

안동 권씨 집성촌 닭실마을 입구에 들어섰다. 금닭이 알을 품고 있는 모양(금계포란형이라 한다)의 이곳은 조선 중기 학자였던 충재 권벌 선생이 500여 년 전에 입향한 후 지금까지 그 후손들이 마을을 지켜오고 있다.

충재 권벌의 종택은 전형적인 양반가의 모습을 보여 준다. 권벌이 만든 '청암정'은 거북모양의 납작한 바위 위에 세운 정자며 바위 주변은 거북이가 좋아하는 물을 담기 위해 인공적으로 만든 연못이 있다. '청암정' 뒤로 충재 선생의 업적을 기리는 충재 박물관이 있다.

권벌 선생의 종택 뒤로 울창한 소나무의 자태가 예사롭지 않았다.

이 소나무들은 백설령으로 금계가 알을 품고 있는 형상으로 서 있다. 이곳이 길지임을 말해 주는 듯 후손들의 종택 보존의 노력에 머리가 숙여진다.

남한의 금강산이라 불리는 청량산은 안동군 일대로 최고봉인 장인봉을 비롯하여 육육봉의 12봉우리가 연꽃잎처럼 청량사를 둘러싸고 있다. 청량산의 연화봉과 금탑봉 사이에 청량사가 지어져 있다. 이 모양을 꽃잎에 싸인 꽃술의 모양이라 한다. 초파일이 가까워 오색의 등까지 걸려 있어 청량사는 한 폭의 그림 같았다.

이곳 청량사에는 가을에 산사 음악회가 열리는데 주위의 산과 자연의 소리와 함께 그 아름다운 선율들이 천상 음악을 듣는 것 같다 하니 가을에 다시 이곳을 찾아 가을 산사 음악회를 들어보고 싶었다.

그 외에도 공민왕이 직접 쓴 유리보전의 상판글씨가 남아 있다. 공민왕이 홍건적의 난을 피해 은신하여 쌓은 산성, 지금도 공민왕께 제사를 지내는 사당 등이 눈에 들어온다.

청량산을 원효굴, 웅진전, 금탑봉, 어풍대, 풍혈대, 김생폭포, 김생굴, 청량정사, 청량사 등의 코스로 걸었는데 옛 선인들이 수도를 하느라 수없이 산길을 오르고 내린 발자취를 따라 가며 그들의 삶의 이야기를 들었다.

통일신라 원효대사가 창건한 청량사에는 재미있는 일화가 있다. 농부가 뿔이 셋 달린 고집이 센 소와 씨름을 하고 있자 원효대사가 그 소를 데려와 절을 짓는 공사자재를 나르게 하였는데 절 공사가 마무리 하던 날, 소가 쓰러져 죽었고 그 자리에 가지가 셋으로 나누어진 소나무가 생겨 소나무를 '삼각 우송'이라 했다 한다. 지금도 우람한 자태로 서 있다.

김생굴의 일화를 소개한다. 통일신라의 명필 김생의 흔적을 볼 수 있는 김생 굴, 김생이 김생 굴에서 9년을 수도하며 글씨연습에 매진한 후 하산 길에 청량 봉녀를 만났다. 봉녀가 자기의 길쌈 솜씨와 김생의 글 솜씨를 겨루어 보자 하여 불을 끄고 시합을 했는데 봉녀의 길쌈은 흐트러짐이 없이 짜졌는데 김생의 글씨는 그렇지 못했다. 김생이 다시 굴로 돌아가 1년을 더 글씨를 연습했다. 10년을 김생 굴에서 수도하고 중국의 왕휘지를 능가하는 통일신라의 명필이 되었다 한다.

원효대사가 수도했던 원효굴을 보았다. 원효대사는 당나라로 가려던 길을 포기하고 수도를 이 굴에서 하신 모양이다.

최치원 선생은 신라 말기의 학자, 문장가이며 중국 당나라에 들어가 12세에 과거에 급제한 뒤 당나라에서 오래 살았다. 최치원에 대해서는 탄생설화를 비롯, 각종 설화나 소설 등이 전해지고 있다. 최치원 선생이 꿈을 키웠던 어풍대, 풍혈대에서 총명수 한 컵을 마셨다. 산 속의 이 시원한 물을 날마다 마신 최치원 선생이 총명해지셔서 그 이름을 떨치셨나 보다.

농암 종택을 찾았다. 조선 시대 문인이며 '어부가'로 알려진 농암 '이현보'가 태어나고 성장한 집이다. 1370년경 지어졌고 직계 자손들이 650년을 이어 살아오고 있었는데 원래 안동시 도산면에 있었다. 안동댐 건설로 이곳으로 이전했다. 이곳은 깎아지른 절벽과 기암괴석이 널려 있는 청량산과 아래로 700리 낙동강의 상류가 시작되는 물줄기를 종택 앞마당에서 풍광을 바라 볼 수 있다.

이곳엔 농암 종택, 분강서원, 신도비, 애일당, 강각이 함께 모여 있다. 팔각지붕 누각(정자)에 마루를 깔았다. 여기에 앉으면 눈앞의 청량산과 낙동강 물줄기가 한눈에 바라보인다. 시 한 구절이 절로 떠오를 것 같다.

종택의 사랑채는 화강암 석대를 쌓고 계자 난간까지 둘렀다. 별채와 사당, 그리고 분강 서원이 자리하고 있다. 서원은 현재 고택 체험으로 사용되며 후학을 길러내던 곳이다.

애일당은 농암이 효를 실천하기 위해 지은 집으로 애일은 나이 드신 부모를 봉양할 일이 얼마 남지 않았다는 내용이 표현됐다.

강각은 '강가에 지은 누각'이란 뜻으로 강각에서 바라보는 경관이 수려하다. 이 두 곳은 고택체험으로 인기가 있는 곳이란다.

농암의 효도를 칭송하여 선조께서 직접 친필로 쓰셔서 신도비를 내렸다 한다.

안동시 도산면에 있는 도산서원은 퇴계 이황이 유생을 가르치며 학덕을 쌓던 곳이다. 서원으로 가는 길은 한 폭의 산수화를 보는 것처럼 아름다운 풍광이 펼쳐졌다. 서원 앞에 두 그루의 소나무와 우물이 긴 세월을 묵묵히 지키고 있으며 서원 안마당에는 목단이 그 향기를 뿜어내고 있었다.

이 서원은 전체적으로 간소하게 지어졌으며 서원 안에는 이황의 유품을 비롯, 4천여 권이 넘는 장서와 장판 들이 보관되어 있다. 이황은 성리학의 획을 그으신 분이며 중국의 공자에 버금가는 인물로 평가 되고 있다. 이황 선생님의 숨결이 느껴진다.

그 외에도 국학진흥원에는 유네스코 아시아 태평양 기록유산으로 현판 500여 점이 등재되고 6만 부 이상의 기록 유산이 보관되어 있다 한다. 기록 문화의 대표적인 승정원일기, 조선왕조실록, 팔만대장경 등은 세계 어느 나라에서도 찾을 수 없는 우리 민족의 우수성을 보여 주고 있다 한다. 후손들이 잘 보존하여 알려야 할 사명감마저 들었다.

종택들을 둘러보면서 안동이 왜 양반의 도시인지 알 것 같았다. 안동은 버릴 것이 없는 알곡 같은 매력의 도시이다. 답사를 다니다 보면 평소 예사로이 보았던 박물관이나 도시의 현장이 과거로 돌아가 그 시대를 살고 있는 것처럼 실감이 난다.

역사를 좋아하는 나는 특히나 고적답사 시간이 재미있고 그 도시에 묻힌 이야기가 궁금해진다. 하루 코스의 답사로 많은 곳을 돌고 그 곳의 설명을 들으며 보낸 오늘 하루는 알차고 유익했다. 배움은 항상 목마름을 채워 주고 영혼을 살찌우는 양식. 안동이여 다시 찾는 날까지 아듀!

두레 테마여행

올해 3월, 나는 명동성당 가영시아(가톨릭 영 시니어 아카데미) 프로그램에 입학하였다. 기간은 총 4학기로 나누어 2년에 걸쳐 공부하는 과정이다. 오전에 미사로 시작하여 인문학 강좌, 점심식사, 두레활동으로 짜여진 스케줄에 따라 매주 수요일 명동엘 간다. 3월에 개강하여 4월에 변산반도로 1박 2일 테마여행 일정이 있었다.

떠나는 날 아침, 8시까지 명동으로 가야 하느라 일찍 일어나 서둘렀다. 도착해보니 사람들도 없고 차량도 없었다. 조금 기다리니 사람들이 하나 둘 모이기 시작했다. 모이는 시간이 9시로 변경되었다 한다. 아침에 문자가 온 모양인데 확인을 안 했다. 쌀쌀한 아침공기를 느끼며 화장실을 가던 중 지도신부님을 만났다.

“추우시죠? 금방 차 올 겁니다.” 가볍게 손을 잡아주며 인사를 하신다. 예정시간보다 조금 늦게 출발하긴 했어도 약 100명을 태우고 차량 3대가 출발했다.

2시간여 달려서 우리는 익산시 망성면에 있는 ‘나바위성지’에 도착했다. 일명 화산천주교회라고 한다.

나바위성당은 조선 현종 때 김대건 신부가 중국에서 사제서품을 받고 페레올 주교, 다불뤼 신부와 함께 황산 나루터에 상륙한 것을 기념하기 위해 건립하였다. 이곳은 최초의 신부인 김대건 성인이 처음으로 전도 하던 곳이어서 성지로 지정했으며, 한국 천주교회의 유입과 발전 과정에서 서구식 성당 건축양식과 우리나라 건축양식을 절충하여 조화를 이뤘다. 원래 이름은 화산 천주교회인데 나바위성당으로 개명했다.

어! 나도 개명했는데 무슨 사연이 있었나? 했더니 이곳은 납작한 바위가 많은 곳이라 나바위로 불려졌다 한다. 초대주임이었던 베르모넬 신부가 1906년 건물을 시공하였다. 공사는 중국사람들이 맡았다.

중국 사람들은 숫자 중 8을 좋아해서 이 성당은 기둥이 8개, 채광창도 8각창으로 지었다. 100년이 넘은 건축물인데도 마룻바닥이 통풍이 잘 되어 썩지 않고 100년 전 모습 그대로 서 있었다.

나바위성당의 볼거리로는 김대건 신부 순교 100주년에 세워진 순교비, 아름다움을 바란다는 뜻으로 지어진 망금정은 주변의 경관과 어우러져 아름다움을 뽐내고 있다. 그리고 망금정이 있는 너럭바위 아래 바위벽면에 마애삼존불이 그려져 있다. 아래로 내려오면 성모동산이 있고 순례자들을 위한 피정의 집, 주변의 경관들이 한 폭의 그림처럼 고요하고 아름다워서 성지의 위용이 느껴졌다.

15살 어린 나이에 상해로 유학하여 사제서품을 받은 김대건 신부님과 페레올 주교, 평신도 등 14분이 목선을 타고 인천 제물포로 항해를 하던 중 바다에서 큰 태풍을 2번이나 만나 40일 가량을 표류하다 이곳 나바위에 첫발을 내딛게 되었다 한다. 당시는 기해박해가 일어났고 인천으로 갔으면 바로 체포되었을 텐데 풍랑을 만나 바다에서 표류하다 나바위에 와서 숨어 지내며 전도할 수 있었던 것은 하느님의 섭리였다고 뒷날 페레올 주교는 회고하였다 한다. 하느님의 섭리를 깨달았기에 그들이 기꺼이 순교의 길을 갈 수 있어 신앙의 뿌리를 이 땅에 내리게 되었다.

나의 신앙은 풀뿌리보다 못한 약한 믿음을 가졌으니 신자라고 하기가 부끄럽다. 성물 판매소에 들러 이곳에서 생산되는 한지로 만들었다고 홍보하시는 성지신부님의 얘기를 듣고 한지 손수건 14장을 두레반 식구들과 나누어 가지려고 회비로 구입했다. 돌아가서 다음 주에 나누는 기쁨을 생각하면서.

나바위성지를 나와서 버스를 타고 숙소인 대명 리조트에 도착하여 짐을 풀고 부안군 변산면에 있는 채석강을 보러 나갔다. 채석강은 강이 아니라 변산반도 서쪽 끝 격포항과 그 오른쪽 닭이봉 일대의 층암절벽과 바위를 총칭하는 이름이라 한다. 이곳의 지질은 중생대 백악기(약 7천만 년 전)에 퇴적한 퇴적암의 성층으로 바닷물의 침식에 의해 이루어졌다 한다. 오랜 세월 파도에 깎이면서 기암괴석들이 드러나서 절경을 이루고 있다. 일몰이 멋있다는데 보지 못해 아쉬웠지만 각자 또는 삼삼오오 인증 샷 찍기 바쁘다. 바닷물이 고여 있는 바위에 붙어 있는 굴 껍질, 파래 등 바다만이 가지고 있는 아름다움, 겨울바다는 아니지만 해변가를 걸어보는 낭만 또한 동심으로 돌아간 듯 즐거운 시간이었다. 숙소로 돌아오니 한 방 쓰는 형님 들이 작은 고동을 주워 왔다. 삶아서 밤에 먹기로 했다.

저녁식사 후 강당에서 친교의 시간을 가졌다. 오늘의 주제는 '너희는 내 사랑 안에 머물러라'는 요한복음 15장 9절의 말씀.

신부님의 사회 아래 여러 가지 게임과 놀이를 통해 다른 반 두레원들과도 어울려 친교의 시간을 가졌다. 신부님께서 봉사단원들과 같이 많은 것을 준비하셨다. 특히 신부님의 율동은 많이 연습하신 모습이 역력했다. 권위를 내려놓고 젊으신 분이 세대를 아우르는 모습을 보며 가영시아를 맡아 수고를 많이 하심이 느껴졌다. 모두들 신부님을 따라 열심히 웃으며 동참하다 보니 어느새 3시간이 흘러갔다.

숙소로 돌아갈 때 집행부에서 치킨과 맥주, 안주 등을 챙겨 주며 두레반원들과 친교의 시간을 가지라 했다. 남자 두 분을 포함하여 10명이 참석한 우리 반원들이 한자리에 모여서 이런저런 얘기를 하며 맥주 한 잔을 나누다 보니 처음 3월에 만나 서먹하던 마음들이 조금 가까워지는 것 같았다.

잠자리를 옮겼더니 잠이 안 왔다. 뒤척이다보니 새벽이다. 6시쯤 같은 방 식구 두 분과 해변가로 산책을 나섰다. 콘도 가까이 있는 유채꽃을 보러 갔다. 유채꽃 또한 이곳의 명소라 할 만큼 아름다웠다. 유채꽃을 배경으로 바라보이는 바다와 주변의 절경이 감탄을 자아냈다. 유채꽃의 향까지 새벽 신선한 공기와 함께 어우러져 이곳이 청정지역이었다. 미세 먼지 많은 서울과 너무나 대조적이다.

천연기념물로 지정된 아름드리 후박나무는 어디에서 볼 수 없는 자태이다. 꽃꽂이를 오래 한 나는 주지로 나무를 많이 썼는데 선을 내기 위해 가위로 여러 번 자른다. 그런데 이 후박나무의 선은 기교 같은 건 부릴 필요가 없는 완벽한 아름다움을 갖췄다.

아침 식사 후 방으로 돌아와 어제 삶아 둔 고동을 뺑 둘러앉아 요지로 빼먹었는데 손이 불어날 정도로 고동을 만졌다. 짜릿한 바다 내음 나는 고동을 우리 어렸을 적에 많이 먹어본 기억이 난다.

미사를 본 후 버스는 내소사로 향했다.

내소사는 전남 부안군 진서면에 있는 절로 1000년 된 군나무, 전나무 숲길, 대웅전, 보살화상, 고려동종, 삼층석탑 등 옛 백제의 고승으로 절의 풍경과 절 뒷산이 어우러져 절경을 이루었다. 절의 불상과 종, 그림 등이 모두 보물로 지정될 만큼 이곳은 절경과 보물을 같이 안고 있는 곳이었다.

가톨릭신자이지만 절에 가면 마음이 푸근하다. 산 속에 있어 자연을 만끽하기에 절이 좋다. 이곳 내소사 역시 발길을 돌리기 싫을 정도로 아름다운 곳으로 점찍어 놓았다.

돌아오는 버스 속에서 마니또 선물나누기를 했다. '마니또'란 이태리어로는 '비밀친구', 스페인어로는 '수호천사'라는 뜻이다. 제비뽑기를 통하여 자신이 뽑은 쪽지에 적힌 친구를 위해 기도하고 공개하는 시간까지 비밀을 지키며 자신의 마니또가 누구인지, 어떻게 했는지 발표한다.

나는 어제 출발 전 로비에서 신부님을 만났는데 우연인지, 나의 마니또는 신부님이셨다. 가영시아의 행사를 위해 수고하신 신부님께 감사하며 화살기도를 쏘았다. 맑은 하늘이 내 마음에 가득 차 있다.